牛儿一生点滴记忆

彭兴文○著

团结出版社

图书在版编目（CIP）数据

牛儿一生点滴记忆/彭兴文著. -- 北京：团结出版社, 2015.4
ISBN 978-7-5126-2751-2

Ⅰ.①牛… Ⅱ.①彭… Ⅲ.①长篇小说 – 中国 – 当代 Ⅳ.①I247.5

中国版本图书馆CIP数据核字(2015)第079044号

牛儿一生点滴记忆

出　版：团结出版社
（北京市东城区东皇城根南街84号　邮编：100006）
电　话：（010）65228880　65244790
网　址：www.tjpress.com
E-mail：65244790@163.com
经　销：全国新华书店
印　刷：北京华忠兴业印刷有限公司

开　本：787×1092　1/16
字　数：210千字
印　张：13.25
版　次：2015年6月第1版
印　次：2015年6月第1次印刷

书　号：ISBN 978-7-5126-2751-2
定　价：26.00元

前　言

一个领袖，一个伟人，一个政治家，一个思想家，一个科学家，一个作家，一个富豪，一个英雄，他们有丰功伟业，他们有惊天动地，他们有自传，他们有回忆录。一个普通人，他们没有自传，没有回忆录，但他们却有喜怒哀乐的记忆。

大凡是人，无论是主角，或是小丑，他们都会有喜怒哀乐。有喜怒哀乐，便会刺激人的心。人的心被刺激了，一般都不会被忘记。没有被忘记的，便会留下记忆。

记忆什么呢？一个人活着，大凡有活着的价值，大凡有活着的快乐与痛苦，大凡有活着留下的痕迹。

大人物活着的价值是改造自然，改造社会，改造人类。活着的快乐是创造财富、创造社会认同度。他们活着留下家庭财富和社会财富。

小人物活着的价值是为社会提供劳动力，他们活着的快乐是家庭幸福，他们活着留下的是子孙后代。

牛儿作为一个普通人，他也有喜怒哀乐。有喜怒哀乐就会有记忆。一个人的喜怒哀乐，难免没有个人特点，难免没有家庭影响，难免没有社会环境的左右。所以，一个普通人的经历和行为，也能反映出一个人、一个家庭、一个社会的某些特征。

牛儿作为普通人，他也有价值追求。追求快乐、追求留点人性一面。但是，牛儿也有牛性。比如，即使吃草，干苦活也行。但如被鞭子打得太痛了，他会撞坏主人家的墙壁，会踩漏主人家的田坎。

牛儿的记忆，不算历史，也不是小说，而是一些自身经历的点滴回忆。不过，牛儿提供的材料是有意将大部分相关人的真实姓名删掉了，包括他自己在

3

内。而且，在他的记忆中，有些记忆的时间是不确切的，因为他没有写日记习惯。这是需要读者谅解的。

　　牛儿的记忆只属他一个人，还是也有其他人的身影呢？这就要读者去回忆，去对照，去判断。如果读者也有某些相同或相似的点滴记忆，那就是本书作者在为读者代劳了。

目　录

第3章　追求的萌芽

第4章　苦苦挣扎那 6 年

第5章　未来依然渺茫

第6章　自己掌握命运

第 7 章　缺席革命运动

第8章　出口气也痛快

第9章　退休后仍处困境

第 10 章　晚年生活

第 1 章

无欢乐的童年

1. 出生在牛圈里

民国二十二年，公历 1933 年，农历三月二十八日中午，四川省南部县老鸦乡一个农户家中，一位李氏妇女，在牛圈里生了一个男婴，取名"牛儿"。

牛儿出生后，这个家庭又增添了一人。牛儿祖母唐氏，牛儿父亲代义，牛儿母亲，加上牛儿，一家就有四个人，就有三代人了。

在牛儿的脑海里，没有吃奶的记忆，没有在父母怀里的印象，什么时候断奶，什么时候吃饭，什么时候说话，什么时候走路，既无人告之，牛儿也没有记忆。

当牛儿能感知外界事物时，他发现，家里没有书，没有笔，没有墨，没有纸。牛儿所能看到的，只有天，只有地，只有牛，只有鸡，只有狗，只有猪，屋里只有碗，只有筷，只有刀，只有犁。

人们的生活是吃饭、干活与睡觉，日复一日，月复一月，年复一年，一代传一代。

当牛儿稍大时，开始感知他父母；当牛儿长得稍懂事时，开始关注他父母，了解他父母，关注他家里的长辈，了解他家里的长辈。

牛儿父亲是牛儿知道最少的人。只是后来听他母亲说，牛儿父亲是一个抽鸦片的人，是一个爱赌博的人，是一个日夜不回家的人。他是一个烟鬼，又是一个赌棍。家对他没有吸引力，妻子对他没有吸引力，儿子对他也没有吸引力。家拴不住他，妻子拴不住他，儿子也拴不住他，养育他的寡妇妈，牛儿的祖母，对他也毫无办法。

牛儿父亲在牛儿心中留下的唯一记忆，就是牛儿在他床边坐着，看他吐血。那时，牛儿父亲已快要上西天了，快要进地狱了。

牛儿妈，一个小脚女人，一个农家妇女，一个没有得到丈夫爱的妻子，一个没有得到他人疼爱过她的人。她没有上过学，也没有读过书。扁担长的"一"字也不认识。她不会做女人的针线活，也不善于做饭菜。她会干农活。吃饭穿衣非常简朴。她很少接触钱。民国时期的钱是银圆、铜钱和小钱，根据质地和大小能分辨出来。民国政府的银圆券和金圆券，贬值太快，作废太快，她没有使用过，纸币贬值，纸币作废，对一个不识字的女人而言，也没有受过什么伤害。

她关注现在，不回忆过去，也不思考未来，她没有苦恼，也没有幸福。她不爱人，也不爱钱财。丈夫去世她没有什么痛苦，后来，她家里财产被收，她也没什么难过。她是一个不操心的人，她是一个长寿命。

牛儿祖母，一个大家闺秀，一个小脚女人。她不会干农活，却有一手好针线活，她会绣花。她也没有上过学，也没有读过书。当她与牛儿祖父结婚时，带来不少陪嫁，主要是家具、餐具和衣物。清朝时期，女孩结婚，很快就生孩子了。她生了三个孩子，老大为女儿，老二为儿子，老三也为儿子。牛儿祖父很年轻时就去世了，牛儿祖母成了一个寡妇。

这个寡妇，面临着四个困难。第一，她要将三个孩子养大，第二，她要把婆家的家业守住，第三，她也要把她娘家给她的陪嫁守住。四，她要过着漫长的寡妇生活，这是需要意志力的。她几十年的磨炼，将贞节寡妇的荣誉守住了。将婆家的家业守住了。她婆家这一代人中有四兄弟，四兄弟所分家业，只有她，一个寡妇守住了家业。她将娘家的陪嫁也守住了。她把三个孩子也养大成人了。大女儿出嫁了，二儿子代礼也成家了，只是成家后对婚姻不满而离家出走，永远没有回家。二媳妇也随之改嫁。幺儿子代义也成家了，并有了一个男孩——牛儿。幺儿子不成器，又抽大烟，又赌钱，又不顾家。而且，在牛儿3岁时，幺儿子就去逝了。

现在，这一家人，三代人，三个人，一个老寡妇，一个小寡妇，一个幼小的男孩。

这个老寡妇，守寡一生，保守了家业，失去了两个儿子，只留下一个幺媳妇，一个小孙儿。这个家，除了乡下有田产之外，乡镇上还有两间口面房。她只能守乡镇上的房屋财产，乡下的田产则由幺媳妇去守了。

这个守财奴的老太婆，一个人住在乡镇上，孤苦伶仃，连说话的人都没有。日子怎么过呢？她有饭吃吗？有饭吃。她有衣穿吗？有衣穿。她有房住吗？有房住。她缺什么呢？好像什么都不缺。只缺一样，缺幸福。缺丈夫，缺儿子，缺一个完整的家。

这一家人，老年妇女是老寡妇，中年妇女是小寡妇，一个小孙儿又出生在牛圈里。这一家人，谁得到幸福呢？

　　牛儿出生在牛圈里，为什么，现在没有人知道。这个疑团，像"古德巴赫猜想"一样，是很难解开的。

2. 牛儿在床前看他父亲吐血

　　1936年，那一年，牛儿已经3岁了。他知道走路，他知道跑步。他吃什么，穿什么，玩什么，在牛儿脑海里都没有留下记忆。他不爱哭，也不爱笑；他不顽皮，也不活泼；他不让人心烦，也不逗人喜欢；他似乎是一个不好不坏的孩子。他视野所见，只是天，只是地，只是阳光，只是泥土，只是狗，只是鸡。

　　牛儿在他父亲床边一个小凳子上坐着。没有人叫他到那儿去，也没有人叫他到这儿来。他为什么会坐在那儿呢？他想得到他父亲什么呢？他坐在那儿，他父亲没有给他什么东西吃，也没有给他什么东西玩，他没有叫他父亲一声"爹"，他父亲也没有叫他一声"儿"。他们父子二人，既没有物质交往，也没有言语沟通，但是，他们父子二人的心，似乎有一根看不见的线，把他们连接起来了。这根看不见的线，也许就是血脉，也许就是基因，也许就是亲情。这种融有亲情基因的血液，它不承载钱财，它不承载利益，它只承载情，它只承载爱。这种情，这种爱，加速了牛儿父亲血液流动，也激起了他父亲的思潮。于是，他父亲想起了他的过去，想起了他的现在，也想起了他的未来。

　　一个人，只有当他处于痛苦时，他才会回想起"当初"，才会悔恨当初的"不是"。

　　牛儿爹的思潮涌出来了。他想，他自己的爹30岁不到就去逝，自己的妈长期守寡，把自己养大，为自己成家，实属不易。但是现在，自己还没有对母亲敬过孝心，也没有给过妻子爱，对不起他爹，对不起他妈，也对不起妻子。这么小的儿子，守护在床前，他走后，儿子，谁来管教，谁来保护？没有爹的儿子，今后会不会有人欺负，会不会走上邪路？这一家人，日后还能不能"世代兴隆"呢？

　　儿子在床前守护着他，他实在太难受了。他突然喷出一大口血，喷在儿子身上，喷在地上，他儿子被吓哭了。

　　儿子的哭声，唤来了他妻子的忙碌。他妻子到来，没有惊慌失措，因为这种场面，她已经长久适应了。她像医院护士一样，一直按程序操作。

　　她先找来一匹瓦片，将其擦得干干净净。再小心翼翼用筷子将血痰夹在瓦片上。拿到厨房去用火烘烤瓦片上的血痰，让血痰中的水分蒸发，只剩血痰固体物。然后用筷子头将血痰固体物压成粉末。最后再将血痰粉加一点温水，让牛儿爹喝下去。

　　为什么会用如此愚昧的治疗方法呢？当时有一种说法，血痰是病人身上的精华，肺痨病人之所以会死去，就是因为他失去了身体中的精华。因此，救治肺痨病人的办法只有将他吐出的精华再送入他体内，以延长他的性命。这个道理类似于现代人"缺啥补啥"。

　　用这种办法治疗肺痨病人，肯定不是牛儿妈凭空想出来的。这种方法可能有两种来源，一是无知但并无恶意的人告诉她的，二是居心不良的人叫她这样做的。

　　这种居心不良的人是谁呢？他想达到什么目的呢？这个人用如此恶毒的手段害人性命，不是为了谋财，就是为了报仇。

　　牛儿父亲没有任何官职，也未做过恶势力的爪牙，他只是抽鸦片，赌钱，受伤的只是他自己和家人，而未伤及别人。因此为深仇大恨而报仇的人是不存在的。

　　剩下的可能原因就是谋财了。谁来谋财，谁能谋财呢？后来牛儿把目光聚焦在他姑父、姑妈这一家人身上。他们虽有势力但无家产，因而可能有这种企图，其实，还有两种现象也与此有关。

　　牛儿祖母只剩下一个儿子，生这么重的病，按常理，牛儿的姑父姑妈应当来看望一下。可是，牛儿他从未看到他姑父或姑妈来看望过他父亲。其次，牛儿姑父和姑妈，他们有现代文明观念，也有现代文明的人脉，假如他们有心治疗牛儿父亲的病，他们会想办法的。比如，他们绝对有能力请到县城里的医生。肺痨病实际上是一种传染性疾病，正是因为这个原因，牛儿姑父、姑妈不来看望牛儿父亲吗？正是这个原因也不让牛儿祖母来看望她的儿子吗？让他们三人不被传染，而只传染牛儿和牛儿的母亲吗？让牛儿父亲、母亲和牛儿三人都生这种病而死去吗？事实上，牛儿后来确实也生过这种病。他们也确实掏去牛儿家大部分财产。

　　牛儿祖母是一个不识字的老实妇人，她又得到女婿、女儿的照应，女婿、女儿的话听得进，从而使牛儿祖母变成一个很容易被他们操纵的人。在这种情况下，牛儿祖母是难于识破他们意图的。

3. 到阴间为牛儿父亲求情

牛儿母亲为其丈夫忙碌而无效的治疗行为，自然不会让牛儿父亲病情好转。她既不懂得护理这种病人应当注意什么，也不知道应该给这种病人吃什么食物有利于病情好转。病人成天睡在床上，人一天一天瘦下去，牛儿母亲作为一个没有上过一天学的无知女人，她有什么办法呢？她总不能坐等丈夫死去。虽然丈夫不成器，成天抽鸦片，成天在外赌钱，从不管家，碰到这样的男人，也许是她自己的命运，也许是她自己前世欠他的债，今世为他做牛做马，是在还他债。毕竟他是自己的丈夫，其下还有一个儿子，日子还很长，应想办法，为他治病。

她想起了自己家里有一个人，常到阴间去，打听死去人的信息，再回头告诉阳间亲人。是不是叫他到阴间去一趟，在阎王爷面前求求情，看能否保住牛儿爹的性命？

这个人的来历是怪怪的，生活方式也很奇特。他是一个小伙子，比牛儿大近10岁。是1938年民国时代，被牛儿爹带回家来的。在乡镇上，他跟着牛儿爹，他要为牛儿爹干活。牛儿爹问他：姓什么，名什么，今年多少岁，家住哪里，父母是谁？他的回答很奇怪：他没有姓，也没有名，更不知道今年有多少岁；他没有父母，也没有家。牛儿爹再问他：你是不是从山洞里冒出来的？他说他也不知道。牛儿爹是烟鬼，是赌棍，是江湖中人，他凭经验和直觉判断，这个小伙子不是坏人，他是一个有点傻头傻脑的老实人。他决定将他带回家来干活，并取名"检娃"，即捡来的娃儿。这个名字，一直用到民国被灭亡、新共和国诞生。

检娃在这个家中是什么角色呢？是佣人吗？他不要工钱，又不成家。是家人吗，他又没姓，又没名。不是家人吗，他却将牛儿妈喊嫂，将牛儿爹叫哥，将牛儿叫弟。他干活不叫苦，不叫累，好像是自己家里的事，是在为自己干。

那么，他追求什么呢？原来，他在不声不响地搞自己的事。他有时是人，有时又是鬼。他干活、吃饭，正常，是人。但睡觉时，有时不省人事，跑到阴间去，又是鬼。在阴间，他能碰到村里已经去逝的祖宗几代人，知道他们的姓，知道他们的名，知道他们在干啥，知道他们日子好，还是生活苦。当他醒来回到阳间时，他能一一说出来。而这些人的姓名，连阳间的亲人都说不清。

这时，村里已有人将他视为神。拜托他到阴间去，打听一下他们家祖宗亲人，日子是否好过，是否缺钱。如缺钱，阳间的亲人会烧些钱送去，让祖宗能过好日子，同时也望他们的祖宗在阴间保佑他们阳间的子孙后代平安。他为村民到阴间去办事，从不收取任何钱财，唯一好处是村民的感恩感德。

牛儿母亲叫检娃特意到阴间去一趟，向阎王爷求求情，不要勾掉牛儿爹的姓名。因为，阎王爷一旦勾掉某人姓名，此人就要到阴间去了。

一天，检娃干完活回家，晚饭也不吃，换上干净衣服，仰睡在他的床上，他真的到阴间去了。他闭上眼睛，静一会儿，双脚像跑步一样，不断交叉一弯一伸，持续了一顿饭的时间，双脚才停下来，头上已出汗了，他已不省人事，似乎已到了阴间。突然，他双手紧捏拳头，不停地交叉猛击自己胸膛。这种动作，似乎在替牛儿爹受罪。

停止重拳猛击自己胸膛之后，过了一会儿，双脚又像跑步一样，不断交叉一弯一伸，似乎表示，他已在回阳间的路上了。

检娃停下了，牛儿妈马上就问：阎王爷怎么说，阎王爷要不要勾掉牛儿爹的姓名？检娃回答：阎王爷说，有一次，牛儿爹赌博，一人输了，回家上吊自杀，他到阴间，告了牛儿爹，要他赔命。他向阎王爷求了情，并替他受了罪。牛儿妈想，这就好了。

4.下火海战妖魔

检娃到阴间为牛儿爹求过情，也替牛儿爹受过罪，阎王爷未勾掉牛儿爹的姓名。牛儿爹未到阎王爷那儿去报到。牛儿爹还活着。但是，牛儿爹吐血却更频繁，情绪也更为悲观，脸上也常有泪水痕迹。身体也更为消瘦了。牛儿爹仍然需要鸦片维持他的性命。这时，牛儿妈已毫无办法，他要抽鸦片，就让他抽吧，卖田也罢，卖地也罢，总要保命。家里已常找过供他吸烟的卖鸦片人。饥饿的人，米汤可以吊命；而这种烟鬼，只有鸦片才能保他命。

村里有一位姓王的老人，也许是出于同情心，告诉牛儿妈：这种病多为妖魔缠身，鸦片不能救他命，而且你家还可能倾家荡产，不如请一个"当公"——巫师，驱走他身上的妖魔，看病情能否好转。

牛儿妈采纳了这位老人的意见。

牛儿妈托人到邻县阆中古城请来一位有名的巫师。

巫师到了家，详细讲了他驱魔的流程、所需材料和时间。流程有三：一、下火海；二、躯妖魔；三、看效果。效果佳，只需两天。效果不佳，则需增加两天时间。现在，先照两天时间作准备。准备工作有三项：一是材料，二是工具，三是人员。材料要纸钱、木炭和鸡蛋。工具要一把小尖刀，一把铡刀，一个铁锤，一个大木棒，一个园簸箕，12个大小一样的碗。人员要4个强壮有力的未婚男子汉。清单所列物品都好办，现在只缺纸钱和木炭。

主要准备工作有两项。一是磨铡刀。铡刀面要磨得非常光亮，铡刀口要磨得非常锋利，使得铡魔鬼比铡人头更容易。二是派人到县城买纸钱和木炭。木炭用量大，因为要产生火海，可能需要一百多斤。

到了晚上，一切材料和工具都准备好了。

牛儿家附近有十几户人家，都未见过巫师下火海的场面，因而有些胆量大的人来观看。

下火海之前，先要产生火海。所谓火海，就是在房屋走道，用已烧红的木炭，铺成3米长1米宽，再由几人用扇子向木炭扇风，形成火海。这时，人们都心急地等待，观看巫师如何下火海。

巫师在病人房间已戴上类似于皇冠的帽子，已穿上类似于道士的长衣，口中念念有词地走出来。走到火海的一头，停下来，不慌不忙，毫不不紧张地脱下鞋子，脱下袜子，露出赤足，他要干什么呢？观看的人紧张起来。

巫师突然跳入火海，从这一头跑到火海另一头，再飞快地从另一头跑回原地。观看的人被惊呆了，而巫师却没有事。这是常人难以做到的。巫师穿上袜子，穿上鞋子，再念念有词地回到病人房间。

巫师为何要下火海呢？常言道，不入虎穴，焉得虎子；不下火海，何以成仙；不能成仙，何以驱鬼？因为巫师下火海，人们才会相信他有能力驱鬼。实际上，

牛儿一生点滴记忆

巫师下火海这一招，已经征服了人们的心，已经取得了人们的信任。

下火海之后，接着就是驱鬼。驱鬼在病人房间进行，其他闲杂人员不能进入。只有拿小刀、拿铡刀、拿木棒的人可以进病房。

巫师在病房里念念有词，手舞足蹈。突然间，他解开上衣纽扣，露出胸膛，拿起闪亮的铡刀，刀口对着胸膛，一只手紧握铡刀柄，一只手掐住铡刀另一头的小圆孔。叫那个力大的男子拿起木棒，用力打击铡刀背，使铡刀切开胸膛肉、铡断胸骨。天呀，那个男人敢如此动手呢？巫师讲，他下过火海，现已刀枪不入。那男子仍然用木棒轻轻打击铡刀背，看看巫师是否叫痛。巫师确未叫痛。当巫师再次叫用力时，他真的用力了，连续十几次猛击铡刀背。突然间巫师放下铡刀，快速遮住胸膛，扣好上衣，那位男子根本没有看见巫师胸前是否流血。他自己却被吓得大汗淋漓！

巫师马上转向病人，念念有词。念了一会儿，他又将自己左手手腕放在桌子上，拉出一块皮肤，叫另一男子用小刀将皮肤刺穿，并将刀尖钉在桌子上，巫师左手动也不能动了。过了一会儿，巫师突然取出小刀，吸了一口血，向病人吐去，驱散妖魔。第二个流程就此结束了。妖魔真的被驱散了吗？现在还不好说，要看明天的效果。明天什么效果呢？是好是坏呢？大家期待，牛儿妈更是期待，这关系到她丈夫的性命。

巫师当天下火海、驱魔鬼，像演杂技，实在太精彩了。人们都期待明天，看结果，看巫师的真功夫。

第二天晚上，来了不少观看的人。一切准备工作都做好了。

先搬来一把有扶手的小椅子。叫牛儿坐在椅子正中。牛儿头上有一张圆形簸箕，由三人紧抓簸箕边，让簸箕与牛儿头保持一定距离。簸箕中央放第一个碗，碗口向上，碗中再放一个生鸡蛋。第二个碗，碗口向下，盖住鸡蛋，而碗底却向上。总之，单数碗，碗底向下，碗口向上；双数碗，碗口向下，碗底向上。如此重复放置，直到放好第12个碗。最后一个碗，碗底则是向上的。

放好碗，三人适应一下，保持平衡，不让碗掉下来。当三人保持平衡后，巫师叫另一男子举起铁锤，猛力向顶端第12个碗的碗底打去。巨响一声，第12个碗被打碎了。坐在簸箕下面的牛儿，被吓哭了。鸡蛋却没有破！巫师宣布，驱魔成功。真是又惊又喜。惊的是，牛儿被吓；喜的是，妖魔被驱；牛儿爹有救了。

这真是一场精彩的杂技，一场精彩的赌博。

5. 牛儿放牛，牛只吃自家草

牛儿爹很快就去逝了。从此，牛儿家就从四人减少为三人。三人为三代人，上两代都为寡妇，而最下一代人则为一个孤独的男孩。这一家人，快乐从何而来呢？那时，牛儿只有3岁多。那个社会，不像现在，现代家庭，三岁孩子就要进幼儿园了，接受学前教育。牛儿家没有文化，谁去考虑牛儿的未来呢？从家境看，牛儿家有条件请一位私塾老师，教牛儿识字、写字。

牛儿像小猪一样，只要给食物吃，他就会一天一天长大起来。长大一点，牛儿该做什么？最不需大人动脑子、也最不花钱的事，是让牛儿去放牛。当牛儿已有五岁时，他开始与牛做朋友。在农村，小孩放牛本是一件快乐事，因为，小孩去放牛，人就不必在家里。小孩在家，往往被大人叫去干些毫无乐趣的事，干不好，还得挨骂、挨打。牛儿在家虽然很少被骂、被打，但在家里又有什么快乐呢？没有爹，没有哥哥、姐姐、弟弟、妹妹，没有打打跳跳，没有吵吵闹闹，没有相互照应，也没有相互保护，牛儿一个人只有沉闷、压抑的孤独心理，似乎与快乐无缘。

牛儿放牛是经过实习的。既然实习，则需老师。实习目的是保障安全，不要闯祸。所谓安全，就是人与牛要很好相处，人不被牛踩伤。这一点牛儿有独到优势，因为牛儿就出生在牛圈里，牛儿与牛心灵相通，他们肯定会像亲兄弟一样，相互照应，友好相处。所谓闯祸，就是自己的牛不要与别人的牛打架，不踩踏别人家的庄稼，不吃别人家的农作物。

在此想法下，牛儿以家中"检娃"为老师，第一次出家放牛。老师牵着牛，牛儿坐在牛背上，牛全在自家地盘走。走自家地盘的路，吃自家地盘的草，喝自家地盘的水，牛拉屎拉尿也在自家地盘，肥水不流外人田。经过几次实习，牛儿就独立放牛了。

老师牵着牛鼻子走，与自己牵着牛鼻子走，牛儿感觉是不一样的。老师牵着牛鼻子，牛儿坐在牛背上，其视野总是看着牛，其注意力总是担心会从牛背上掉下来。

自己放牛，想走就走，想坐就坐，想睡就睡，这是自由世界的生活，也是人们期待的少年共产主义。牛儿放牛走路，第一次感觉到自己家的地盘之广阔。这个地盘里，有两座山，有许多田，有许多地，有树林，有野草，有小溪，有流水，只是没有"风吹草低见牛羊"那种大草原气派。

两座山都是东西方向。家背后的山较高，朝南面的山地是牛儿家的，朝北面的山地是另一姓人家。家对面的山较低，山北面的山地属牛儿家，山南面的山地则属李姓人家。两山之间有一条从西向东流入嘉陵江的小河，有一条通南部和阆中县的公路。两山之间的地带，基本上都是牛儿家的田地。

牛儿放牛遵守一条原则。人走自家的路，牛吃自家的草。这样，人不惹祸，牛也不惹祸。牛儿每次放牛，都将牛牵到家对面自家山上去，吃自家山上的野草。有时，牛也想换换口味，跑到山脚下去，吃自家地里的农作物，牛儿不管，让牛自由选择，这样，牛儿与牛各取所需，两者就自然友好相处了。

牛儿本人也去享受自己的自由生活。牛儿往往仰睡在草地上，望着天空，看着白云，接受阳光的温暖，闻着粮田的菜花香和大自然的青草气。

大自然给人的快乐，不只是阳光、空气和土地，还有小溪的流水。流水白日夜晚不知疲倦地流着，还发出有节奏的音乐，更吸引牛儿的，是溪水中的小鱼。水中鱼儿都很小，都不听话，都是乱游。当它们看见人时，游得非常快，它们似乎感到：敌人来了，赶快躲开，防止袭击。有时，也有大胆的鱼儿，它们不顺流而下，而是逆流而上，它们也许是在锻炼自己的勇气，也许是因为上游有它们喜欢吃的食物。当牛儿还未想清楚时，突然看见家的房顶在冒白烟，这说明：家里已在煮饭，牛儿该牵牛回家了。

6. 捉到江团鱼

牛儿父亲去世时，他并不感到痛苦，因为他还不知道失去父亲对他日后种种影响。牛儿放牛，虽然十分自由，但他也未享受快乐，因为他还不知道自己想得到什么。

第1章　无欢乐的童年

那一年，嘉陵江涨洪水。牛儿家两座山之间一大片盆地，其中的田，其中的地，其中的河流，其中的小溪，其中的道路，其中的水井，全部被淹没了。整个盆地区域是一遍黄色汪洋大海。没有被淹的地方，只有两座山，只有牛儿家，只有牛儿家对面另一座山下的公路。

水井被淹了，没有清洁饮用水，只好到后山腰处一口泉水井去挑水吃。路虽远，也没有其他办法。

路被淹了，牛儿没有办法去放牛。田间、地间农活也只能停下来。这个村庄全部被洪水围困。人们担心的是，水位还要升多高，水位什么时候才会退下去。让大人们感到恐惧的是，盆地成了汪洋大海，已有船开进来。船进来，意味着已有悲剧发生。小孩看到海，看到船，反而觉得新鲜。但他们并不懂得，船开到这里，已表明，沿江平原地带，已有不少人家房屋被淹，农作物被毁，他们日后住哪里，吃什么，定会有不少人家沦为乞丐。

幸好，两三天后，水位退下来。牛儿家的首要任务是，清理水井，让家里有清洁饮用水。这个活当然由牛儿家"检娃"去干。牛儿喜欢水，也跟着检娃一起去。

水井在一块稻田的旁边。牛儿到了水井旁边，看到井水有波纹，马上兴奋起来。牛儿直觉认为，既然水有波纹，水井中一定会有鱼。牛儿将这个判断告诉检娃。叫他用桶从水井中挑水时，要注意，先摸一摸水桶中是否有鱼，没有鱼，再将水倒入稻田。如果鱼被倒入稻田，则会像大海捞针，被倒的鱼再也捉不到了。

检娃真的细心挑水、谨慎倒水。他挑好一桶水，先摸一摸，看桶中有没有鱼。没有鱼，才将水倒入稻田里。这样，重复一桶一桶挑水、倒水，人累了，又休息片刻。休息时，井水会平静下来，又能看到井水中的波纹。这时，牛儿不仅更为兴奋，而且捉鱼更有信心。甚而有可能捉到一条大鱼，因为牛儿平常在小溪中看到的波纹比这里小得多。牛儿已观察到波纹与鱼大小相关的一个经验：波纹大，鱼大；波纹小，鱼也小。

如此往返循环，将井中的水挑干，让鱼露出庐山真面目。最终，鱼被检娃抓住了，放入水桶里。牛儿高兴得叫起来，跳起来。他像买彩票中了大奖，一夜之间成为百万富翁那样高兴，像王子继位，一夜之间成为皇帝那样兴奋。

　　在将鱼拿回家的路上，牛儿不像来时，要走前面，现在，要在一条狭窄的泥土路上，两人并排走着，一边走路，一边看着桶里的鱼。

　　回到家里，牛儿用清水将鱼养起来。他看到鱼儿在清水中游，他的心才平静下来。当牛儿定下心来观看这条鱼时，发现这条鱼非常奇特，鱼嘴不在头前，而在鱼头下面。鱼嘴不是扁形，而是一个小圆口。这是什么鱼？这是什么怪物？这种奇特的现象，立刻将牛儿的愉快心情驱赶得烟消云散。

　　牛儿家住在这个大院的东侧，属祖辈老二家系，正中北侧住着祖辈老三家系，西侧住着祖辈老四家系。当他们看到这条鱼时，都不知道这是一条什么鱼，也不知道这种鱼能不能吃。最后由牛儿四妈建议，将鱼送到镇上牛儿姑妈家去，也许她能判断这条鱼能不能吃。

　　第二天，检娃将鱼送到牛儿姑妈家，他姑妈极为惊奇，问这条鱼是谁捉的，是从哪儿捉来的。检娃一一回答后，牛儿姑妈才讲，这种鱼非常珍贵，嘉陵江特产，鱼名叫"江团"。即使专业渔翁，一生也很难有机会捕到这种鱼。她告诉检娃，叫牛儿到镇上来，他姑妈把"江团"鱼亲自烧给他吃。

　　检娃从镇上回来讲了这个消息后，牛儿却并没有因为捉到珍贵鱼而高兴，也没有因为姑妈要亲自烧给他吃而兴奋。牛儿心情已平静下来，他已将这件事视为"过去"，已将这件事视为只是童年的一种记忆。他为何有如此突变的心情，也许因为他与他姑妈的心没有亲情联系，也许牛儿并不想像中彩票那样想获得财富，也不想像王子继位那样获得权力，他想得到的，也许是捉到鱼，已满足。能不能吃到鱼，能不能将鱼变成财富，在牛儿心中，似乎并无此追求。

7. 心中生了仇恨种子

　　什么是爱，什么是恨？为何有爱，为何有恨？爱藏在哪儿，恨露在何处？爱与恨，应当用理性去处理，还是应当用情感去对待？这是所有人都会碰到的问题。牛儿也不例外。

　　牛儿虽然只有几岁，却经历了两个巨大变化。第一个变化是他3岁时失去了爹。他当时还不知道失去爹会意味着什么，他更不知道失去爹会失去保护而会遭受别人欺负，因而他爹去逝时，他并未感到特别悲伤。

牛儿7、8岁时，发生了一个更为巨大的变化。变化的起因在他姑父家。他姑父家没有儿子，为了他家能传宗接代，他姑父与姑妈商量，当然也经过牛儿祖母同意，决定姑父与牛儿妈组成一种特殊婚姻。所谓婚姻，就是获得两家人的认可，所谓特殊，就是各归各的姓，财产各归各，牛儿姑父家唯一要求，就是牛儿姑父和牛儿妈生下孩子，由牛儿姑父领走。牛儿妈即为牛儿姑父家生孩子的机器。这只是台面上的协议，而实际上是他们要掏空牛儿家的财物。牛儿姑父家是人财两得，而牛儿家却是人财两空。这件事，牛儿当初已有幼小感受，只是牛儿逐渐长大后才看出，才被告知的。

牛儿第一个感受，是他们结婚后，牛儿姑父到牛儿家来时，牛儿要被赶到另外的房间去。牛儿本来和他妈睡在一起，当牛儿被赶走时，牛儿感到他的妈被他姑父霸占了。牛儿内心有一种说不出的难受。这时，牛儿与他妈、与他姑父已产生了心理鸿沟。

有一个夏天晚上，天气很热，牛儿姑父来到牛儿家。吃好晚饭后在大院子里树下乘凉，牛儿姑父很胖，显得特别热，一会儿要扇子，一会儿要毛巾，一会儿又要水。第一次叫牛儿去拿扇子时，牛儿已不高兴，因为牛儿内心深处根本就不愿为他跑腿，为他服务。但牛儿仍然忍着，只是表现出并不情愿的样子。牛儿姑父当然也看得出来，只是双方都无语言表露。当牛儿姑父再次叫牛儿去拿毛巾时，牛儿心中已不只是不愿意，而是生气了。牛儿心想，凭什么要为他跑腿，他是不是在欺负自己，牛儿更是想，如果牛儿爹在世，牛儿就不会这样为他的姑父跑来跑去。牛儿将毛巾交给他姑父时，突然冒出一句话：没有爹才会这样子！其实，牛儿姑父看到牛儿不情愿、不高兴的样子，也许他也在想，即使以长辈姑父的身份叫牛儿去拿件小东西也不为过，更何况现在他实际上已是牛儿的爹呢。这么小就这样子，何况他还是仁字袍哥大爷，叫下面兄弟伙去跑腿，没有一个敢反对。于是，牛儿姑父也冒出一句话回击牛儿：你爹又不是那个肏死的！（肏，读cào，下流骂人语，四川读rì。蒋介石骂"肏你娘"，四川人骂"肏你妈"。）牛儿受到这样的侮辱，牛儿爹受到这样的侮辱，牛儿心理的痛苦是难于想象的，更是难于表达的。牛儿心中的痛苦压住了牛儿伤心的眼泪，牛儿没有哭，牛儿只恨自己太小，手中没有刀，手中没有枪。有刀就杀死他,有枪就毙了他!假如红军当时过这里而又愿接收小孩,牛儿一定会从军,牛儿一定要报仇。即使土改时牛儿姑父被枪决,牛儿也恨自己没有机会去当刽子手,亲手杀了他姑父。

牛儿姑父骂牛儿时,牛儿妈当时并未感到这种侮辱已在牛儿心中种下仇恨的种子,她没有责怪牛儿姑父,也没有对牛儿进行任何心理安慰。这时牛儿已强烈感到,自己没有爹,也没有妈,没有爹的保护,也没有妈的心爱,牛儿心中只有恨,只有仇。

8. 半年读两个村小

牛儿快有 10 岁,该上学了。上什么学校,到哪儿去上学,从牛儿家的地理位置看,牛儿可能有三种选择。一是私塾,二是国民村小,三是国民中心小学。国民中心小学就在牛儿祖母家的对面,从家门口过街就到了。从安全角度讲,这是最佳选择。然而,牛儿家并未作出这种选择,也许因为,国民小学是公立的,公立的就是混饭吃的,混饭吃的就是误人子弟。距牛儿家四五里的地方,有一所私塾,私塾老师是这里远近闻名的。牛儿被决定送到这所私塾学校去接受启蒙教育。这所学校在嘉陵江边平原地带上一个小丘的庙宇,牛儿家与庙宇之间有一条小河。夏天水位上升,冬天水位下降。水位下降时会露出石头,水位上升时,石头会被淹没。小孩过河有很大的安全隐患。也许这是牛儿母亲最为担心的。

为了保障安全,牛儿母亲向王姓人家的大孩子求情,请求他们照应一下。王家大孩上学,牛儿家门口是必经之路,他们照应牛儿,相当于接送牛儿上学和放学。他们如何对待牛儿,就显得特别重要了。

做好大孩子工作后,有一天,当大同学们走到牛儿家门口时,牛儿就与他们一起上学去了。在上学路上,牛儿心里还是很高兴,和小朋友们在一起,有说有笑,走路有慢有快,有停有跑。不像放牛,总是千篇一律的步伐。上学读书有没有快乐,虽然现在还不知道,但上学毕竟是一种新生活,有同学,有老师,总比整天与牛在一起好。

第1章　无欢乐的童年

牛儿和同学们一起走，一起跑，不知不觉就到了学校。见到老师，先跪在地上，向老师磕个头。这是师生见面的跪拜礼。中国历来倡导学生尊敬老师，老师爱护学生。师生亲如父子。民间有"一日为师，终身为父"之说。老师叫牛儿起来之后，问牛儿叫什么名字，牛儿讲叫"牛儿"。同学们也未笑，也不认为奇怪，因为大家都是这样的。实际上，在农村有马儿、狗儿、猪儿之类的乳名是常见的，而且这些乳名多为男孩。女孩乳名多与植物有关，比如，花香和菊儿。上学之前，只有乳名；上学之后，才有学名。老师想了一会儿，给牛儿取了一个学名。牛儿从此成为读书人了。

牛儿，从前听到的只是鸡叫、狗叫或鸟语，而今天听到的却是各种读书声。学校有十几二十个同学，就有十几二十种声音，有人在读"人之初"，有人在读"子曰"，也有人在读"油、盐、柴、米、酱、醋、茶"。也有人在读"赵、钱、孙、李、周、吴、郑、王"。老师叫牛儿先念"人之初"。当然，牛儿也就跟着念"人之初"的同学一起念，一起大声朗读"人之初，性本善，性相近，习相远"。

牛儿感到，念书像唱歌一样，一起念，一起唱，不枯燥，不吃力，又好耍，又好玩。但是，牛儿后来发现，念书并非如此轻松，因为老师要将学生一个一个叫去，单独面对老师背书，要一字不漏地背出所念内容。开始背几句，很容易，越往后念，内容越多，把整本书内容都背出来，那就很难很难了。所以，有人说"三年读本百家姓，聪明绝顶"。

牛儿这种上学、读书、放学回家的学生生活，在开始两三个月内，都很顺利。但是，有一次，发生了一件事，牛儿的读书生活就结束了。他不得不离开这个启蒙学校，不得不离开启蒙老师，也不得不离开启蒙的同学。牛儿家与学校之间有一条小溪相隔，河床上有石头，走一步，脚踩一个石头，每走一步都要小心翼翼把脚踩在石头上才会顺利过河。有一次，嘉陵江河水倒流入小溪，把石头淹没了。看不见石头，只有摸着石头过河。当牛儿脚踩上一个石头，去摸前面一个石头时，不小心掉在河里了。同路上学的王家大同学，不仅没有拉牛儿一把，反而将牛儿身子压了一下，让牛儿喝了几口水。牛儿被吓哭了，牛儿哭着走回家。牛儿将经过讲给母亲听，他母亲抱着牛儿哭了。这时，牛儿母亲要在上学读书和保全性命之间作出选择。他母亲放弃了牛儿上学读书，选择了保全性命。因此，她决定牛儿不上学了。

牛儿一生点滴记忆

牛儿从前受打击的是心，而这一次受打击的却是身。受打击的原因都是因为他失去了父亲，也没有哥哥。要是他父亲尚在、要是他有哥哥，就有拳头，有拳头就能回击。既然没有爹，没有哥哥，牛儿只能忍。牛儿在其后的大半生里，都是忍。牛儿的"忍"字哲学，就是从这幼小的心灵中产生的。但是，牛儿也有积累"力气"的想法，到时候，该出手时就出手。

老师为牛儿取的学名，不用了。还是原名好。牛儿生在牛圈里，本来就有牛性。而且，牛儿是一条公牛，干活，吃草。但挤不出奶。公牛一旦被鞭子打得太痛了，公牛会撞破主人家的墙，踩漏主人家的田坎，这就是日后牛儿一生的牛性。

牛儿在家耍了一个多月，他母亲也许认为这不是长久之计，还是应该上学去。原来的私塾是不能去了，看能不能到邻近阆中县一所国民村小去读书。这个学校离家虽比原来私塾远一点，但是没有河水相隔，路上比较安全。

牛儿又开始读第二个启蒙学校。这个学校也在庙宇里，是一所公立村小，不收学费，不限住地，不限年龄，不分男女，只要你愿去读书就行了。尽管条件这么优惠，这么宽松，但到这儿来读书的学生仍然很少，没有几个人。

这个学校也只有一个中年老师，衣着比较奇特，不穿长袍，而穿短衣。教书内容奇怪，教学方法也有差别。书本不用"人之初"之类的《三字经》，不用"油、盐、柴、米、酱、醋、茶"之类的《随身宝》，也不用"赵、钱、孙、李、周、吴、郑、王"的《百家姓》，而用"小小猫，跳跳跳"的抗战课本。教学方法也不是只念书只背书，也到操场做操，唱歌，跳舞。同学们也喜欢，可他们的家长却很不满意。家长们认为，娃儿在学校做操，唱歌、跳舞、跑跑闹闹，不念书，上学干这些事有什么用呢？还是在家务农好，娃儿将来才不会变成不会干活的懒汉。

在农业社会里，在这种农民思想下，国民村小的学生越来越少，学校不得不关闭，牛儿又不得不再次失学。

第 2 章

游荡的少年

9. 上国民中心小学

牛儿两次上学，两次失学，第一次失学是因为受大学生欺负，第二次失学则是因为学校关闭。牛儿似乎没有读书的命运。然而，人也有"命不该绝"的时候。

牛儿离开了母亲，离开了乡下，离开了田园风光，检娃将牛儿送到了乡上，到了祖母身边，到了有国民中心小学的地方。

这个地方与乡下完全不同，恍惚到了另一个世界。

到了祖母身边，祖母好像很高兴，叫牛儿今后和她一起吃，睡觉也在她床上。其实，祖母的住房是蛮大的。有两个门面，是两层楼房，大约有四百平方，后来知道，这是乡上市中心地带。这么大的房子，她一人住，显得空空荡荡，孙儿到了她身边，有人陪伴，也许就是她高兴的原因。牛儿与祖母住在一起，再也不会有人将牛儿赶到别的房间去了，牛儿内心也高兴。

乡上看不到视野风光，看不到牛羊，也闻不到菜花香，看到的只有人和房子，引起牛儿关注的是小朋友。这里小孩很多，有男有女，有大有小，不知道他们是些什么人，这些小朋友有没有大欺小呢？

在乡下，人们是日出而作，日入而息。这里似乎不是这样。这里有大兵，早上有人吹起床号，有大兵跑步练操。这里的人，不种田，不下地，想睡就睡，想起床才起床，好像他们都不干活。他们吃什么？吃的东西哪里来呢？这些问题，牛儿后来才知道答案。

适应了几天城镇生活，祖母便叫牛儿去上学。学校就在家对面，很近。家对面邻居一个小孩，带牛儿到学校。走进学校大门，发现这里也是一座老庙宇，其中有一间房子，门口还站着一个大兵，手持步枪，这是干什么的呢？牛儿还来不及思考，也来不及发问，牛儿已被带到老师办公室了。老师并未问牛儿年龄和姓名，在乡下读过书没有，只是介绍了学校情况。老师说：学校有校长，有国文老师，有算术老师，有音乐老师，有体育老师，好像还有其他老师，而且还有一位女老师，一共有 6 位老师。

随后，一位同学将牛儿带进教室，牛儿惊奇发现，教室里只有三五个学生。一个上午，就有两个老师来讲课，他们讲话南腔北调，阴阳怪气，好像不是本地人。老师不教学生念书，也不教学生背书，只是听老师讲。老师讲话已经似懂非懂，是否听懂老师上课内容，那就可想而知了。好在老师并不询问学生听懂没听懂，同学们就不害怕老师了。下午，只有音乐课和体育课，唱唱歌，打打球，耍耍玩玩，一天的学习生活就结束了。

有时，也突然增加一两百个学生，他们都是乡下村小上来的。这一两百个学生，把四五个教室挤得满满的，有乡下老师上课，也有这儿老师讲课。听说县上要来检查。

县上检查后，学生又回村小，乡上的国民中心小学，仍然是那三五个学生。这几个学生中，一个是郑乡长的儿子，一个是刘乡长的儿子，一个是李保长的儿子，牛儿是唐老太婆的孙子，还有个女生，是左姓卖肉屠夫的小女儿。这五个学生中，郑乡长的儿子有手枪，但胆量最大的却是李保长的儿子。有一次，他竟敢夺下门卫兵手中的枪，朝天打了一枪。警长发现，打了那个门卫兵一个耳光，此事就了结了。原来，守门的卫兵是看守被抓来的壮丁。壮丁被关在教室背后一间屋里。这个学校有两块牌子，一块牌子是"南部县老鸦乡国民中心小学"，另一块牌子是"南部县老鸦乡乡公所"。实际上，这所学校为政教合一处，吴副乡长兼校长。这里有四种人，一是老师，二是学生，三是大兵，四是被关押的壮丁。

郑乡长的儿子虽然有手枪，但并非天天带上，即使带了枪，老师也不知道，他也不在同学面前耀武扬威，摆弄自己的手枪。同学之间，年龄和身高也相差不大，并无大欺小现象，还是蛮友好的。

在这种学校读书，早晨要举行升旗仪式，要唱国歌，好像还要向蒋委员长行礼。

在这儿读书，不念书，不背书，老师不布置作业，上课不盘问，只是听老师讲。老师不骂学生，不打学生，学生的自由和人权得到了充分保障。即使今天，只有大学生才能获得如此之自由，而牛儿在几十年前读小学时，已经享有这种自由了。

读书是一种非常自由、非常开心的生活。

10. 没有与客人一起吃

牛儿在中心小学读书，非常自由，也非常快乐。但也曾碰到过不愉快的事。

有一次，他姑妈家的贵客来了。贵客就是她姑妈县城里的"员外"女婿。县城到姑妈家有 10 公里路。员外女婿来，是一大批人马。有女婿，有女儿，还有两个外孙，并带了许多行李。行李有两个人挑，女儿坐一个"滑竿"，两个外孙各坐一个滑竿，女婿则不同了，他像日本相扑运动员，有两三百斤重，他的滑竿要四个人抬，前后各两人。女婿、女儿、两个外孙，共四位客人。十个抬滑竿的人，二个挑夫，四位客人，总共有 16 个人。这种出行气派，虽然比不过皇上，却绝不亚于县太爷。

滑竿是解放前的一种运输工具，现在只能在旅游景点看到了。行李中除礼物之外，就是他们四位客人的换洗衣物。两个外孙是员外女婿前妻所生，他们年龄比牛儿大几岁，但辈分却低于牛儿。从辈分讲，他们应叫牛儿表叔。当时，他们并未叫过牛儿表叔，只是后来，牛儿已大学毕业，在上海工作，见面时才叫声表叔，以示辈分差别。

女婿、女儿、外孙来，当然是按贵宾款待。另外，又请了一些客人，作为陪客。这些被邀请的陪客，可能都是乡上的权贵，只是那时牛儿还小，到乡上读书，时间不长，不认识那些客人。牛儿祖母，是他姑妈的母亲，牛儿是他姑妈的侄儿，也被当着客人请去了。

客人被安排在大客厅，其他人，包括佣人在内，被安排在靠近厨房的小餐厅。牛儿祖母作为他姑妈的长辈，作为他姑妈的母亲，也被安排在大客厅。牛儿作为他姑妈的下辈，作为她的侄儿，被安排在小餐厅。这一安排，对牛儿的内心、对牛儿的思想、对牛儿的精神、对牛儿的人格，打击太大了，由此而产生的亲情鸿沟，再也无法弥补了。牛儿已隐隐约约意识到，他们，包括他姑父在内——实际上，他姑父已在牛儿内心深处播下了仇恨，这些人，不是讲亲人，不是看亲情，而是讲权势，而是看财富。他们，不是牛儿想在一起的人，他们，不是牛儿喜欢的人，他们，在牛儿的内心，已不愿被当成长辈看待，他们，已不被牛儿当成长辈尊敬了。

客人到齐了，佣人开始上菜。有凉菜、有热菜、有蒸菜、还有炒菜，当然也有汤。牛儿从没见过的是，盛菜的餐具，不同颜色的菜，就用不同颜色的盘具，不同分量的菜，用不同大小的盘子，端出的每一道菜，都是非常漂亮的。给人的感觉是，看到菜就想吃。

吃他姑妈家的菜，真能享受到菜的色香味形。这个功劳应归功于两个人，一是四川一位军阀，曾经送给他姑父家一大套景德镇餐具。二是他姑妈，她有一副好手艺，善于做菜，远近闻名，在今天看来，她是一位高级厨师。

他姑妈所作菜肴虽属美食，但牛儿却没有胃口，并不想吃。不是菜不合牛儿口味，而是因为在这儿吃饭不合牛儿的心意。牛儿从此就不到他姑妈家去了。

后来，他姑妈也常为牛儿祖母、为她母亲做点补品，比如银耳羹、人参、海参之类的菜肴，要牛儿祖母到她家去吃，当然也要叫牛儿去。但是无论牛儿姑妈怎么请，无论怎么"真心"，牛儿是不会去的。

牛儿多次被请，多次被牛儿拒绝，牛儿姑妈感到有问题了。问题何在，原因何在，牛儿姑妈东想西想都想不出什么原因。后来她求助她的母亲——牛儿的祖母，问问牛儿为什么不到她家去。当牛儿祖母问牛儿时，牛儿说了实话。牛儿到她家吃饭被歧视了，牛儿没有得到一般客人的同等对待。其实，更深层次的原因是，牛儿姑父曾侮辱过牛儿爹。牛儿对他姑父的恨仍然留在牛儿心灵深处，没有消失。牛儿对其姑父与姑妈都无好感，尤其对他姑父更是恨之入骨。牛儿对他姑父的恨，当时没有告诉他的祖母。

11. 吃"心肺炖肉"

牛儿刚到乡上来，曾经还有过疑团，场上人不种田，不下地，吃什么呢？现在知道了，街上人，比乡下人吃得更好！

牛儿所在老鸦乡，每月农历二、五、八当场。所谓"当场"，就是这一天为集市日子。集市这一天，街上热闹极了。油、盐、柴、米、酱、醋、茶有人卖，肉有人卖，猪、牛、羊、鸡也有人卖，实际上，人们需要的衣、食、住、行、用，包括农民所需的农具，都有人卖。

　　牛儿祖母家门面和沿街都有商品卖。他祖母一个门面留着自己用来卖酒，另一个门面出租给别人开面馆。两个门面沿街，摆满了各种摊贩，街中央行人挤得水泄不通。当场这一天，他祖母也忙得不可开交，手忙脚乱。一会儿这个人要打一两酒，一会儿那个人要打二两酒，一个二三十个人的堂面，全都是喝酒的人。既要不停地供应酒客的酒，又要记住酒客喝了多少两酒，该收多少钱。这并不是一件容易事。最容易出问题的是，酒客喝酒后，记不清楚自己喝了多少两酒，而与酒店主人发生分歧，发生付酒钱的争议。牛儿祖母一个女人家，怎么能争得过、吵得过那些喝得醉醺醺的酒鬼呢？牛儿祖母没有发生过这种事，足以说明：她脑子很好，她人品好，酒客信任她。

　　每逢当场这一天，牛儿祖母忙得没有时间煮饭，她和牛儿总是从租借房子的面馆老板那儿买来两碗面，她与牛儿一人一碗。同时他祖母还要请人帮忙买上半斤或一斤肉，说明是唐老太婆要的，肉摊老板收摊后再来收肉钱。天气不冷的季节，当场晚上多数吃线粉肉丸汤，加上保宁醋，味道好极了。牛儿到了80岁，仍然喜欢吃保宁醋线粉肉丸汤。

　　其实，牛儿铭记在心的是，吃他祖母做的"心肺炖肉"。牛儿不仅吃到猪的"肉"，还吃到他祖母的"心"。心肺炖肉，这道菜往往是冬天吃的。牛儿祖母认为，冬天天气寒冷，吃炖菜暖和，而且在做这道菜时，牛儿祖母不用草烧火，而用木材烧火，木材烧火没有烟雾，牛儿可以坐在灶前取暖。牛儿已感知到，人生中，爱就是暖，暖就是爱。也许这就是牛儿人生中第一次感受到爱。

　　心肺炖肉炖好了，牛儿祖母就去抬一张小方桌到厨房里来，放在灶的旁边。端上一碗热腾腾的心肺炖肉，放在小桌上，他祖母再打二两酒，装进小锡酒壶中，用一碗热水把小酒壶放进碗里，热水将酒温热。再来两双筷子，两个小碗。于是祖母坐下来，一边喝酒一边给牛儿挑菜，他祖母也一边吃菜一边喝酒。牛儿虽未喝酒，但血液已在沸腾。牛儿祖母虽然喝酒不多，但从眼神看来，似乎已经醉了。因为，酒不醉人，人自醉。牛儿祖母作为一个寡妇，已醉于孙儿给她的天伦之乐中，牛儿，作为一个从小失去父亲的孩子，已沉浸于祖母给他的爱河里。这就是一个寡妇需要的快乐，这就是一个失去父亲的孩子需要的幸福。

快乐与爱，只能由情产生，而权力与财富是制造不出来快乐与爱的。爱是一种付出，而其他行为则都属交易。

12. 开始吃"记账"

在乡下，在农村，牛儿视野只有田野，只有牛羊，只有鸡犬；牛儿嘴巴，一天都吃三顿稀饭。这就是农业社会。农业社会一天不变，一月不变，一年不变。一生不变，几代人也不变。

在乡镇，在城市，牛儿视野在变，他已看到市场繁荣，已看到市场物资丰盛，只要有钱，什么都能买到。牛儿嘴巴也在变，他已不满足于昔日乡下的三顿稀饭，也不满足于当场中午他祖母买来的那一碗面。牛儿开始想换一换味口，吃点别的东西，比如，锅盔、凉粉、油茶、包子之类。但是，吃这些东西需要钱，牛儿没有钱，钱从哪儿来呢？牛儿没有胆量去偷他祖母的钱。有一次，牛儿看见一男孩去吃凉粉，吃了后，说没有钱，欠起，钱由他妈来支付。卖凉粉的摊主没说什么，小孩就走了。牛儿没有爹，而妈又在乡下，乡上只有祖母，不知能否吃欠账？

有一次，是当场日，牛儿祖母没有时间煮饭，牛儿又不想吃乡下人卖的那种有腥味的豌豆面。于是，牛儿也未征求他祖母的意见，自己就到凉粉摊去，说，他想吃两碗凉粉，钱欠起，由他祖母来付。摊主问，谁是他祖母，牛儿回答，唐老太婆是他祖母。摊主又说，他好像不认识这个小孩，幸好旁边有一人讲，他是唐老太婆的孙儿，是唐老太婆家的人种。虽然牛儿当时并不懂人种是什么意思，但摊主却因此而同意了。牛儿没钱，也能吃到凉粉，非常高兴。但是，牛儿回家却没有给他祖母讲，在外面吃了凉粉，欠了账要他祖母支付。

凉粉摊主收摊后，跑到他祖母那儿，说她孙儿在他那儿吃了两碗凉粉，没有付钱。牛儿祖母问，多少钱，摊主讲了，牛儿祖母二话没说，就把钱付了。而且牛儿祖母不仅不问牛儿有无此事，也没有对牛儿有任何责怪。

牛儿这种吃"记账"行为，以后就逐渐扩大，吃油茶，吃包子，甚而上馆子吃"火爆腰花"。这些摊主或老板，只需到牛儿祖母那儿说一声，牛儿吃了什么，吃了多少，该付多少钱，他祖母一概认账，当即付钱而且也不问牛儿有无此事。他祖母这种作法，非常类似西方政府对市场经济的态度，不过问，不干预，不约束，让其自由发展。

只是到了后来，牛儿一次输了 3000 斤红糖，才引起他祖母发气，并声称要打牛儿一顿，这是后话。这也类似于西方自由市场经济发生危机后，政府才开始考虑对自由市场经济是否也要进行适当干预。

在牛儿还未发生危机之前，牛儿仍然是非常自由。自由范围不仅是吃"记账"，还有不上学，还有耍，还有学赌博。这是因为，牛儿有唐老太婆这张支票，而唐老太婆的支票又是从她的田产银行开出来的，信用度很高，牛儿在哪儿都能吃"记账"、在哪儿都能借到钱。

13. 融入孩子社会

在学校读书的学生是些什么人呢？是乡长儿，是保长儿，是屠夫女，牛儿是什么，他什么都不是，他只是唐老太婆的孙子。

在学校读书。每天都是三件事。早晨升旗，上午讲课，下午打球唱歌，天天如此，月月不变。

讲课讲些什么呢？算术讲加减乘除，国文则讲，胡适"差不多先生传"，"木兰辞"，"林觉民致夫人书"，"日本鬼子侵略中国"之类远离孩子生活的事。孩子们对读书就没有兴趣了。

下午打球唱歌，同学太少，天天这几个人，也没有什么快乐。学校外面的孩子在干什么？牛儿发现，他们在踢鸡毛毽，他们在"丢窝"，他们在打牌，他们在赌博。他们的所有活动都有胜负，都有输赢。所谓"丢窝"，就是在泥土地上挖一个碗口大的圆坑；深度也像碗口到碗底那么深。这个圆坑就叫"窝"。这种叫法，也许是这个"坑"类似于鸟"窝"而得名的。人站在距窝二三米处，将铜钱投入窝内算赢。如铜钱被弹出窝外，就算输了。实际上，这就是一种孩子赌博。

牛儿看到这些孩子们的活动，就开始融入孩子社会。他开始是下午不去上学，下午逃学，与孩子们一起踢毽子，一起丢窝，争输赢，接受启蒙赌博训练。经过几个月实践训练，牛儿踢毽子已经踢得不错了。一次，县城川剧团到这里来演戏，一个花旦戏子看见牛儿踢毽子不错，他提出与牛儿比一比，看谁踢得次数多。大家都支持、都鼓励牛儿与戏子比赛。小孩子的目的是看热闹，大人鼓励的目的是看戏子表演，而不是看牛儿踢毽子。所谓花旦戏子，就是人才美貌、身段柔软、男装女扮的演员。戏子提出选择一块平地，选好毽子，真的比赛一下。其实，戏子也不在乎输赢，而是好玩，于心于身都有利。

比赛真的开始了，围观的人可多了，牛儿与戏子同时起脚踢毽子。戏子踢毽子，身段柔软，动作优美，博得围观人群拍手称好。牛儿也不示弱，他踢毽子有花样，他可以前踢、后踢、左踢、右踢，也蛮好看。戏子与牛儿各自踢毽又报数，围观的人群也有人自愿报数的。两人踢到七八百次时，都出汗了，都感到累了，腿都有酸痛感了。这时，运动中的假疲劳现象出现了。只有坚持，只有战胜假疲劳，才能取得胜利。如何战胜假疲劳呢？戏子似乎还缺乏经验。牛儿却心中有数。牛儿知道，只要将毽子踢高，腿就可以休息一下。戏子踢毽，毽子飞得低，频率快，在相同时间内，戏子踢毽的次数，高于牛儿，但是这种踢法人很累，难于持久。

当两人踢到超过 1000 次时，戏子吃不消了，认输。他虽输仍赢，因为围观人群仍在为他鼓掌。他们认为，戏子是大人，牛儿是小孩，小人是不知道疲劳的。

虽然鼓掌不是为牛儿，但牛儿毕竟赢了，胜者为王，败者为寇。牛儿心理仍有胜利的喜悦。

这次胜利为牛儿带来喜悦，带来自信，但是，当时，牛儿尚小，不知道任何事都有好有坏，好是现在高兴，现在的快乐。但高兴与快乐的背后，却隐藏着忧愁。因为这场胜利，正是牛儿日后进入赌场的推力。踢毽，论输赢，赌场，也不就是讲输赢吗？

14. 在戏场放"地老鼠"

牛儿通过踢毽子与丢窝，已融入少年社会。他的视野更宽了，活动范围更广了，胆子也更大了。

牛儿从乡下来到乡镇上，一直在他祖母身边，开初只是上学读书，后来也不过吃些小吃，吃"记账"，身上也无需带钱。后来开始逃学，进入不读书的少年社会，学踢毽子，学丢窝，贪玩，贪耍，不走正途，跟一些游荡少年混在一起。开始干一些逗人恨、惹人骂的恶作剧。

干恶作剧，既花钱，又要胆量，而且是非常危险的。从乡下进镇的牛儿，从小失去父亲，胆量小，一直处于防守心态。照理说，牛儿是没有胆量干这种事的。

在干恶作剧之前，牛儿家住了一个叫"代君"的男人，牛儿心态发生了变化。不怕人，不怕事。

这个人是谁呢？这个人有特殊身份，有特殊力量，有特殊势力。他是牛儿这个家族系中老大世禄的儿子。他的父亲是习武的举人，是这个家族中活得最久的人，他的父亲活了80多岁。牛儿家系为老二，牛儿祖父、牛儿父亲都是早年夭亡。这个神秘人把牛儿祖母喊二妈，牛儿则为他的侄儿。

据说，他小时随红军逃离家庭，从此就无音讯，是死是活，这个家族中没有一个人知道。

离家几十年，这次突然回家，他家已没有人了。他只好住在牛儿家，住在他二妈家。

他二妈家房间多，他住在这里是没有问题的。无论牛儿祖母，或是牛儿本人，都希望他住在这里，因为这个家太缺男人了，太缺对家庭有保护能力的男人了。这个家，最需要保护的是牛儿，牛儿没有爷爷、没有父亲、也没有哥哥，人又小，谁能保护他呢？她的侄儿回来，住在这里，正合牛儿祖母意。

牛儿祖母问她侄儿，这么多年没回家，在外面干啥？她侄儿只说，他的事，叫二妈不要问。他只是在这里住，不在二妈家吃饭。又说，牛儿有事，他会管，并告诫牛儿一句话：今后不准去赌钱。这就是那位神秘的侄儿，那位神秘的叔叔，对牛儿祖母、对牛儿本人讲话的全部内容。

牛儿这个叔叔，又黑又魁梧，身带双枪，像土匪，也像刽子手，样子是杀气腾腾，谁见了都害怕，只是牛儿祖母和牛儿例外。因为他是这个家族中的人，有血缘关系，他身上流着这个家族的血液。

他到底是什么人呢？有人说，他是共产党，他是共产党川北地区的联络员，出行时，朱德和周恩来还向他敬酒并送行。他回到老家，独自一人抓到当地土匪头目，在公路旁边将其枪决，让民众观看，却没有土匪头目的兄弟伙和家属敢于去认领尸体。又一次他与乡长一起赌钱，乡长赢了，他抽出两支手枪，往赌台上一放，乡长被吓坏了，马上求饶，将钱全部退给赌客。又有人说，他是国民党，是军统，他经常来往于县党部，为国民党效劳。

总之，人们不知他真实身份，也没有人敢惹他。

牛儿家住了这样一位侄儿，这样一位叔叔，牛儿祖母放心了，牛儿本人也胆大了。

牛儿开始向他祖母要钱，他祖母不问牛儿要钱干啥，也不问要多少钱，只是叫牛儿自己到抽屉里去拿。

牛儿去拿了几个铜钱，约小朋友去买"地老鼠"。地老鼠是一种烟火，点燃后，专在地上跑，有可能从人的裤腿穿到人的裤裆，又恶心，又可怕。

那一天晚上，正是川剧团到老鸦乡，上演川剧。一个小乡镇，很少有文化生活，戏台下面是露天广场，站满了人群观看。剧台的左边是牛儿家，牛儿家打开窗户就可以观看演出。剧台对面是乡公所和国民中心小学的地方。乡公所和学校是同一个大门，正对剧台。乡公所大门有大兵看管，牛儿是学生，可以随便进出。牛儿与另一个小朋友，点燃两只地老鼠，从观众背后丢在地上，马上跑进学校隐藏起来。这时，露天广场看戏的观众，为了躲避烟火，你挤我，我挤你，人潮涌动，一遍遍倒在地上，又一遍遍爬起来。叫声不断，骂声不断，骂他祖宗三代，骂他家断子绝孙。也有人喊叫，把这个坏种抓出来，打死他。

牛儿内心虽有后悔之意，但是，地老鼠一经抛出，就收不回来了。正如将箭射出，不能收回一样。

15. 与袍哥大爷玩游戏，赢三块大洋

一个人的想法，往往带有他过去经历和现在环境的影响。牛儿过去曾受过身心的打击，现在又与不读书的游荡少年在一起，他不希望再被歧视，再受打击，希望自己比其他少年做得好一些。牛儿从踢键子比赛中获得了胜利，尝到了甜头，

增强了信心。

牛儿在与少年朋友丢窝的游戏中，也希望做得好一些，至少不比别的少年差。牛儿在丢窝活动中，发现，把铜钱投入窝里还有讲究。比如，将铜钱正好投进窝内，铜钱会碰到窝壁泥土，会被弹出窝外，投窝者必输无疑。牛儿发现这一现象后，他改变了投窝方法，不将铜钱投入窝内，而是将铜钱投入距窝还有一定距离的位置，让铜钱自己滑入窝内。这种丢窝方法，成功率高得多。

有一天下雨，小朋友们在牛儿家对面，在学校楼下的一块空地，玩丢窝游戏。正好一个40岁左右的成年男子，路过这里，看见小朋友们在玩丢窝游戏，他也许是无事，与小朋友们一起玩，他也许愿与小朋友们接触，发展他的第二梯队。他宣布，他来坐"庄"，小朋友们投窝，投入窝内，一个铜钱赢三个铜钱，投入窝外，铜钱就归他的了。小朋友们当然起劲。这些小朋友中，有不少人是会赌钱的。

牛儿在这次丢窝游戏中——实际这是一种丢窝赌博，有输有赢。总的讲来，牛儿这次还是赢了几个铜钱。

这个男人是谁呢？他是乡上义字袍哥大爷。乡上袍哥有两派，一派为仁字派，一派为义字派。牛儿姑父为仁字袍哥大爷，义字袍哥大爷就是坐庄的这位男子。他是从成都回到这儿来定居的。他带回了一位成都太太，在这乡镇买了房子。他们的衣着和生活在乡镇上是属于现代化的。他太太穿"旗袍"，戴金戒指，戴金项链，男人则戴戒子，戴手表。他们家没有田地，没有生产，只有钱，只是放债。

仁字、义字袍哥相当于上海青、红帮。他们是社会第三势力，亦称"黑社会"。社会第一势力为官府和军阀，第二势力为资本家和地主。第一势力和第二势力合称"白社会"。那位来在丢窝游戏中坐庄的义字袍哥大爷，他的兄弟伙中，就有一些是青少年。他到这儿来坐庄，也有可能是为了发现或培养他的第二梯队势力。

牛儿在丢窝游戏中，一方面不断提高手艺，另一方面也在想法弄钱。牛儿弄钱只有一条路，那就是他的祖母唐老太婆。唐老太婆的钱都放在抽屉里，铜钱之类的钱，牛儿已随便去拿，牛儿祖母从不过问。所以，这种"拿"钱应该不被视为"偷"。

有一次，牛儿到祖母抽屉里拿钱时，发现里面有当时被称"大洋"的银元，牛儿拿了一个，放在自己口袋里。这种"拿"，恐怕就要算"偷"了。

后来，有一次，那位义字袍哥大爷又来到小朋友丢窝游戏这里，又宣布他要坐"庄"。他坐"庄"，小朋友也乐意，因为他有钱，输了赔钱是没有问题的。

这一次，牛儿有野心了。他想赢大洋，而非铜钱。牛儿先投铜钱，练好手艺，把握好用力和丢窝距离，当牛儿感觉自己有把握投入窝内时，他下了大赌注，将一个银元投入窝内，牛儿成功了！牛儿马上跑去找庄主，义字袍哥大爷，赔三块银元。他不赔，理由是，牛儿预先没有讲他要投银元。牛儿也找不出理由反驳。但旁边却有人反驳，如果银元投出窝外，你要不要呢？庄主大爷也答不出来。

牛儿虽然讲不出理由，但总是拉着他的衣服，要他赔三块大洋。丢窝的小朋友们也帮牛儿说话，要他赔。义字大爷仍然坚持他的理由，不赔。由此可以看出，仁字者，义字者，或仁者，义者，当对他们不利时，他们则会是仁者不仁，义者不义。

在这种吵吵闹闹、僵持不下的状态下，有人来看热闹。突然有一位智者提出一个解决方案。他说：叫牛儿家"代军"叔叔来评评理就行了。这个方案一提，庄主就改口了。他说：这次，你人小，我让你，赔你三块大洋。下次，你要投银元，必须先讲清楚。

庄主知道，牛儿"代军"叔叔，他有共产党红社会背景，有国民党白社会背景，也有流氓黑社会背景，惹到他，你就要准备玩命了。

牛儿赢了三块大洋，小朋友们都高兴，牛儿也高兴。但是，却有人说：这小子，将来要走他父亲的老路，成烟鬼，成赌棍，不成器！

16. 一次输掉 3000 斤红糖

牛儿自从赢了三块大洋后，他发生了很大变化。在这之前，牛儿基本上还能维持每天上午去上学，下午很少去，因为下午为音乐和体育课。音乐、体育课，一般都被认为是"豆芽"课，算术和语文才被认为是未来有饭吃的"大米"课。

第2章　游荡的少年

现在,牛儿上午也不去上学了,实际上,他与游荡少年一样,已不上学读书了。那么牛儿要干啥呢?他学赌博,学打麻将,学赌"牌九",学赌"红宝"。当时,乡镇上的所有赌博,牛儿都学会了。不过牛儿经常进行的赌博只是四人或四人以上的牌九或麻将。

牛儿几天不上学,家对面学校老师,便在学校楼上叫:唐老太婆,你孙儿几天都没有来上学了。牛儿不上学,学校没办法,家长也没办法,只能由他自己去了。

牛儿在子承父业的道路上,越走越近,与其读书的愿望却在背道而驰,却越走越远了。假如牛儿的祖母不采取重大措施,牛儿是不可能改变方向的。

牛儿与放荡少年在一起的时间里,已不喜欢在家,已不喜欢在他祖母身边,更不喜欢与同学在一起,而喜欢在外面游荡,在外面赌钱。老鸦场赌钱的时间为每月农历二、五、八逢场日,那么每月一、四、七,三、六、九又怎么办呢?如果不解决一、四、七,三、六、九的赌钱时间,那么,牛儿每月也只有三分之一的时间能赌钱。对喜欢赌钱的牛儿来说,这三分之二的时间算是被浪费了。牛儿后来发现,临近有两个场,一个是逢一、四、七当场,另一个是逢三、六、九当场,如果在这三个场上赌,那就可以天天赌钱了。

如何到另外两个乡镇去呢?牛儿已是一个小赌棍,他已无形中学到了政客的手腕——说谎言。牛儿向他祖母讲,他想去卖香烟。他祖母想,卖香烟总比赌钱好,卖香烟应当是一种正当职业,也是一种正当出路,也算是走正道。他祖母同意了。这是牛儿人生中第一次征求祖母意见,也是第一次在他祖母面前撒谎。

从表面看,牛儿已在学做生意,已转入商业。实际上,牛儿已变成一个专职小赌棍。

赌博是需要钱的。牛儿没有向他祖母要钱,也没有偷他祖母的钱,牛儿能在外面借到钱。今天输了借,明天赢了还,这种输了借、赢了还的办法,牛儿能维持赌博活动的正常运行。

一次,牛儿堂姐出嫁,男方邀请牛儿祖母做客。他祖母是一个小脚女人,要翻山越岭,要走将近10里路程,才能到主人家。他祖母感觉不便,带去礼钱,叫牛儿去做客。牛儿当然很乐意,他并非想去吃酒席,而是想赌钱。牛儿知道,在当时农村,任何一位主人请客,都会有赌博。正如现在成都,任何一位主人请客,都会有打麻将一样。

牛儿到了主人家,先写了礼钱,送了礼,晚上就赌牌九了。牌九是一人坐庄,三人作陪,其他人,不管多少,都可以在赌客的一边下赌。牛儿开始只以赌客身份下赌,赢了一点钱。旁边不少人感觉,这小子不错,蛮会赌,蛮精明。有一陪赌者,手气不好,愿让出陪赌位置,只做赌客。这时,有人提议,这小子不错,他可以去做陪赌客。陪赌客可以拿到牌,四个牌如何搭配,是两个大牌放前面,还是两个大牌放后面,才不容易输,才易于赢,这就是庄家和陪客出牌的艺术。作为陪赌客,还要观察庄家配牌的思路。庄家和陪赌客都为这个赌场的高手,他们之间不仅在赌运气,也在赌智慧。

牛儿在做陪赌客时,也赢了。后来,不少人推举牛儿去作庄主。牛儿当时心里还不敢去,坐庄主虽然可以赢大钱,如果输了,也会输很多。实际上牛儿想当庄主,但又怕输。

也许有人观察到牛儿这种心态,鼓励牛儿,讲:今天你手气好,牌也打得不错,你可以去当庄主。主人也支持,需要钱,可以在他们家拿。有了这种鼓励和后台,牛儿真的去做"庄主"了。主人送了几次钱来,牛儿不知道输了会有什么后果,牛儿已不怕输了,牛儿赌了一个通宵。究竟输了多少,牛儿自己也不知道。牛儿只是心里有些紧张,身体发热,脸红颈子粗。

有人讲,这小子一夜输这么多钱,回家怎么办呢?

后来还债主钱才知道,牛儿输的钱,家人需卖 3000 斤红糖去还,家里一年辛辛苦苦产的红糖,被牛儿一夜之间输光了!

17. 与乡长打麻将

上次赌牌九输了 3000 斤红糖,他祖母生气了。她扬言要打牛儿一顿。牛儿也说:你打我,我就跑了。谁知此话一出,像一把利剑一样,立刻刺痛了牛儿祖母的心。他祖母流下了痛心的眼泪。他祖母的眼泪也浸透了牛儿的心,牛儿也哭了。牛儿从未看到过祖母伤心流泪,祖母也未看到过牛儿的痛哭。他祖母把牛儿抱在怀里,含着眼泪伤心地讲了牛儿的大爹当年离家出走的事。他祖母说,牛儿大爹因不满自己婚姻,被牛儿爷爷打了一个耳光,牛儿大爹就偷偷地离家出走了,跑到哪儿,去干什么,去为谁干活,还是去当乞丐,从无音讯,这个家庭就失去了一个男人。不久,牛儿爷爷也去逝,牛儿3岁时,牛儿父亲也去逝,这个家,现在只剩下牛儿一个男人了。牛儿跑了,这个家就不存在了。这个家,就是家破人亡了。牛儿祖母越讲眼泪越多,他祖母的眼泪不停地往下流,他祖母的眼泪也感染了牛儿,牛儿望着他祖母也更为痛哭连声。牛儿也不知如何去安慰他祖母,也不知道自己该说什么话。后来,还是牛儿祖母说了一句:牛儿,听婆婆话,不要去赌钱了,不要像你爹那样。还是去读书,牛儿家没有一个识字人。牛儿立刻爽快地答应了:婆婆,牛儿明天就去上学读书。牛儿当时还小,还不知道他祖母这场眼泪的重大意义。到后来,人一天比一天大了,也开始理解,牛儿祖母的那一场伤心眼泪,挽救了牛儿,也挽救了这个家。

　　第二天,牛儿真的上学去了。老师没讲什么,同学也没问什么。一切依然如故。只是牛儿心理,还记着婆婆把他抱在怀里讲的那一番话。还记着那些天天在一起玩的少年朋友,他们都一幕一幕展现在牛儿的脑海屏幕上,还没有消失。牛儿读书的心还不能平静下来,还不能集中精力读书。

　　一天下午上音乐课,一个同学闯祸了。这个同学就是李保长的儿子,李保长虽不比乡长大,但是,他这一"保"的人,全姓李,他又是李姓家族的长辈子。他一句话,也像毛主席,一句顶一万句,他一句话,也像毛主席,能把全保人动员起来。全乡人,没有一个人敢惹他,包括乡长在内。他是全乡一霸。

　　上音乐课时,当女音乐老师走过来时,李保长的儿子叫了一声"瘸"老师了。音乐老师听到后马上跑回她卧室,痛哭起来了。她感到自己受了学生欺负,受了学生侮辱。音乐老师是城里人,白白胖胖的,一头短发,衣着身段就像那位唱"我的家在东北松花江上"的歌唱演员一样,十分文雅。听说,她与学校校长还有"关系"。

　　算术课陈老师叫牛儿去找吴校长来。吴校长是副乡长,是一位抽大烟的人,他穿一件瓦灰色长袍,左手四根指头向内弯曲,叫"爪手"。他上课时,右手拿着粉笔在黑板上写字,另一支粉笔却放在左边的"爪手"里。实际上,吴校长与音乐老师都为轻度残疾人。陈老师为何叫牛儿去找校长呢? 也许是因为其

牛儿一生点滴记忆

他两位男同学都是官府子弟，而牛儿只是一个普通唐老太婆的孙子。或许还有另一个原因，牛儿很少上学读书，多与社会上的游荡少年在一起，他知道哪儿是抽鸦片的烟馆，容易找到吴校长。

牛儿走出学校不远，就碰到了吴校长。牛儿不假思索地说了一句"骑着鹿儿找鹿儿"。校长听到了，他大人大义，只骂了牛儿一声"混账"，就问牛儿，找他有什么事。牛儿说，音乐老师哭了，叫你回学校。校长回去如何解决这个问题，牛儿就不知道了。牛儿在社会少年中混了二三年，随便耍，随便跑，随便吃，随便打牌，随便赌博，从来没有挨过骂，也没有挨过打。这是少年人最难得到的生活，牛儿得到了，同学们还蛮羡慕的。牛儿自然也不会被歧视。牛儿感觉，重回学校还可以。

读了一年多书后，在农历正月的初几头，在过年的日子里，那位义字袍哥大爷又来找牛儿了。他要牛儿打麻将。他的目的也许是看重牛儿为他的第二梯队。而牛儿自己也生过病毒感冒，病毒也许还潜伏在体内，再碰上病毒，对一个未成熟而缺乏抵抗力的少年而言，是容易复发的。牛儿答应了。

在农历初八这一天，刚好"人过年"之后，找来四个人打麻将。四个什么人呢？一个是正职郑乡长，一个是副职刘乡长，一个是义字袍哥李大爷，最后一个则是唐老太婆的孙子，牛儿。实际上，李大爷已经摆好麻将桌，放在靠近马路的一个平整空地坝子里，一边打麻将，一边喝茶，对他们来讲，只是娱乐娱乐。牛儿去了有些紧张，一是第一次与乡上头面人物打麻将，二是不知道打多大。牛儿身上钱虽不多、也不怕，一旦需要时，李大爷会借给牛儿的。

李大爷看到牛儿紧张的神态，他讲：今天打小麻将，打"限"，只打两块银元，晒晒太阳，喝喝茶，大人小人一起玩。什么叫"限"呢？"限"就是限总金额，限圈数。限金额就是限两块钱。输的人，最多输两块钱，再输，输者就不付钱了。输者如果赢，可收钱。限圈数，即只打四圈或八圈，一圈打四盘，因为，东南西北各一盘。假如有一人在一两盘中，已将其他三人的钱赢光，麻将就结束了。只要一人还有钱，这场麻将会继续打下去，直到四圈或八圈打满为止。这种打法，输赢不大，而且时间也不会很长。规则讲清后，牛儿也放松了。牛儿在丢窝游戏中，曾经已赢过李大爷三块大洋。

四人打麻将，有几个人来观看。一是因为过年，无事，看了玩，或者也因为好奇，来看小孩与乡上三大巨头打麻将。

乡下到县城去玩的人，路过这里，也好奇。也有人骂牛儿，这小子是个败家子，又像他爹一样，不会有好下场。其实，也有人在心里骂乡长、骂大爷，他们与这么小的人打麻将，真是缺德。

打了四圈，打了 16 盘，麻将就结束了。

牛儿清理战果，没有输，赢了不到一块钱。这场麻将对牛儿有好有坏。坏处在，易于造成牛儿旧病复发；好处在，引起牛儿祖母高度重视。牛儿祖母后来不得不采取战略措施，让牛儿发生了战略转变。

这些巨头，为什么一起约牛儿打麻将呢？牛儿当时不知道，也未去想过，不过，后来牛儿已感觉到，他们约牛儿打麻将，也许与牛儿叔叔有关。他们想从牛儿身上得到什么呢？当然不是几块钱。那是什么呢？

18. 把机枪搬回家

牛儿这次与乡长打了一场麻将，并不感到光荣，也不感到耻辱，并不感到兴奋，也不感到难过，牛儿并不像从前那么放任了，牛儿内心似乎也在受到某种力量的约束。这种力量不是来自于上帝，不是来自于权贵，不是来自于财富，也不是来自于亲朋好友，而是来自于牛儿祖母。现在，牛儿的行为不能不想到祖母的感受，不能不考虑祖母流过的眼泪。牛儿这次与乡长打麻将，只是下水去游泳了一次，并未进入漩涡，而不能自拔。牛儿仍有动力去上学，仍有动力去读书。

打了那场麻将，过了年之后，牛儿上学去了，牛儿读书去了。现在上学读书，与以往感觉有所不同。从前，郑乡长的儿是牛儿的郑同学，刘乡长的儿是牛儿的刘同学，同学之间没有大小之分。自从牛儿与他们的父亲同桌打了麻将后，牛儿感觉，自己比他们长得更大了，牛儿已能与他们的父辈玩。牛儿与郑同学相比，只是牛儿没有枪。

那一年，一个当场日，牛儿家，乡下的检娃到场上来了，好像是要买什么东西。牛儿和检娃是很亲热的，他将牛儿叫小弟，牛儿虽未将他叫哥，但是，

牛儿一生点滴记忆

他是牛儿放牛的老师，也为牛儿捉到过"江团鱼"，给牛儿带来过快乐。牛儿叫他不回乡下去，就在这儿耍两天。牛儿像留客人一样，再三要求他留下来。牛儿祖母好像非常给孙儿面子，也叫检娃留下来，并叫他去割肉，做肉丸子。检娃也知道，牛儿祖母是这个家的最高"行政长官"，连乡下的嫂，牛儿的妈，也不得不听从这位行政长官的命令。检娃只好按牛儿祖母的吩咐去做事了。

正巧，牛儿叔叔也回来了。他回到家里，喊了一声二妈。他二妈问他吃饭没有，他说吃了。他说有事，要立刻出去。他说话就这么少。他怕话多失言呢，还是他的职业习惯呢？反正，在一般人看来，他有一种神秘感。

大约过了一两个小时后，有人边跑边说走去看乡镇上出了一个特大新闻。许多人都跟着跑去看。在距乡镇一公里地方，在嘉陵江边，有两只军火船，被扣押在那里。听说，这两只军火船是被牛儿那位叔叔扣押的。牛儿和检娃马上跑去了。当牛儿和检娃跑到事发地点时，看见军火船的船工和护送人员已被押下船，船上只有两个人，一是牛儿叔叔，另一个人不认识。他们两人都是左右双手各拿一支手枪，守护着军火船。这时，已有人上船，牛儿和检娃也跟着上船。牛儿上船，惊叫一声，天啦，全是枪和子弹！一会儿，牛儿叔叔下船了，不知他到哪儿去。有人说，他要到共军那儿去报功，也有人说，他要到国军那儿去领奖。实际情况，都不知道。

牛儿看到这么多枪，想拿一支回家。牛儿想拿一支枪，是因为乡长儿子有枪。拿什么枪呢？牛儿看见过国军在马路上行军时，机枪最神气，就拿一支机枪回家吧。牛儿叫检娃扛一支机枪，并带些子弹，就回家了。

机枪被扛回家，放在客厅大圆桌上，被牛儿祖母看见了，牛儿祖母被吓到了。不断问，这枪是那儿的，搬回家来干啥？牛儿闭着嘴，闷着头，一句话也不回答。这时，左邻右舍已拥进许多人，来看机枪，看热闹。牛儿祖母急得团团转，却毫无办法。

牛儿眼前的困难是，这个枪怎么装，怎么用，牛儿没办法，检娃也无办法，大家都急着把机枪装好，看一看，见识见识。这时，有人提出建议，对面继荣当过兵，叫他来，看能不能把机枪装好。检娃马上去请继荣，继荣不在家，等了一会儿，继荣回来了。再去请他，他来了。他三、五两下，就把机枪装好了。

装好机枪后，牛儿心理很急，想打一打，试一试，看一看。当然，还是离不开继荣，请他与检娃一起，将机枪扛到学校操场上，操场背面是山，朝山上打，不会伤人，非常安全。他们两人将机枪抬到学校操场，并带上子弹，牛儿紧跟他们，后面又是一大帮人，跟着去看热闹，看看打机枪是什么样子，跟去的所有人，包括牛儿和检娃在内，除了继荣之外，都没有见过打机枪的场面。

今天，这儿，谁能享受打机枪的快乐呢？从所有权讲，牛儿是机枪的所有者，他应当首先享受打机枪的快乐，享受打机枪的那种威风。但是，牛儿没有勇气，不敢去试，不敢享受那种快乐，也不敢显示那种威风，牛儿毕竟还是小人。这个快乐，这个威风，仍然只能由继荣去享受。继荣一上阵，砰砰砰，砰砰砰，一排子弹就打光了。

机枪再次抬回家，牛儿祖母反对，讲，谁要，谁就拿去。结果，没有人要，仍留在牛儿家。直到后来，解放军到这个乡镇来，家家户户收武器，这支机枪才离开了牛儿家。牛儿祖母的心才定下来了。

19. 没有进洞房的新婚夜

牛儿祖母感到，牛儿一夜输 3000 斤红糖，牛儿与乡长打麻将，牛儿将机枪搬回家，这么小，干这些事，牛儿的未来，也许比他父亲还麻烦，更难预料！怎么办呢？

牛儿祖母下了狠心，要让牛儿离开她，离开这个家，离开这个地方，离开这个环境。

牛儿祖母下这个狠心，实际上是痛苦的。她的痛苦不仅是家中唯一一个孙儿，唯一一个男人，唯一一个希望，离开了她，而且她难以预料的是，这个狠心会给牛儿带来幸福，还是会造成牛儿痛苦？今后，牛儿是否理解她的苦心，牛儿对她是恨，还是爱？牛儿祖母没有选择，只有冒险了。她决定给牛儿结婚，结了婚，再说下一步。

牛儿祖母看中了一个女孩。这个女孩的家与牛儿家住在同一个乡镇上，女孩家住在下河街，女孩男家住在上河街，两家人实际上是住得很近的。牛儿祖母找媒人去给女孩父母讲，征求女孩父母意见。女孩父亲得知他女儿有人求婚后，

牛儿一生点滴记忆

思想处于两难境地。这个婚事的好处是，婆家离娘家很近，婆家唐老太婆人好，唐老太婆孙儿又是一个独苗，街上有两间口面房，乡下又有不少田产，女儿出嫁到那个家，唐老太婆不会亏待他女儿，他女儿今后的日子是好过的。但是，有一个问题又困扰这个女儿的父亲，那就是，牛儿这个孩子，女儿未来的丈夫，太爱赌钱了，胆大得敢与乡长打麻将，这个孩子会不会像他爹一样，也会成为一个赌棍呢？常言道，选择女婿、选择丈夫时，"不要看家产，而要看儿郎"。家产好，儿郎不成器，家产会衰败；家庭穷，儿郎好，家业会兴旺。女孩父亲处于犹豫不决心态。女儿母亲认为，这个家好，又是独儿，女儿嫁过去，今后会好过的。牛儿有赌钱坏习，大人可以教，小孩可以改。这个婚事，最后就由女儿母亲决定了。

牛儿结婚这件事，双方家长都同意了，男方也送去了订婚礼，剩下的问题只是选择一个好日子举行婚礼。日子选在九月九日重阳节。

牛儿祖母为牛儿结婚有多重目的。一是完成牛儿成家任务；二是她身边有个孙媳妇，有个说话人，有个陪伴者；三是牛儿离开家后，有媳妇拴着他。

牛儿这场婚事，虽然新郎新娘都小，新郎15岁，新娘19岁，但场面却很大。牛儿家人少，很多年都没有婚事，对牛儿祖母而言，这是她要完成的最后一件婚事。

民国37年，1948年9月9日这一天，人客多得不得了。所有亲戚朋友，乡下和乡镇上所有街房近邻，牛儿家几代人曾经为那些送过礼的所有人，这次都被作为客人邀请来了。

杀了几头猪，杀了许多鸡。厨师有三批，分别在三家人的厨房里做菜，每一桌都要"十大碗"。几乎要将上河街所有人家的桌子、板凳和碗筷都要搬过来，摆满戏台下面的广场，摆满了上河街。像赶集市一样，热闹极了。厨师、洗碗、洗菜、迎宾、迎客、记账、收礼的勤杂人员，也有十几个。

牛儿这场婚礼，似乎不只唐老太婆一家是主人，上河街上所有人家都是主人，因为，每一家人除了提供桌子、板凳、碗筷之外，他们还要接待几个客人住宿。这场婚礼酒席吃了三天。

这场婚礼对牛儿来讲，似乎不是主角，只是旁观者，只是局外人。迎宾、迎客、敬酒、揭新娘面纱，都是由其他人代劳的。

　　引起牛儿不高兴的是，新郎、新娘房间的一幅对联。这次婚礼的对联是由乡上一位叫"立公"的副乡长写的，他是这个乡上毛笔字写得最好的人，有书法家之称。新郎、新娘房的对联有"不入虎穴焉得虎子"的"骂人"话。

　　这次婚礼让牛儿唯一高兴的是，昔日在一起踢过毽子、一起丢过窝、一起打过麻将、一起赌过牌九的那些少年朋友，他们给牛儿婚礼送来了一块匾。这是送给牛儿的礼物，牛儿就在他们席上吃饭，并陪他们打了一个通宵麻将。这个新婚夜，牛儿就没有进洞房。为什么要进洞房呢？进洞房干啥？进洞房有什么快乐？不进洞房，新娘有什么感受？其实，这些问题，牛儿当时并不知道该如何处理。

第 3 章

追求的萌芽

20. 学徒新生活

牛儿祖母为牛儿结婚，这步棋走成功了。他为牛儿成了家，她身边也有孙媳妇陪她了。孙媳妇陪她，麻烦又少，还可使唤一下，帮她做一些家务事。孙媳妇很听话。在牛儿祖母眼里，孙媳妇将为她这个家传宗接代，是好媳妇。孙媳妇听使唤，帮她做些家务事，像一个小保姆。同时，她也喜欢这个孙媳妇，牛儿祖母又把这小媳妇当小孙女，吃饭、干活心疼她，孙媳妇又扮演了孙女角色。

现在，牛儿祖母该走第二步棋了。这步棋是一步险棋。危险在于她孙儿和孙媳妇的态度：他们是听从她安排，还是反对呢？

牛儿祖母没有预先征求孙儿和孙媳妇意见，她也不了解孙儿和孙媳妇内心想法，她贸然决定，要孙儿离开她，要孙儿离开新婚妻子，要孙儿离开这个家。这会产生多少问题，牛儿祖母也许没有仔细想过。没有仔细想过也好，假如细细思量，她就没有勇气走这步棋了。

在她孙媳妇心里，女孩子出嫁，是女孩子的愿望，也是女孩子的追求和梦想。但是，她出嫁时，新郎没有来揭面纱，新郎没有进洞房，她没有尝到做新娘的滋味。单就这一点，孙媳妇的眼泪已在心中流。假如叫新郎离开家，离开她，她不就是一个黄花女在当寡妇吗？于情于理说得过去吗？这是谁的过？这是谁的错？假如新娘不被看中，为什么要举办如此庞大规模的婚礼？事实上，这个婚姻是男方托人来做媒才成功的。

在新郎牛儿心里，不想读书，只想玩，只想赌钱，他没有结婚的意愿，他将结婚和不结婚一样看待，他对新娘没有喜欢不喜欢，没有满意不满意，新娘要来就来、要走就走，对牛儿而言，他的快乐或痛苦，与结婚不结婚，与有新娘没新娘，是毫无关系的。但是，有一点，牛儿的祖母还不知道。在牛儿内心中，牛儿已感受到祖母对他的爱，而牛儿也产生了他对祖母的爱。正是因为这种爱，牛儿才会听他祖母的安排。他祖母的两步棋，才会化险为夷。

牛儿一生点滴记忆

洞房夜之后，牛儿仍然习惯性地到他祖母那儿去睡，他祖母告诉牛儿：你现在不是小孩子了，你已结婚，要到新娘那儿去睡。

牛儿到新娘房间去了。新娘与新郎也没有说什么话，就睡了。在牛儿祖母和外界看来，新郎和新娘已经补上了"洞房花烛夜"这一课。

新郎第二次与新娘睡在一起时，新娘也许是她妈告诉过她，结婚后，要与新郎睡在一头。半夜时间，新娘到新郎这一头来了，两人睡在一起。新郎没有什么感觉，也没有什么冲动。照样自己睡，不知什么时候，新郎梦里糊涂，手伸到新娘胸前，去摸新娘的奶。新娘没有奶。新郎没有什么惊奇，也没有什么高兴不高兴，新郎照样睡觉。也没有什么话要与新娘说。其实，牛儿这种坏习惯是跟他祖母睡时养成的。牛儿与祖母睡觉，牛儿偶尔会去摸他祖母的奶，他祖母便将牛儿手拿开，并打牛儿手。现在，牛儿似乎仍然将新娘当成他祖母，去摸新娘的奶。

过了两三天，牛儿祖母告诉牛儿，叫牛儿到广元去，到一个"代昌"叔父家的绸布店去，当学徒。牛儿一口就答应了。这时，牛儿并未想到要离开祖母，要离开新婚妻子，要离开曾经在一起玩耍、在一起赌博的少年朋友，更没有想起老师和同学。牛儿也不知道，当学徒是干什么事。

实际上，这就是牛儿祖母第二步棋：要牛儿离开她，要牛儿换个环境，情况好，不排除将来牛儿也开个绸布店。给牛儿结婚，实际上是牛儿祖母为走第二步棋作准备。

牛儿为什么要到广元去当学徒、而不到离家只有20里的南部县去当学徒呢？一是因为广元这个店主是牛儿叔叔，牛儿可以得到照应。二是因为广元离家远，牛儿可以完全脱离原来环境。这非常类似于"昔孟母，择邻处"。染于苍则苍，染于黄则黄。

牛儿到广元去的事，在牛儿结婚之前，就已经作好了各项准备。落实了店主，落实了将牛儿送到广元去的人。把牛儿送到广元，是牛儿母亲娘家的人，由他们抬滑竿将牛儿送到广元去。

当牛儿祖母征求牛儿意见并取得牛儿同意后，第二天就出发了。出发时，牛儿祖母虽然因为牛儿离开她身边而难过，牛儿妻子虽然因为她还未享受结婚幸福、丈夫就离开而痛苦，但是，她们都把"难过"与"痛苦"埋藏在心底而不表露出来，而未流出眼泪。她们之所以能藏住难过与痛苦，是因为她们认为，牛儿远离她们不是掉入火海，而是走向正途。

出发这一天，有牛儿祖母送行，有牛儿妻子送行，也有牛儿昔日玩友和赌友送行。当牛儿坐上滑竿时，就是离家出发了。牛儿出发，离别祖母，离别妻子，离别朋友，离别家，并没有感到难过，也没有什么快乐。牛儿心里，并未感到自己失去了什么，自己得到了什么。在当时，牛儿只有得到爱，才快乐；只有失去尊严，只有被歧视、被欺负、被侮辱，才会产生痛苦，才会产生难过。这也许是牛儿人小，情商尚未成熟，这也许是牛儿的个性；看重人格，而不看重得失。

从家到广元，有几百里路。当时，从家到广元，没有公路，都是崎岖不平、坑坑洼洼的山间小道。一路没有青山绿水，而是荒山野林。道路弯弯曲曲，高低不平。最危险的是下坡路，坡度太大，人坐在滑竿上，很容易掉下来。这时，牛儿必须下滑竿，与抬滑竿的人一起走路。走到稍平路段时，牛儿再坐上滑竿。

走了好几天，终于到了广元，到了"代昌"叔叔的绸布店。牛儿的叔叔安排了抬滑竿的人之后，牛儿便与他们一家人一起吃晚饭。晚饭后，牛儿叔叔告诉牛儿；他与他二妈——牛儿祖母，已商量过，牛儿到这儿来当学徒，一不带小孩，二不煮饭，三不做杂活，只在店堂当学徒。第二天，牛儿身穿长袍，外穿黑马褂，头戴一顶瓜皮帽，像账房先生一样，站在店里，接待客人，过上学徒新生活。

21. 广元兵荒马乱

牛儿穿上长袍，外套马褂，戴上瓜皮帽，在店堂站了一天，又像账房先生，又像店员。广元人讲话，也听不懂，也不知道该干啥。卖布、量布、收款之类的事，没有叫牛儿去干，牛儿只是看店主怎么做。一天过去了。店主说，吃了晚饭，一起去看戏。看完戏，又去吃一碗牛肉面，才回家睡觉。这算什么学徒？衣着像少爷，吃饭像少爷，看戏像少爷，在店堂里站着时，又不像店员，因为店员是很忙碌的。这只算是一种"耍耍"学徒。社会上有这样的学徒吗？社会上没有这样的学徒，这只是一种"唐氏学徒"。这个唐氏学徒，是来学做生意的。第二天的学徒生活有些变化。一是早上天亮后就要起床，与店主老板一起到广元河坝去散步。河坝又宽又长，河边靠着一些小木船。河坝上有熙熙攘攘的人在散步，很悠闲。不像在店堂里站着或走动，在河坝上散步，鼻孔出气与吸气有一种清新舒坦感。走了大约一个小时，在回店的路上，先吃一碗鸡肉粉，再回店堂开铺面。开铺面工作，牛儿开初只当助手，掌着门板，不让门板倒下来。老板的这些行为，其目的，也许是改善牛儿健康。这种有规律的生活，确实比牛儿在家好多了，这儿只是牺牲了一些自由。

第二个变化是开始学做生意。学做生意有几件事。一是学打算盘，二是学认识布料，并能记住布料的价格，三是学记账，四是学量布。牛儿认为，这些都易学，只是打算盘难一些。经过近半年学习，牛儿才认识到，最难的是量布和认布，布店的学问就在这里。赚钱也在这里。只有认识了各种布料，才能与顾客介绍各种布的特点，才能激发顾客的购买欲望。而且不同顾客要用不同语言。要打动顾客的心。心理学家才能做好这种事。量布更是一门艺术。每量一尺布，要让顾客感觉，你给顾客量的布是有多余的。实际上，只给顾客量了9寸半左右，少量了不到半寸左右。这种量布方法，无形中要给店主增加百分之几的利润。这就要有魔术师的水平了。功夫在两只手的手指头。假如一个顾客同时买有贵布料和便宜布料，量"功"要做到，便宜布量得多一些，贵布料要得少一些。这类似于现代中药厂，贵药少加点，便宜药多加点。总量是足够的。牛儿直到离开这家布店之前约一年时间里，都远未达到魔术师的水平。这说明，牛儿没有当布店老板的天赋才智。

牛儿作为一个学徒而言，学得还不错。早上要散步，晚上要看戏，每天还要吃早点和晚点，一天吃五顿饭。与牛儿在家过的那种游荡无规律生活相比，牛儿现在好多了。身体好多了，心情也好多了。牛儿祖母这步险棋走对了。

但是，牛儿的这种平静生活很快被打乱了。广元发生了军人抢铺面事件。

广元是四川北部进出的交通要道。在秦朝时代，四川就是秦始皇取胜的粮仓。在三国时代，四川又作为蜀国所在地，四川阆中今天仍然保留有张飞庙。这说明，广元作为四川北部的交通要道，是兵家必争之地，20世纪40年代，国共两军都想控制广元。

广元商业繁荣，又有重要轻工业，所以在广元驻军，容易生存下来。

有一天，在广元市的一个繁华街段，发生军人抢劫商业铺面。后来，听说有宪兵去干涉。在民国时期，宪兵是见官高一级，任何地方官员和军队长官，都必须服从宪兵的指挥和命令。据说，宪兵是由蒋委员长直接指挥的。

在当时，在20世纪40年代，蒋介石政权已摇摇欲坠，惶恐不可终日，也许当时广元的驻军已不听从宪兵指挥。宪兵与地方军打起来了。一旦打起来，店员和市民听到枪声，立即噼噼啪啪关铺面，关大门。这涉及到老板、店员和市民的性命和财产，全市民众都是恐慌的。

这种情景，几天发生一次，不知何时才能太平。总之，在新中国诞生之前这一段时间里，广元是处于兵荒马乱状态。

22. 童子军装的诱惑

牛儿当学徒的这个绸布店，店面是租借来的。店面的房东是一位老太太，年龄与牛儿祖母差不多。房东老太太与她上小学的孙女儿住在一起，她们住在铺面后的二楼上。她们家没有后门，进出也要经过店堂。房东老太太经过店面时，她天天看到店堂里的小学徒。不过她对这位小学徒有不同看法。一般小学徒，都要为师娘带小孩，为师娘煮饭，还要干些诸如洗衣、洗碗、拖地之类的杂活。一般在三年之后，学徒满师，才进入店面，正式当学徒。这个小学徒奇怪，一来就进店面，早上要散步，晚上还要看戏，生活与店主一样。身穿长袍，外穿马褂，头戴瓜皮帽，像少爷一般。看来，这个小学徒是一个有文化的少年。房东老太太不知道，这个少年没有读几天书，实际上，初小都没有毕业。

有一天，房东老太太的小孙女做算术碰到困难，叫这个房客小学徒去帮她小孙女看一看。开初，小学徒讲，他不行。老太太再三要求去，这个小学徒去了。去到房东老太太家，老太太很客气，叫在她小孙女旁边坐下来。她小孙女拿出一道不懂的算术题，小学徒一看，这道题他会做，小学徒心才放下来。小学徒告诉她小孙女，这道题怎么做。小学徒的任务完成了，离开了她们家。

小学徒，牛儿，回到自己房间，这时才感到，自己学校的老师不错，教出的学生居然能当小老师。实际上，牛儿读的乡镇中心小学，不比城市小学差，6位老师教5个学生，后来他们都能考上大学。只是乡、保长的儿子，出于政治原因，没能上大学，高中毕业就工作了。牛儿读的这所小学，学生少，没有分班，没有教学计划，老师想讲什么就讲什么，学生能听懂什么，就讲什么。老师似乎在为学生炒小锅菜，或者叫"因材施教"。小学才读一年，老师已讲当代思想家胡适的"差不多先生传"。

后来，牛儿又去了几次，当小老师。牛儿当小老师的快乐感觉，点燃了牛儿读书愿望的星火。牛儿似乎已在受"人往高处走"这种思想的支配。

牛儿已感受到，读书会有知识，有知识会受到人尊重。一个人被尊重，就不会受到歧视了。

牛儿自己在脑海里已形成了读书长知识的观念，牛儿关注对象变了，牛儿注意力也变了。从前，牛儿在幼小时，关注牛和田野，关注溪水中游来游去的小鱼儿。稍大时，关注游戏，关注赌博。

牛儿刚到这个绸布店当学徒时，最初，关注大街上的行人，关注街上的热闹，有一种好奇感的满足。牛儿发现，这些行人，这些热闹，与牛儿学生意是没有关系的。牛儿注意力开始关注街上行人中哪些人在向店里走。走到店里来，店里才有生意做。自从牛儿当了几次小老师，牛儿开始关注学生，关注读书人了。

广元的学生，最大特点是他们都穿童子军服。女生上装穿草绿色童子军装，下装穿深黑绸短裙。腿上一双长白袜子，头上歪戴一顶船型帽，走路一步是一步，很精神。男生更神气，他们身穿一套芝麻呢童子军装，双腿还打起绑腿，像军人一样，威武神气极了。牛儿穿什么？穿长袍，穿马褂，戴瓜皮帽，与童子军装相比，牛儿的衣着难看极了。牛儿这种穿着，是少爷，是店员，是学徒，说不清。但可以肯定的是，这种衣着，不是学生，不是读书人。现在，牛儿想当学生，想做读书人。

于是，牛儿给他祖母写了一封信。告诉他祖母，牛儿不想当学徒了，牛儿想读书。牛儿想在广元上学，想穿童子军装。牛儿没有告诉祖母，广元现在兵荒马乱。

过了大约一个月时间，牛儿收到祖母托人写的回信。信中说，要读书，必须回家来。在广元读书，如受大孩子欺负，怎么办？信收尾还告诉牛儿，这封信要转给他叔叔店老板看。

牛儿当小老师，牛儿祖母的回信，决定了牛儿今后一生所走的路。

23. 读高小，生理想

牛儿结束学徒生活，被决定回家。从广元回家，交通不便，又没有熟人护送。不能坐滑竿回家了。碰巧，店主找到老家的一位船主，他正好从广元运货要返回南部县，要路过牛儿家。牛儿被决定乘船回家，在船上吃，在船上睡。

白天，在船上观光，一路观看山山水水，心情非常愉快。天黑，船靠岸，在船上吃，在船上睡。船主认识唐老太婆，对牛儿很照应。不知不觉，两三天时间，船就到家了。牛儿回家坐的是顺流下水船，不像坐滑竿，四肢不动，人很累，船上可以四肢活动，这一次，牛儿回家又快又轻松。

回到家里，牛儿祖母看见牛儿长胖了，心里十分高兴，牛儿的新娘看见新郎回来了，自然也高兴。他们没有问这问那，牛儿不想说，也没有什么可讲。牛儿关心的是上学，是读书。

回家第二天，牛儿上学去了。牛儿这次上学，人变了。牛儿昔日的赌友，似乎被牛儿忘记了，牛儿与他们陌生了，牛儿与他们被隔绝了。学校也变了。学校除原有老师外，又新增加一位老师，他是刘乡长小弟弟，在重庆大学念法律系。他回家来教小学。在牛儿当过几次小老师后，牛儿已认为，原来的老师都很好，水平都高于城市老师。在牛儿心中，对老师，比原来尊敬多了。实际上，原有老师中，有两位老师，本是中学教师，是因为躲避日军而到四川来教小学的。

牛儿向原来的数学老师提出，想升学读高小。老师讲：这儿学生少，不分初小、高小，再读两年，牛儿去考初中就行了。牛儿听课的方法也变了。从前，老师讲课，想听就听，不想听就不听，反正老师又不盘问，又不考试。现在，牛儿要专心听课了。

数学老师上课，除讲加减乘除计算题之外，还要讲一些应用题。而且，老师还讲，应用题有不同解法。有时还讲点算术趣味题，相当于现在的脑筋"急转弯"思考题。牛儿考初中时，正好碰着老师讲过的一道思考题。国文老师有

牛儿一生点滴记忆

两位，一位是从前的老师，他喜欢讲一些当时同学们并不知道的文学名篇，比如，林觉明"致夫人书"，胡适"差不多先生传"与"木兰辞"等。有一次，牛儿将"木兰辞"带回家，晚上朗读，祖母听了还感动得流泪。牛儿祖母听了感到，花木兰太苦了，祖母似乎与她有相同经历。

读过重庆大学的那位老师，上国文课也很有趣。可以说，他对牛儿的人生影响是最为深刻的。他对牛儿的影响并非是讲课内容，而是他所讲一些有趣的故事。比如，他讲，有一位国大代表，白天点起灯笼去开会，旁人问他，白天为何点灯笼呢？他说，现在太黑暗了，看不见前面的路。官府明知他在讽刺政府，但对他却毫无办法，因为他太有学问了，太有名了。在牛儿心目中，这种人才是牛儿尊重的人，是牛儿心目中的偶像，是牛儿的崇拜者。这种人才不是作家赵树理"小二黑结婚"中地主老财说公鸡能下蛋马上会有人说"亲眼见"那种狗腿子。在牛儿心里深处，感觉，一个人要不被歧视，要不被欺负，要不被侮辱，读书求学问是必不可少。

NIUERYISHENG
DIANDIJIYI

第 4 章

苦苦挣扎那 6 年

24. 考上县中

　　牛儿离开学徒生活回家读书，牛儿用功多了。老师曾告诉牛儿，叫牛儿再读两年高小，就可以去考初中了。老师看见牛儿用功，有三四位老师，自愿免费当了牛儿升学考试的"家庭辅导老师"。大概不到一年时间，老师便叫牛儿试试去考中学，县城有两所中学。一所只有初中，另一所是县中，是初中、高中都有的完全中学。家人不知如何选择学校，牛儿也不知道，还是老师懂。老师叫牛儿去考县中，县中全称为"南部县中学"。这个名称从民国时期沿用至今也没有改变。现在，南部中学已成为四川省省重点中学了。牛儿去考，考上县中了。老师曾经教过的一道算术思考题，这次考试也被用上了。那次考试的一道思考题是：树上有三只鸟，被枪打死一只，问树上还剩几只鸟？这道题，对牛儿而言，无需花时间，无需思考，就把问题回答了。而其他考生，很少有人回答正确。

　　牛儿考上中学，本是一件高兴事，但是牛儿母亲说，家里经济困难。读书要钱。经济困难一直困扰着牛儿日后十几年的读书生活。

　　牛儿家有不少田产，乡下只有牛儿母亲和检娃两人吃饭，乡镇上也只有牛儿祖母和其孙媳妇吃饭。牛儿祖母还做卖零酒小生意，乡下对她们两人的供应只有两样：一是牛儿祖母抽了一块地，这块地所产棉花和小麦要供应牛儿祖母；另外，过年还需供应牛儿祖母半只猪的肉。这就是牛儿祖母和她孙媳妇两人，一年的全部消费。

　　有一件事，牛儿曾经一夜之间输过3000斤红糖，牛儿祖母讲，要打牛儿。牛儿讲要跑，要逃离家庭，结果，家里卖了3000斤红糖，偿还了债务。这说明，牛儿家一年红糖产量有3000斤。

　　牛儿家那么多田地，产那么多大米和小麦，产那么多棉花，产那么多红糖，怎么会在牛儿上中学时出现经济困难呢？

牛儿被告知家里经济困难，非常难过，也非常气愤。自从牛儿姑父与牛儿母亲成为夫妻后，牛儿家里就没有过上宽松生活。假如算一算牛儿家的收入和支出账目，无论是一个无知的农民，用指头算一算，或请一个从外国进口的高级会计师，用计算机算一算，计算结果都会是收入大于支出，两人计算的差别只是剩余额数字不同。收入大于支出，是太明显了。这个差额到哪儿去了呢？

牛儿姑父这一家人，不劳动，没田产，没收入，而生活过得比牛儿家富裕得多，他们家生活来源于何处呢？

在后来的土改中，牛儿家的田产被没收，牛儿姑父家的生活来源被断绝了，他们家的人就饿死了，剩下的只是牛儿母亲为他们生下的一个孩子，被牛儿母亲和牛儿妻子以辛勤的劳动将其作为同母异父孩子养活下来。这说明，牛儿家收入剩余的，全部都被漏入牛儿姑父家，供他们享受。

牛儿祖母看见牛儿又难过又气愤，她几乎是下命令似地告诉牛儿母亲，牛儿必须上学。牛儿祖母实际上也在警告牛儿姑父。这样，乡下检娃才挑了大约200斤谷子，进城交了学费，牛儿才上学了。牛儿在县城南部中学读书，在一座山上。山上风景优美。山下是嘉陵江。山上有一个"凌云洞"，夏天洞内凉快极了，属夏日避暑胜地。

这所中学与牛儿昔日读的小学完全不同。这里老师非常多，学生非常多，操场非常多，厕所也非常多，女生也非常多。这是昔日小学不可比拟的。

但是，牛儿进入这个中学，还不知道的是，牛儿与那么多同学如何相处，与那么多老师如何相处，牛儿今后该怎么读书？这些问题，牛儿后来用了6年时间才逐渐清楚的。

25. 除夕夜没饭吃

土改那一年，大概是1952年，牛儿家乡下的田产全部被没收，检娃也离开牛儿家，乡镇上的两间房屋被保留下来，其他所有东西，包括牛儿祖母出嫁作为陪嫁的家具和碗都被没收了。牛儿母亲也不得不到乡镇上来住。这个家，三代人，三个女人，住在一起，牛儿却在学校读书。

牛儿家没有土地，没有农活，生活来源断绝了。

这种山崩地裂似的突然巨大变化，三个女人怎能知道如何应对生存危机呢？没有亲戚救助，没有朋友伸出援手。三个女人处于绝望状态。在这种绝望状态下，有人也许出于同情心，建议牛儿妻子为学校老师洗衣服。牛儿妻子求之不得，当然同意，工钱随便老师给。最后以每位老师一月 5 角钱的费用，把老师的衣服和被盖包下来洗。而且洗衣用的肥皂还得洗衣人自己去买。

牛儿妻子洗衣，一月收入大约两块钱，家人可以临时充饥。但是，过年就有问题了。过年期间，老师要放寒假，都要回家。没有衣服可洗。这段时间，牛儿家又没有生活来源了。

到了过年，到了大年除夕夜，牛儿家已没有食物可吃。不是没有肉，而是没有米，没有面。牛儿妻子想，她回娘家去，给她哥哥嫂嫂"擀"手工面，也许她哥哥嫂嫂会给她一点，拿回家来，可以与婆婆、妈妈一起吃一顿。当地习惯，大年初一是要吃面的，像北方人要吃饺子一样。牛儿妻子擀完面后，也不好意思开口要，她嫂嫂只是叫她留下吃年夜饭。这顿饭，怎么吃？家里婆婆和妈妈还等着她回去。她很伤心地离开娘家，回到婆家。

牛儿妻子回到家里，发现家里有一个 30 岁左右的妇女，是一位不相识的人，头上包着蓝色长帕，似乎是秃头。她认识牛儿母亲。她估计牛儿母亲过年困难，她送了三把挂面来，大约有六斤。这是牛儿一家人的救命面！

过了大年初二，牛儿母亲和牛儿妻子，为了充饥，不得不到乡下地里去捡些农民没有收干净而掉在地里的红苕。牛儿母亲和牛儿妻子捡红苕的行为，被农民看见了，有的农民就叫牛儿母亲和牛儿妻子到他家去背一些，也有农民自己背些红苕送到牛儿家里来。在农村，家境稍好的人，红苕，人是不会吃的，全是喂猪。牛儿家，目前没有办法，只能吃红苕，只能如此生存。

牛儿妻子感到，这不是长久之计。她听人说，附近有的乡镇，不在公路边，那儿的小猪比老鸦便宜，老鸦乡在公路边，小猪贵。她跑到那些乡镇上去看，那儿小猪确实比老鸦便宜些。她在熟人那儿借了一头小猪钱，去别的乡镇买小猪，她一路上来回都不吃、不喝。将小猪背回老鸦场来卖。一次能赚一升米钱，可以维持全家人三天的口粮。

后来，当牛儿家境稍为好转时，在几年时间内，陆陆续续给送过面来的那家人，赠送了不少于千斤大米。而且也为她儿子考上大学，给予一些经济支助。常言道，善有善报啊！

牛儿家的处境，正如《增广》所言：人情似纸张张薄，世事如棋局局新。

26. 任秘书放了牛儿

学校放了暑假，牛儿回家。牛儿回到家里，发现，家里一切都变了，只是乡镇上的房子没有变，家里仍然住着牛儿祖母，住着牛儿新婚妻子，牛儿母亲也住在这里来了。家里一贫如洗，日无立锥之地，夜无逗鸡之粮。但是，家里人比其他地主、反革命和坏人好得多，家里人没有一个人被斗，没有一个人被派去强制性劳动。因为这个家中只有三个女人，一个学生，有其特殊性。

这家人几代人都没有政治势力，都没有掌握过权力，都没欺压过百姓，都没有积累民愤。那位老年妇女，只是守住了家中祖传遗产。那位中年妇女，娘家贫寒，一辈子都在劳动，都在干农活，没有吃过好东西，没有穿过好衣裳。这两个妇女，并无"作恶多端"。那位小媳妇，娘家是下中农，她哥哥是地下党员，现在是外乡的土改队员，她嫁到牛儿家来，还未享受过地主生活。牛儿人小，还不到法定年龄，又是学生。所以，这个家庭只分到两顶地主帽子，一顶给那位老妇人戴，另一顶戴给那位中年妇女。小媳妇被作为下中农对待，那位刚读中学的年轻人，则被当着地主出身处理。

这家人对土地被没收的态度，那位老妇人非常伤心，但没有任何反对语言和行为。其他三人，都是既不悲伤也不快乐，是无所谓态度。能活下来，就算不错了。

土改工作队，也许就是基于上述现象和事实，没有对这家人进行严厉打击和残酷斗争。让其自己生存，让其自己活命。

家庭的这种处境，牛儿祖母、牛儿母亲、牛儿妻子和牛儿本人，四人未经讨论，竟有相同意见：牛儿仍然去读书，三个女人在家劳动。说是三个女人在家劳动，实际能劳动的只有牛儿母亲和牛儿妻子。

要想读书，必须经过土改队同意。否则是寸步难行，甚而是大祸临头。

当时，所有路口，无论是公路，还是乡间小道，都有人把守，都有人盘查，不亚于美国"9·11"后盘查旅客那么认真。地主、富农、反革命、坏分子家庭成员，要被控制，要被看管。没有土改队的同意，这些人是寸步难行的。牛儿回家来，要想再去上学，没有土改队的同意，没有他们审批的条子，想走出去，那是不可能的。

牛儿为了有机会继续上学读书，去找到土改工作队。主管牛儿这个住地的土改队员，是县粮食局一位政工同志。牛儿讲述了他想继续读书的愿望，他讲，他们要研究研究，没有明确表态。

其实，牛儿当初还未考虑到，假如土改队同意牛儿去读书，牛儿从哪儿找到读书的学费呢？正像一个人口渴想喝水一样，只有把龙头开了，才会有办法喝到水。所以，打开龙头，比找水喝更重要。后来的事实也证明了这种想法。

牛儿多次去找那位政工同志，他都讲，还没有研究过，叫牛儿等等。牛儿只能等待，丝毫不能表现出有怨气。只能忍，只能等待。

有一天，曾在祖母小酒店喝过酒的一位王老大爷告诉牛儿，县土改工作团团长来了。他叫任秘书，据说他是川北行署主任胡耀邦的秘书，他掌握全县人的生死大权。王老大爷劝牛儿去找他，试试看。

牛儿为了前途，为了未来，鼓起勇气，到乡土改工作队找到任秘书。牛儿见到任秘书，没有像见到启蒙老师那样，跪地磕头，也没有像从前冤民见到包公那样喊冤。只是讲了牛儿想继续读书的愿望。他什么也没有问，只问牛儿住哪里，是哪个大队，哪个小队。牛儿讲了住地之后，他就去找牛儿曾经多次找过的那位政工同志，或许他问了情况，或许他们也"研究研究"过，任秘书告诉牛儿，可以继续上学。任秘书放了牛儿！牛儿没有被拴在农村里。

牛儿回家将这一消息告之他的祖母、他的母亲和他的妻子，大家都很高兴，只是没有条件煮一顿好饭吃，庆祝庆祝。在牛儿还没有提出学费问题时，牛儿新婚妻子已想到了办法。她提出，托牛儿祖母唐家人，他们住在县城旁边，托他们将她结婚的衣服，拿到县城去卖掉，交学费。土改中，牛儿新婚妻子的结婚衣服是唯一没有被没收的。

上了学，校长更是讲"人道"。他在开学大会上讲，现在，地主、富农的财产都被没收了，他们已没有能力供养子女上学读书，学校决定给地、富子女适当发些助学金，让他们能读书。

后来，这位校长被枪毙了，不知为什么？可能的原因，只有"反革命"。

27. 拒当县人民银行会计

牛儿现在读书，既是为了寻求出路，也有兴趣与追求在推动。牛儿想读书如饥似渴，非常用功，又听老师话。老师推荐，同学选举，牛儿被选为班主席。牛儿当了班"主席"——或许因为毛主席也被称为"主席"，一班学生之长也被叫"主席"，实有不妥，而后改为班长。牛儿在当班长期间，学习带头，劳动带头，遵守纪律也带头，后被吸收为"青年团员"——共产党"青年团"员与国民党"青年团"易于相混，后改为"共青团"，全称共产主义青年团。

牛儿进步了，社会更在进步。

社会各个领域，都在向正规化发展。比如，在金融领域要建立银行体系。首先要建立管理钞票的银行，在国家层面是"中国人民银行"，在县级层面，当然也得建立县级人民银行，因此需要建立"南部县人民银行"。

人民银行行长，只要在革命队伍中找一个革命战士就行了。而且在军事管制时期，行长也只能在革命队伍中寻找。建立县人民银行，只有行长还不行，还要有能识字、会打算盘的会计人员。这种只管业务的会计人员，从哪儿寻找呢？只有两种可能：一是从新政权的革命队伍中寻找，二是从旧政权的相关领域中寻找。

在新政权的革命队伍中，这种有文化的人很少，他们要担当重任，他们要被安排在行政系统各主管部门当行政首长。所以，在革命战士队伍中寻找会计是有困难的。

在支持新政权的农民队伍中，寻找会计的优点是，他们拥护新政权，他们很可靠，但是，他们没有文化，不会打算盘。在农民队伍中寻找会计也很难。

那么，在旧政权的队伍中，能否寻找到银行会计吗？当然能，而且是很容易的。但是，问题在于，他们中，有的人被镇压，有的人被管制，很多人则被划在"不可靠"或"不可信"范围之内，一个不可靠、不可信的人，怎么能当人民银行会计呢？

最后只有从毛主席思想中去寻找办法。毛主席认为，中国的未来是属于青年人的。所以，银行会计最好是在青年中寻找，从南部县现实情况讲，最好是在南部中学学生中寻找。当时，南部中学学生中，有三个团员。一个是团支部书记永祥，三代贫农出生，他父亲又是县劳动模范，是最佳人选。但是，或许县团委对他另有安排，另有培养，另有发展——后来确实当了伊犁市公安局局长和新疆自治区警官学校党委书记。第二个团员牛儿，家庭出身不好，但求进步，功课也好，又是班长，被选中了。

这对牛儿来讲，是一个非常好的机会。自己既可当国家干部，也有可能当上政工同志，又能解决家庭困境。但是，牛儿却不去。这是为什么呢？或许因为，牛儿是一个愚蠢的人，他有牛性。当一个牛被蒙着眼睛推磨时，他只知围绕磨盘转。他的眼睛被"求知欲"蒙住了。

在一个人的人生道路上，往往有"机不可失，时不再来"。牛儿拒当人民银行会计，是错是对，是祸是福？这是很难说的。这要看这个人愿意失去什么，愿意得到什么，愿意承受什么痛苦，愿意获得什么幸福。

如果从不同的可能性去分析，去看待，那就更难预测了。假如牛儿去当了人民银行会计，他有天生的缺陷，他不是革命家庭后代，是地主家庭出身，他也只有初中还未毕业的文化水平，他能经受住毛主席阶级斗争的风浪吗？他能不被赶出国家干部队伍吗？他能不被划入专政对象吗？实际上，后来很多人都走上了这条不归路。牛儿该后悔吗？

28. 未参军，被记过

在新中国诞生初期的日子里，旧中国留下的知识分子，有些被镇压，有些被管制，多数人则被划为"不可靠"的人群中去。新中国的各行各业都需要有文化的人。所以，在新中国建立的相当长一段时间里，都存在知识分子需求大于供给，或者说，供给跟不上需求。这是一种社会矛盾，而且这种矛盾在很大程度上是由意识形态和人为因素造成的。比如，在用人可靠性问题上，不能说刘少奇不可靠，也不能说林彪不可靠，问题实质在于，用一个人的眼睛去看一个人，往往难于判断这个人可靠不可靠，假如用很多眼睛去看一个人，多数能看出这个人可靠不可靠，行，还是不行。

像工业现代化需要有文化的人一样，军队现代化也需要有文化的人。在这种形势下，南京炮兵军官学校到各地中学去招人。南京炮兵军官学校到南部中学来招学生。学校很重视，大会动员，小会动员，团内动员，团外动员。牛儿作为团员，是动员对象，作为班长，作为学生干部，也是动员对象，牛儿却始终没有去报名。实际上，团干部和班干部，都没有报名。一天，团支书永祥同学，找牛儿交换思想，他说：他也不想去。于是，牛儿也跟着说，牛儿也不想去。牛儿说这句话闯祸了。团支书向学校团总支汇报了，团总支又向学校党支部汇报了。党支部和团总支认为，牛儿是班干部，是团员，不想参军，是落后思想，是落后分子，被"记过"一次。这次记过，没有在团员会上宣布，也未通知牛儿本人，也就是说，牛儿并不知道自己已被记过了。只是班主任在班会上说，准备换个班长，并指定了一个同学，叫同学们选举。当时，牛儿心里很理解班主任老师，作为班长，不带头参军，班长帽子应当被取掉。从牛儿自身讲，不当班长比当班长好得多，省事得多，学习时间也增多，这是牛儿希望得到的。新上任班长不管事，晚自习不管，体育活动不管，班上清洁卫生不管，谁当值日生也不管，班上乱哄哄。他只管自己学习。实际上，一班之长，没有人愿意当，因为学生到学校来，不是为同学服务，不是为班主任当助手，而是来读书。牛儿当班长，也只是为了保住助学金。

在这种状态下，班长不得不换人，又提名牛儿。这一提名，立刻获得同学们拥护，并鼓掌表示同意，包括新任班长在内。从此，牛儿就当了5年班长，只是这次有短暂停职。牛儿班长成了终身制。后来，还担任学生会学习委员。

牛儿被记过，是后来知道的，是撤销处分后才间接知道的。

牛儿这次被记过，实际效果却是"功"大于过。过所立之"功"是，牛儿从此知道，党、团干部不可信，要远离他们，他们为了自己进步，他们往往会踩在别人肩上，自己向上升。这种"功"，对牛儿的最大贡献是反右运动和""文化大革命""运动。牛儿在这两大运动中，防范了党、团干部，没有出什么问题。

29. 班主任代缴学费

牛儿在南部中学读了6年书，有10个学期，班长都是期期连任，只是未参军那段时间，有短暂停职。牛儿获得如此"辉煌"政绩，一是他自己努力，二是老师帮助，三是同学拥护。

牛儿努力既有动力，也有需求。动力就是升大学，当科学家，当工程师。需求就是保住助学金。助学金分甲等和乙等。甲等条件是出身好，政治好，功课也很好。乙等条件是，政治好，表现好，功课也很好。甲等助学金除免交伙食费之外，还免交课本费，还包括牙膏牙刷在内的生活用品零用钱。乙等助学金只免交伙食费。全校享受甲等助学金的人，只有团支部书记，虽然他的功课并不好，同学也有意见。其他家庭困难同学，只能享受乙等助学金。这个团支部书记由于他常直接向党支部和校长汇报老师和其他同学思想动态而不被老师和同学喜欢，但他有党支部和校长为他撑腰，老师和其他同学也没有办法。牛儿心里有杆秤，力争保住乙等助学金就行了。

为了上大学，牛儿首先要学好数理化，因为当时社会和学校的主流思想是，学好数理化，走遍天下都不怕。其次是学好政治和英语。其他功课，除了音乐和美术之外，也不放弃。所以，牛儿每学期期末考试总平均成绩都在92—94分之间。要想维持这个平均成绩，数理化基本上都要满分，政治、英语也要在95分以上，其他功课也不能低于90分。

保住助学金，关键要看班主任。牛儿虽为班长，实际上，牛儿已担当了副班主任角色。班主任除传达学校开会精神之外，所有其他事，包括学习，作业，上课纪律，下课纪律，寝室纪律，甚而同学之间的恋爱问题，都由牛儿这个班长包管下来。班主任不管这个班，这个班仍有好成绩，仍能为班主任争面子。

在同学学习上，牛儿的付出是最多的。主要是晚自习。每天晚自习时，牛儿身边总是坐着几个同学，主要是女同学，一会儿问数理化，一会儿问英语。牛儿已经没有时间复习自己的功课了。牛儿已成全科辅导老师。牛儿如此牺牲自己，如此辛苦付出，牛儿得到什么呢？牛儿得到的回报是，选班长时都会举手，评助学金时会一致通过。其次是，牛儿能得到同学们的信任，他们碰到的问题，都愿意与牛儿说。比如，有一位女同学说，体育老师辅导她双杠时，摸过她的乳房。也有人说，有一位回族女同学在厕所里抽香烟，也有男同学说，他与那个女同学在谈恋爱。因为牛儿是已婚青年，年龄也比一般同学大一点，他们往往将牛儿当作哥哥，有什么话都可以说。牛儿所听到的这些话，不向班主任汇报，也不批评同学，只是牛儿自己知道就行了。

牛儿的努力得到班主任的爱护，班主任知道牛儿家境困苦，上学时，班主任总是帮牛儿代缴学费。待助学金评下来后，班主任再收回学费。换班主任时，老班主任也会向新班主任介绍牛儿情况。在牛儿6年中学生活中，有5年都是这样度过的。所以，老师在牛儿心中留下了深刻记忆。没有老师的帮助，牛儿是很难完成中学学业的。

30. 政治考 100 分，老师被批评

政治老师是外地人，是一位共产党党员，很严肃，当过牛儿那一班的班主任。他经常向同学们讲马克思、讲毛主席、讲立场、讲观点、讲方法。牛儿从那个时候起，就记住了马克思和毛主席的生日，马克思的生日是 5 月 5 日，毛主席的生日是 12 月 26 日。牛儿却不知道他的祖母、他的母亲、他的妻子、包括他自己在内的生日，后来，他孩子的生日，他也记不住。牛儿对革命家非常崇拜，印象非常深刻，所以能记住马克思、毛主席的生日。

政治老师似乎懂哲学，也懂生物学。同学们对老师常以老师所讲功课称呼，比如，政治课老师，就称政治老师，而不以姓称呼，比如姓张，称张老师。同学们已成习惯，对所有老师，都以他们所教功课称呼，比如，音乐课老师则称为音乐老师，体育课老师则称体育老师。物理课、数学课、化学课、语文课、历史课、英语课等，都以功课名称呼老师。有一次，动物课老师要进教室了，有同学大声叫"动物老师"来了，"动物老师"来了。动物老师走上讲台，严肃讲：我是教动物的，你们闹啥？而且动物课老师还将同学们对他的称呼，向班主任告状，说这个班的学生不尊敬老师，将他叫动物老师。班主任政治老师反问动物课老师：你不是动物，是什么呢？动物课老师告状没有成功。政治老

师的反问，是幽默，还是在保护学生呢？牛儿就不知道了。

　　牛儿从初中起，就喜欢政治课，尊敬政治课老师。牛儿也不满足于政治课老师所讲内容，已开始到学校图书馆去寻找课外政治书籍读。牛儿找到了毛主席所著《新民主主义论》和艾思奇所著《大众哲学》，牛儿如饥似渴地阅读，能背出书中的许多论点。牛儿的这种学习方法，也是其他所有同学包括大学同学在内，对政治课都是死记硬背，不懂政治的精确含义，更不懂政治的精髓。

　　对一个学生而言，能死记硬背就足够了，死记硬背足以应付考试，足以有机会取得好成绩。有一次，牛儿运用这种方法，在政治课考试中得了100分。校长知道后，批评政治课老师；政治课怎么能给学生打100分呢？政治课老师辩驳：学生所答内容，已超出了老师所讲范围，为何不能打100分呢？

　　其实，校长与老师讲的都对。从思想立场看政治，政治课是不能打100分的。从政治课本身讲，是可以打100分的。

　　当牛儿已近8旬、再度学政治时，才知道政治的精髓是权力。政治的要素是目标、制度与行为。为什么政治要素中要加上"行为"呢？因为在政治活动中，政客常常与政治家混在一起，人们难于用目标和制度识别真实与谎言。真实与谎言，只有用"行为"才能检验出来

　　现实社会中，有些人将政治视为"臭豆腐干"，闻闻臭，吃吃香。所以他们去买"政治"吃。政治不仅能让人充饥，还能让人长成一个胖子。

31. 英语老师摸"雀雀"

　　英语老师是教会学校的，长得白白胖胖，他像一个外国人，更像一个混血儿。他有一口流利的英语。他非常喜欢学生跟他交谈，更喜欢学生用英语与他对话。可惜，他的潜能被浪费了，因为当时的社会环境是，重视数理化，对英语虽也重视，但限于单词、语法与文章阅读，以应付升学考试。

　　英语老师在讲解词汇和文章时，他总是尽力用当地"方言"——土话，进行讲解，便于学生理解和记忆。牛儿至今仍然记得，他将英语词组"Sometimes"解释为土话"三不打时"，即偶尔，有时候。他把意译、音译和土话三

者巧妙结合起来，他达到了严复所讲"信达雅"的翻译标准，达到了严复所要求的翻译水平。

有一次，他讲一篇英文故事，故事描绘中国第一个女拖拉机手开拖拉机。这位女拖拉机手是东北人。东北是一个极为寒冷的地方。天气太寒冷了，一位男拖拉机手想去替换女拖拉机手。在替换之前，他先去小便一下。结果，男拖拉机手的小便被结冰了，冰棍小便将他顶倒在地，他差点冻死了。其实，英语故事中并无男拖拉机手情节，加了这个情节，更加深了同学们对这个故事的印象，也加深了同学们对这个故事的记忆。

又有一次，他正在另一个班上课，课还未讲完，突然来了两个勤务兵，身挂皮壳手枪，来到教室，叫了一声朱老师，说：王局长找你谈话。朱老师一听王局长找他谈话，被吓坏了，小便都流在裤裆里。当时，南部县仍处于军事管制状态。县城里有一句顺口溜：天不怕，地不怕，只怕王局长叫谈话。王局长找谈话，那就是离杀场不远了。南部中学距县公安局大约有二三里下坡路，两个勤务兵不说话，朱老师也不敢问。因为是下坡路，连走带跑，心咚咚直跳，吓得屁滚尿流，很快到了公安局。朱老师被带到王局长办公室，朱老师还未清醒过来，也未问王局长找他干啥，王局长也未讲，找他有何事，过了一会儿，朱老师稍微镇静一下，问：王局长找我有啥事？王局长说：找你当一下翻译。此话一出，朱老师的"心"咚的一声落了，心落在地上了，人也倒在地上了，他似乎已被枪毙了。稍许，他醒过神来，再问王局长：翻什么译？王局长说：河边扣留了两只载有外国移民的船，他们讲话，战士听不懂，找你去当一下翻译。王局长向朱老师讲清楚了找他干啥，朱老师心里反而火冒三丈，怒气冲冲，又骂又怒。他内心大骂"他妈的"。他内心越想越怒"既然叫我当翻译，为何来两个勤务兵？为何两个勤务兵都带枪？为何勤务兵不告诉具体事？为何不给学校打个招呼，由学校叫我来？把老子吓得屁滚尿流！"

朱老师被几个勤务兵带到河边，来到船上与洋人进行交流。朱老师发现，没有什么大事，船上是一些英国侨民，他们属英国教会，他们是传教士，他们在阆中县开了一家慈善医院。现在，他们出丁安全考虑，他们想乘船顺嘉陵江到重庆，再从重庆回英国。船上没有什么，只是一些生活用品，中国政府可以派人上船去看看。那些勤务兵，实际上是公安警察，经过朱老师翻译解释后，他们上船去查。船上确实没有什么，就将船放行了。

　　朱老师这个有惊无险的故事，是他在牛儿班上课时，讲出来的。朱老师是从教会出来的，他对同学总是施以爱，他爱学生，特别爱贫困学生，特别爱勤奋学生。他喜欢牛儿，他经常对他在南部中学读书的儿子讲，要向牛儿那样勤奋学习。

　　一个夏天的晚上，天气很热，牛儿睡在通风过道的一张乒乓台上，那天，朱老师值班查夜，经过过道，发现牛儿睡在乒乓台上，他伸手摸了一下牛儿"雀雀"，牛儿被吓了一跳，朱老师马上挥手，叫牛儿继续睡。实际上，这就像一个父亲摸他儿子"雀雀"一样，这是老师对学生的一种爱。

32. 牛儿不知他祖母去世

祖母哦，牛儿不知您已去逝

不知您去逝时已是一个疯子

不知您去逝前想有个鸡蛋吃

现在，牛儿只能用爱来弥补

祖母哦，不要悲伤不要流泪

您要想开些，您定会有幸福

钱财如粪土，爱才永远存留

您失去财物，牛儿却更爱您

祖母哦，不要悲伤不要流泪

牛儿已留下了您的许多记忆

您爱这个家，您爱儿孙后代

您愿当寡妇也要守住这个家

祖母哦，不要悲伤不要流泪

牛儿记得睡在您身边的时候

牛儿记得，酒不醉人人自醉

牛儿记得，吃炖心肺的幸福

祖母哦，不要悲伤不要流泪
牛儿记得，在您身边的日子
牛儿贪玩又爱与小朋友赌博
您担心牛儿会走父亲的老路

祖母哦，不要悲伤不要流泪
牛儿记得，要牛儿不入歧途
您下决心，要让牛儿离开您
您藏着爱，要牛儿去当学徒

祖母哦，不要悲伤不要流泪
牛儿开始懂事，已经理解您
牛儿不当学徒，而是要读书
您说，读书必须在您身边读

祖母哦，不要悲伤不要流泪
您不知，牛儿与小朋友分开
这是什么力量，是什么勇气
这是您的爱，是您的爱推动

祖母哦，不要悲伤不要流泪
牛儿虽因身心伤害而生牛性
牛儿即使吃草也不放弃自尊
牛儿牛性只能被您的爱驯服
祖母哦，不要悲伤不要流泪
牛儿已懂事，被您的爱感动
哪怕大年除夕夜挨饿没饭吃

牛儿饿肚子也要按您愿望做

祖母哦，不要悲伤不要流泪
牛儿往前走虽碰到许多困难
牛儿从不动摇，也从不回头
那是因为有您的爱心在推动

祖母哦，不要悲伤不要流泪
牛儿已有一家人，有儿有女
儿女们已居住在上海和成都
放心吧祖母，他们已有饭吃

祖母哦，不要悲伤不要流泪
牛儿虽有80岁，仍然在想您
您的两条长凳牛儿仍保留着
牛儿将做成盒子，陪伴着您
祖母哦，不要悲伤不要流泪
牛儿活着，每天与盒子相随
牛儿去逝，盒子中放上骨灰
牛儿仍然会与祖母睡在一起

注：这是牛儿为不知他祖母去逝而写的一首叙事诗。牛儿没有文采，只能用泪水写。眼睛被泪水浸泡两个深夜，牛儿眼睛被泪水浸泡肿了。

33. 一张女生照片稳定了牛儿婚姻

牛儿在少年游荡时期，实际上已养成了一种思维习惯。比如，在想踢毽子时，同时也在寻求踢好毽子的方法；在丢窝时，同时也在寻求丢好窝的方法。不过，那时只是一种思维习惯，只是就事论事，并没有提升到推广应用，不能称为"思维方法"。所以在牛儿刚进初中时，尚不知如何读书，尚不知如何实现读书条件。

随着牛儿年龄的增大，随着牛儿知识的增多，随着牛儿视野的拓宽，牛儿已初步知道，在牛儿自身家境条件下，为了确保能够读书，牛儿必须要学好功课，并且要争取"表现"。争取表现的目的是保守助学金，争取表现的范围是老师和同学，争取表现的方法是听老师话并帮助同学。

帮助同学的内容是帮助同学复习功课。具体讲，就是在晚自习时帮助同学做他们不懂的题目。所以在晚自习时，牛儿作为班长，作为辅导"老师"，牛儿坐位旁边总有几个同学坐着，问这问那。其中有个女同学比较特别，她几乎每天都在牛儿旁边，有时复习功课，有时又长呼短叹，是什么原因，牛儿没有询问，也没有思考过。

她是一个乡镇小学女教师的女儿，她还有一个弟弟，也在南部中学读书，家境困难，有时也申请助学金。只是她申请助学金没有牛儿那么有保证。一是她母亲教书有收入，二是她功课一般。她比牛儿唯一一个好条件，她家应属于城市贫民，家庭成分优于牛儿。

她，人很漂亮，能歌善舞，参加学校歌舞团，常常参加对外演出。有一次，她有节目到南充市去参加比赛。比赛要化妆，她拍了一张化妆照片，送给牛儿，她没有说什么，牛儿也没有问什么。牛儿当时是把全部注意力放在学习上，对女同学没有关注，没有思考她送这张照片是在放出什么信息。牛儿将这张照片拿回家，放在衣柜抽屉里。

有一次，她单独找牛儿，讨论升学问题。她问牛儿初中毕业后考什么学校，牛儿不假思索地说，当然普通高中，将来好升大学。她又征求意见，她应当考什么学校，牛儿同样不假思索地说，当然也应考普通高中。后来，她也许出于她母亲的经济考虑，她也许出于读普通高中的功课压力，她报考了南充市卫生学校。

　　牛儿家抽屉里的那张照片，被牛儿妻子发现了。牛儿妻子很敏感，她似乎认为，牛儿在学校已经看中那位女同学了。其实，根本没有那回事。一次，牛儿回家，他的妻子正式向牛儿提出，如果牛儿想离婚，她愿意。离婚后，她也不想再嫁人，回娘家去，帮她哥哥种田，度过她余生。牛儿听了这番话，感动极了。

　　牛儿没有谈过恋爱，也不懂得什么是爱情，但是，心中隐隐约约感觉，似乎不变才是爱，愿意付出才是爱，愿意牺牲才是爱。牛儿妻子这种谈话，似乎就是爱。当时，很多大龄早婚男同学，由于他们妻子是没有文化的农村妇女，缺乏共同语言，都离婚了。唯独剩下牛儿一人没离婚。牛儿后来，虽然也有女同学爱他，等他，枕巾都被泪水浸湿了，牛儿的婚姻仍然保持一生。

　　牛儿保持了原有婚姻，却欠下了另一个爱他的女子情。这个情，怎么还？什么时候能还清？这件事，一直困忧牛儿一生。

34. 考上高中

　　在每个人的读书生活中，都会面临升学，都会面临升学考试。而在升学考试中，又会有三个问题。一是想不想升学，这涉及到一个人的追求，一个人的理想。二是能不能考上自己想读的学校，这取决于他的功课。三是能不能升学，这会涉及到家庭有没有供应他读书的经济能力。

　　牛儿想读书，牛儿也自信能考上自己想读的学校，牛儿的问题只有一个：考上普通高中后，学费怎么办？

　　牛儿在读初中的三年里，是大考大耍，小考小耍，不考不耍。这次升学是什么考呢？这是"大大地考"。大大地考，能不能大大地耍呢？牛儿没有心思大大地耍，而是有一种困难充满了牛儿的心头。上了高中，学费怎么办？即使有助学金，书籍费也要自己交，而且暑假、寒假更要复习功课，才能升大学。在哪儿复习呢？在家里复习，固然不存在生活费，在家复习，条件与效果都很差。复习条件和效果最好的地方是学校。但是，假期在学校复习，是要交伙食费的，伙食费哪儿来呢？

牛儿这种苦恼，没有地方倾诉。牛儿不能向他母亲说，也不能向妻子诉，她们没有办法，反而会增加她们痛苦。

当牛儿想到自己出路时，也会回想起当初拒当县人民银行会计事。假如当初去当了银行会计，现在的苦恼就没有了。不过牛儿也未因此而后悔，只是一种回忆罢了。

牛儿有时也想起，假如父亲在世，假如祖母在世，或许他们还会有办法。牛儿想到这些时，心里也有痛苦。牛儿已经处于一种完全无助的状态。

牛儿这种心情，与他的一位同学交谈过。虽然他体会不到牛儿的心情，也感受不到牛儿的处境，但是，他似乎很有经验、很有阅历地劝了牛儿一句话：不要苦恼，车到山前必有路！

牛儿既不痛苦、也不兴奋地考上了高中。牛儿就此结束了初中生活，后来又在高中路途上苦苦挣扎。

35. 还是回家好

考上高中，其实也不容易。考上高中的，是4中取1，应当说，高中同学都是比较优秀的初中生，成绩比较整齐，没有特别差的同学。牛儿仍然被选为班长。高中的班长比初中的班长就轻松多了。大家都想升大学，大家都自觉，大家的心思和精力都放在学习上。班长似乎只管一件事，晚自习结束时要灭灯，要去睡觉，不能再到教室里学习，以免影响第二天上课。牛儿大部分时间也放在自己的学习上了。

但是，牛儿心里仍然挂着一件事。暑假到哪儿去？暑假放的时间长，对一个想升大学的高中生讲，暑假是一个非常好的复习机会。当然，对牛儿而言，最好的复习地方是学校。这时，牛儿想起了他妻子娘家的哥哥，她哥哥是地下党员，又当上了南部县税务所第一任所长，工资高达40多元。牛儿鼓起勇气，向他妻子的哥哥写了一封求助信。希望他暑假期间能资助牛儿一个月伙食费，他回信表示同意。牛儿得到回信，高兴极了。正如一位同学所言：车到山前必有路。

这一学期不担心暑假怎么过，很轻松地学习，不知不觉就到了期末大考了。

在大考之前，牛儿去到他妻子哥哥的税务所福音堂，叫了一声哥，他知道牛儿去的意思，他说了一句话：还是回家好！牛儿像头碰晴天霹雷，被震昏了。当牛儿稍醒时，提出要走了。他留牛儿在税务所吃了饭再走，并说税务所伙食很好。他应知道，牛儿不是去吃饭的，牛儿是来取他的承诺，取他答应资助的一个月伙食费，大约两三元钱。牛儿仍然控制住自己的情绪，牛儿轻声回了一句：学校有饭，还是回学校去吃。牛儿离开福音堂，离开税务所大门，牛儿再也控制不住自己的伤心，牛儿眼泪直流，只是没有哭声，因为这是在大街上。牛儿在回南部中学的街上行走，只是伤心，只是流眼泪，没有注意街上的行人。这时，碰巧，有一个老鸦上河街的邻居，看到牛儿在街上行走时的哭涕，他回家去告诉了牛儿母亲，也告诉了牛儿妻子，说，牛儿在街上行走时，在流泪，在哭涕，一定是他遇到了什么伤心事。

　　在回学校的路上，牛儿一边伤心，一边想，这是为什么？为什么预先回信答应，今天却反悔。是因为舍不得这两三块钱吗？还是因为他要与牛儿家庭划清界线，不划清界线会影响他税务所长的前程呢，还是牛儿上了高中，担心牛儿会变心，而应让牛儿回家去，与他妹妹多多建立情感呢？究竟什么原因，牛儿一生都没有找到答案。

　　牛儿回到学校，独自一人，静下心来，牛儿想通了。"车到山前必有路"虽然失灵，但是，"马到河边自回头"总灵，因为"马到河边自回头"是自己掌控自己命运。在牛儿一生中，有许多事情都有这种教训。越到后来，牛儿对这种教训感受越深，表现在，遇事不是事后方知，而是事先要考虑。

　　后来，牛儿回家去，牛儿母亲问起这件事，牛儿并未因为重提旧事而伤心，而难过。牛儿已将此事视为"过去"。牛儿只是告诉他妻子，以后不要在牛儿面前提起她哥哥的事。

36. 到同学家过暑假

　　牛儿第一次感受到"车到山前必有路"失灵，"马到河边自回头"更实际。用现代语言讲，这两句话结合起来，可以被表述为"危机也可是机会"，即转"危"

为"机"。

　　牛儿真的碰到了转危为机。在暑假之前，一位同学向牛儿谈，问牛儿是否愿意到他家去,一同复习功课,帮助他补习数学。在初中时,他与牛儿就是同一班,到了高中，又是同班同学。他知道牛儿数学很好。实际上，牛儿补了他的课,他却补了牛儿的饭。两人是各取所需。牛儿到他家，真的过上了各取所需的生活。

　　他一提出这个想法，牛儿就无需考虑地同意了。暑假一到，他的要求被满足,牛儿的承诺也兑现。两人高高兴兴地就去他的家。他的家离县城很远，大约有100里外。当时交通不便，到他家只能走路。其实，就算有车，牛儿也会走路，因为牛儿身上根本没有"买路钱"，没有乘车费。他来上学，家里给他做好干粮，做好面饼，这次回家，他买了6个锅盔，一人3个，作为两人路上的口粮。两人在路上走，一下聊这，一下聊那。也不觉得很累。实在累了，两人又在石头上坐一会儿，休息休息，肚子饿了，又吃锅盔。两人一路这样，不知不觉就到了他的家。

　　到了他家，他就向他妈妈和妹妹介绍,这是他的同学,来这里一起复习功课，并帮他补习数学。他妈也许似懂非懂，但有一点是清楚的，来人是他儿子的同学，还要帮她儿子，自然作为客人看待。

　　牛儿同学的妹妹听了，一是知道她哥哥一天走这么远的路，一定很累，二是又有哥哥同学客人来，就忙于去抱柴火给她哥哥和客人煮晚饭吃。吃了晚饭，牛儿同学的母亲把她幺儿子和客人安排在一个有两架床的房间去睡。同学讲了他家的情况。他说，他家有八兄弟，还有一个最小的妹妹，他父亲已去逝了，他是幺儿子，他现在是与他母亲和妹妹住在一起。八兄弟中，前面七个兄弟已分了家，他母亲、他妹妹和他自己，生活都由前面七个哥哥供给。他们3人，其实像革命干部一样，享受供给制，多么幸福啊！他七个哥哥中，有一个当区长，有一个当乡长，其余五人则为农民。

　　第二天一早，牛儿就开始同他一起复习功课，她妹妹则为伙食班长，专为他们煮饭吃。吃了饭后，稍作休息，又去复习，大约复习三节课时间，出现了惊喜！他妹妹叫她哥哥和哥哥同学牛儿一同去"打幺抬"。牛儿知道这话的意思，现代城市的人恐怕就不知道了。这里稍作解释。"幺抬"就是小餐，农村早饭和午饭之间时间相距较长，来了客人，一般得在早餐和午餐之间加一道点心或小吃，这种加吃的点心即为"幺抬"，"打幺抬"即"吃点心"，农村的"点心"多为面。

打了"幺抬"又去复习，中饭就更惊喜了，中饭不仅吃干饭，而且还吃腊肉！一般农民家庭，夏天是不可能有腊肉吃的。一般农民家的肉，能吃到过大年——过农历十五日元宵节，就不错了。这哪儿像农民生活，简直就是地主生活。也许他们将牛儿当着"地主级"的客人在款待。晚饭则吃稀饭。农村一般说法，晚上不能吃干饭，吃了干饭，睡觉会压坏床杠子——即压坏木床两个边长之间的小横梁。这话也许带有不宣言传的风趣，也许只适用于那些青壮年夫妻。

在天黑吃晚饭之前，如果他们家水缸中的水不足了，牛儿同学就会去挑井水，把水缸中的水补满。挑水的事，牛儿同学不要牛儿与他两人一起去抬，而是牛儿同学一人挑。牛儿同学说，他的力气大，同时也能获得锻炼。

牛儿在他家的复习，过了一个暑假的"地主"生活，当了一个暑假的客人。只是吃腊肉不是天天吃，而是三五天吃一次。其他生活，则是一日复一日天天享受，天天享福。整个暑假期间，复习功课都很紧张，都没有轻松与笑语。只有一次，在吃午餐时，牛儿同学在与牛儿讨论几何时，他提起一道"垂直"线证明题，他妹妹听到"垂直"二字，以为她哥哥在说粗话，在说男人的生殖器，恨了她哥哥一眼，把牛儿惹笑了。人一旦笑了，紧张就消失了，快乐就来了。

牛儿这位同学，后来当了记者，当了四川人民广播电台农村部主任。

37.在嘉陵江边聊未来

牛儿已经读高二了，再过一年多就要考大学，牛儿小学的一位女同学，也考上高中，只不过她在阆中，而牛儿在南部。

牛儿家出门，右手斜对面，就是她家。儿童时代，牛儿在乡下，她在乡镇。牛儿在乡下读了半年村小，转移至乡镇上的国民中心小学，这时，牛儿就与她同在一个学校了。牛儿与她虽不算青梅竹马，却是同时启蒙的少男少女。牛儿已结婚，已属青年男人，她没有谈过情说过爱，是位年轻女孩。牛儿家境不好，家庭出身又坏，她却不错，读书有大哥、二哥供给，而家庭出身又属城市贫民。

然而，牛儿与她的所有差别，似乎都不存在了，存在的只有童年回忆，只有对未来的追求。在牛儿处于社会弱势情况下，这是牛儿最为希望得到的。而她想得到的，也是对童年的回忆，对未来的追求，两人就"意合"了。

每当夕阳西下，阳光不照射嘉陵江边时，两人就到嘉陵江边去。两人刚到江边时，江边石头还有余热，不适于立即坐下来，于是两人便用手在江中捧些水洒在石头上，一会儿石头就凉快了，两人便并排坐下，把脚放在江水中，感受江水给予人腿的凉爽，似乎又给予人心有温暖，凉爽与温暖并存，恐怕只有在这种情况下，在这种时候，才会有凉爽与温暖并存的感觉。她谈起小时候在河边洗衣的情景。她说，小时候在河边洗衣，小鱼儿便会游来，一般情况，小鱼儿看见人都会游跑，嘉陵江的小鱼儿很奇怪，看见人却不怕，反而向人游来。牛儿也讲他小时候捉江团鱼的故事。两人有时看看江水奔流，听听江水奔流所放出的声音。这种声音，听觉平常并无好感。现在，这种声音似乎已经经过听觉器技术加工，当它到达心里时，它已变成悦耳动听的音乐，它已让人产生快乐感觉。两人有时也望望天空，看看天空彩霞，看看天鹅远走高飞。看看天鹅远走高飞的快乐与幸福。

两人有时也谈谈功课，交流学习，介绍与好同学的相处。总之，两人都不约而同地谈些快乐事。牛儿的处境，牛儿的伤心，牛儿的苦恼，都被快乐赶走了，它们好像已经消失，已不存在。牛儿那位启蒙同学，那位少女，那位年轻女孩，那位追求未来的好友，也有烦恼，但是她的烦恼被远走高飞的天鹅带走了。她与牛儿在一起，也只有快乐。

牛儿与她在一起，没有心跳，没有冲动，没有拥抱，没有接吻，只有记忆，只有憧憬，只有快乐，只有对未来的追求。

一个夏天，在夕阳西下时，牛儿与她多在嘉陵江边度傍晚，每次重复，每次似乎又有新鲜感。

牛儿与自己的妻子已结了婚，然而牛儿与在嘉陵江边聊天的那位女友，似乎已"结了情"。结了情即情投，总之牛儿与她已经是情投意合了。这种情一直持续了许多年，都没有断，直到她后来眼泪把枕巾都浸湿了，牛儿才将这根情线割断。但是，牛儿却欠下她一笔终身都还不清的情感债。

38. 中途下席回家吃

牛儿快要考大学了，在外界看来，牛儿升大学似乎很有希望。

有一次，大约元宵节前后，牛儿被他妻子哥哥派了一个小孩"请"牛儿到下河街，到牛儿妻子娘家去吃饭。

到了牛儿妻子娘家，牛儿还在门外，还未进客厅，小孩就大声报告：姑父来了，姑父来了。牛儿妻子哥哥正陪着一位客人，牛儿妻子哥哥站起来，叫牛儿坐。牛儿坐下，他马上向牛儿介绍，这位客人是他妻子娘家的哥哥，现在是南部县富驿区区长。牛儿还是一个学生，不会应酬客人，牛儿未与区长寒暄几句。木呆呆坐在那儿，像一个傻瓜。其实，牛儿并不傻。只是在这儿没有共同语言，没有讲话的激情。牛儿知道这位区长的背景，他的父亲是蒋委员长时代的保长，满有势力，那位保长的大儿子，就是毛主席时代现在的区长。区长大于保长，儿子强于父亲，他们家是一代胜过一代。这是所有中国家庭都希望的。下一代胜过上一代，这个家才有发旺。而且，区长的一个弟弟，还是老鸦乡乡长。

一会儿，摆好酒杯，端上菜了。今天的菜，是区长妹妹亲自为她哥哥做的。区长妹妹是一个做家常菜的高手，但比不过牛儿姑妈的手艺。牛儿妻子的哥哥是县税务所所长，所长妻子的哥哥又是区长，两人既是亲戚，又有官场关系。所长向区长斟酒并挑菜，所长也给他妹妹的丈夫牛儿挑菜。牛儿不喝酒，所长与区长两人，一边喝酒一边吃菜。这时，牛儿的回忆，昔日的"旧气"，冒出心头。牛儿回忆起，那年大年除夕夜，牛儿家没有饭吃，牛儿妻子回到这儿来，回到他娘家，为他哥哥嫂嫂擀面，希望她哥哥嫂嫂开口，叫她带点面回去，让她妹妹大年除夕夜有面吃。牛儿妻子的哥嫂没有开口，牛儿妻子伤心地回到婆家去了。牛儿妻子常讲：爹有，妈有，不如自己有；哥有，嫂有，不好伸手。牛儿又回忆起，眼前的所长，曾经答应资助牛儿暑假一个月伙食费，后来却反悔了。牛儿伤心起来，牛儿与所长和区长这一顿饭，吃不下去了。牛儿讲，要上一下厕所，实际上牛儿从他们家的后门，溜回牛儿自己家。牛儿中途下席了。牛儿回到自己家里，牛儿母亲和妻子正在吃饭。牛儿有意向他妻子做出饿鬼样子，叫马上舀饭来。牛儿妻子立刻去厨房舀了一碗红苕稀饭。并问她哥哥请牛儿吃饭，牛儿怎么又回来呢？牛儿不理他妻子，牛儿常为他哥哥的事而在妻子身上出气。牛儿妻子只能忍，一方是哥哥，一方是丈夫。手心手背都是肉。

过了一会儿，牛儿的侄儿又来了，还是那个来请牛儿吃饭的侄儿，侄儿看见他姑父在吃饭，叫他姑父赶快到他家去吃饭，否则，他爸爸会骂他。牛儿说：回去告诉你爸爸，你姑父已经吃饭了。

39. 一件衬衣情

一个近乎瞎眼的妇人，一个终年都在灶前烧火煮饭的女人，即使炎热夏天也如此，一个在大跃进中被饿死的老人，她就是牛儿妻子的妈，就是牛儿的岳母。她在牛儿心中留下了深刻记忆，也在牛儿心中留下了情。

牛儿与她女儿的婚姻，首先由牛儿祖母提出，最后则由妻子的母亲，由这位近乎瞎子的岳母决定的。牛儿妻子的父亲认为，他的女儿与牛儿结婚有好有坏，好处都知道，坏处是牛儿这个孩子爱赌钱，怕像他父亲。这个近乎瞎子的女人却认为，牛儿比她女儿小，大人可以教，小孩可以改，这门婚事就由这个瞎女人决定了。

但是，牛儿结婚第一年拜新年，却出现了问题。

在农村，女儿出嫁第一年，作为新娘，要与作为丈夫的新郎，两人一起，到女方娘家，女儿为她父母，新郎则为他岳父和岳母，拜新年。拜新年的意义在于，女儿要回娘家感谢她父母对她的养育之恩，新郎要去感谢他岳父、岳母养育了他妻子。因为，一旦女儿出嫁，就是男方家的人了。

拜新年是一件慎重事，是一件喜事，是一件快乐事，是一件幸福事。这件事，人生只有一次。拜新年，新娘要梳妆打扮，要穿上她心爱的衣服，要让她的父母看到她的快乐与幸福。拜新年这一天，牛儿新娘高兴极了，她穿上了她最喜欢、最好看的花旗袍。可是，她没有想到，她的丈夫，她的新郎，却不喜欢这种花旗袍，要求她换一件衣服。新娘不同意换。新娘认为，穿上好看的衣服，父母看了喜欢，父母看了高兴，可能其他人也喜欢。拜个新年，穿件花衣服，新郎都要管，今后，她这个妻子怎么当，怎么做人呢？

当牛儿再次提出要新娘换衣服时，新娘仍然坚持不换。

牛儿那么小，为什么要新娘换掉花衣服呢？牛儿虽小，但他却不希望新娘穿得花枝招展，惹人看。这是否意味着，新娘是自己的，爱是自己的，新娘不必让别人喜欢，爱不能和别人分享。当然，也有男人喜欢自己的妻子打扮漂亮，让别人看，让人羡慕，展现自己的幸福。但牛儿不是那种性格，不是那种个性，不是那种观念，不是那种人，因此，当新娘坚持不换衣服时，牛儿提出，拜新年他不去了。叫新娘一人去。

新娘真的一人回娘家去拜新年了。当新娘回到娘家，她母亲见到她并问新郎怎么没有来呢？她说了原因后，她母亲发气，说，拜新年是不可以新娘一人回来，必须是新郎新娘一对人来拜年。一人回来是很不吉利的。并讲，新郎小，新娘大，大应让小，何况她是女儿家。她家的传统是，女儿是"在家从父，出嫁从夫，老年从子"啊。

独自一人回家拜新年的新娘，又回到婆家，换上新郎认可的衣装，新郎新娘再一同去拜新年。

岳母所做的这些事，已经在牛儿心中留下了深刻的记忆。

牛儿上高中时，牛儿家已经非常贫困，虽然她是"鸡母眼"——现在称为白内障，看不清外部世界，但她已感知牛儿的困难。那一年，牛儿妻子哥哥家，过年买了两匹布，每人裁一套新衣服。牛儿岳母提出，她就不裁衣服了，她那一份衣服，就给牛儿裁一件衬衫好了。真的给牛儿裁了一件衬衫，牛儿妻子拿回家来，留着夏天穿。这是一件洋布（铁质机生产的布）衬衣，而牛儿平常穿的都是土布（木质机生产的布）衣服。

牛儿岳母给牛儿这件衬衣，牛儿并不将这件衬衣只视为是一件衣裳，而是将它当作一份情意，非常珍惜。牛儿将这份情保留在心里。

牛儿有一次，天气炎热，披上这件衬衣上学，牛儿也许在想什么，没有注意衬衣没有扣上纽扣，当牛儿到了学校时，发现衬衣已经掉在路上了。一件新衬衣虽掉了，但岳母的情依然存留。

40. 全乡第一个大学生

毛主席曾站天安门城楼上庄严宣告"中国人民共和国成立了，中国人民从此站立起来了"，那时，他内心的那种高兴、那种兴奋劲儿，是难以言表的。尽管新中国还有漫长的建设路要走，但是，他已经掌握主动权了。昔日的长征，昔日的抗战，昔日的解放战争，那么困难，他都走过来了，现在，或者将来，还有什么山，还有什么河，还有什么困难，能阻挡他前进，能阻挡他搞建设呢？

牛儿拿到大学入学通知书时，牛儿内心感到，牛儿从此就是大学生了，牛儿已是老鸦乡第一个大学生，也有一种兴奋劲儿，尽管日后的学习和工作，其道路还很漫长，但牛儿已经掌握主动权了。昔日那么多困难都被克服了，将来，还有什么困难能阻挡牛儿前进呢？

也许有人要问，甚而提出指责，一个普通平头百姓，一个小青年，只是一个大学入学通知书，怎么能与伟大领袖毛主席创立新中国相提并论呢？从"事"而言，是不能相提并论的。但是，从"人"而言，却有相似之处。

就"人"而言，无论是伟人还是平民，无论是主角还是小丑，无论是老人，还是一个乳臭未干的小子，他们都有喜怒哀乐，只是各人的喜怒哀乐内容和程度不同罢了。

牛儿从 1948 年结婚、当学徒、想读书，到现在，到 1956 年，拿到大学入学通知书，也有 8 年了。也有 8 年抗战，战胜各种困难，也有 8 年奋斗，为实现目标而不懈努力。

牛儿拿到大学入学通知书，虽然没有吃一顿好饭，没有外出去要一天，以示庆祝，更没有请亲朋好友大摆酒席，又收礼，又祝贺。但牛儿已有高兴，已足矣。

在这 8 年奋斗中，在拿到大学入学通知书的那一刻，在牛儿的心里，他感谢他的妻子，他感谢他的老师。如果没有他们的支持与帮助，牛儿是不可能上大学的。

牛儿妻子，在大学除夕夜没有饭吃、在家里只有三个女人、在家里生活极其困难的状态下，牛儿妻子从未要求牛儿，作为一个男人要去工作，要去挣钱，要养家糊口。她担起了家庭担子，支持牛儿去读书。

牛儿妻子，作为一个从小营养不良、发育不全——结婚时没有乳房，22岁才来月经，这样一个身体虚弱的女人，承担这家人的生活担子，实在不容易。

牛儿妻子维持这家人的生存经历了几个阶段。

第一阶段，也是最初阶段，经历时间不长，这阶段的起步时间是大年除夕夜没饭吃，大年初二去捡红苕。实际上，捡红苕实属中国农村的一种特色乞丐。

第二阶段，是为学校老师洗衣服，但不足以维持家人生活，维持时间不到半年。

第三阶段，是在熟人那儿借一头小猪钱，到其他有二三十里路远、不在公路边的乡镇去买小猪，来回一路上不吃不喝、将小猪背回本场老鸦来卖。一次可赚一升米钱，能维持一家三口人三天口粮。这个阶段大约维持了不到一年。

第四阶段，由于贩卖小猪路远又辛苦，有人劝她到她税务所长哥哥那儿去借点钱，买一部木制纺线机，纺线卖，无论晴天雨天、热天冷天都在家里干，没有买卖小猪那么辛苦，那么累，那么饥饱不均，那么伤害身体。牛儿妻子说，她不好意思向她哥哥借钱。那位同情牛儿妻子处境的人说，她去跟她哥哥讲，不要牛儿妻子去说。那位同情她的熟人，果真去给她所长哥哥讲，所长哥哥同意了。牛儿妻子先去打听了车子价钱为5元。牛儿妻子到她所长哥哥那儿去，说，买一部纺线机要5元，她所长哥哥真的给了她5元。牛儿妻子学会了纺线，以纺线维持生存，持续二三年时间。

第五阶段，被供销合作社收编为合同工营业员。一个营业员负责在一个生产大队设一个营业点，进价卖价都由供销社定，货却由营业员去合作社总店领，一月有10多元工资。货款有差错，由营业员赔偿。这项工作维持时间很长，直到她儿子到上海读书，需她去上海照顾为止，大约是1980年。

牛儿班主任老师，常常为牛儿垫付学费，到助学金评下来后，老师才收回垫支费。到考大学这一期，班主任是一位师范大学毕业的英语老师，他似乎觉得，牛儿升学，功课问题不大，只是出身不好，无法更改。但他觉得牛儿年龄稍大，将1933年出生改为1936年出生，减少3岁。所以，牛儿后来就多为国家工作了3年。牛儿一生不会忘记老师。

NIUERYISHENG
DIANDIJIYI

第 5 章

未来依然渺茫

41. 进川大圣地，过神仙生活

牛儿拿到大学入学通知书后就开始想象，大学是什么地方？像什么样子？牛儿读小学时，老师已讲过，有学问的国大代表，看见前进路途黑暗，白天打上灯笼去开国代会。读中学时，牛儿知道马克思在大英帝国图书馆做学问，毛主席在北大图书馆研究革命。因而，牛儿在进大学前已有这种印象：大学是圣地，是产生学问家的场所，是产生革命家的地方。

其实，在中国，大学最早被称为"太学"，现在被称为"高等学府"。早期太学是培养圣人、培养君子的场所，现在则是培养高等人才的地方。大学是青年学生的梦想，正如结婚是青年男女的梦想一样。实际上，大学就像洞房。青年学生进了大学，像青年男女进了洞房一样兴奋，一样快乐，一样幸福。

牛儿作为一个新生，离开家乡，坐汽车到绵阳，再从绵阳坐火车到成都。虽然牛儿坐汽车、坐火车都是第一次，但无兴奋感，或许因为这些并不是牛儿所憧憬。当牛儿到达成都火车站时，看见川大欢迎新同学的大型横幅标语，高兴极了。新生上学，居然有老同学迎接，居然有学校汽车迎接。这就是大学生，这就是大学生活，这就是牛儿6年苦苦挣扎所得到的快乐和幸福。

当牛儿到达校门时，被惊呆了。这是什么地方，这么漂亮，这么美丽！进入林荫道，两旁是密密麻麻的法国梧桐树，把烈日阳光挡住，凉快极了。梧桐树两旁，都是鲜花，林荫道的尽头，是荷花池，池中长满了荷花。荷花是"出污泥而不染"。这是不是在向新生暗示：进了大学，就纯洁，就高尚，就像荷花一样，即使生于污泥，长于污泥，而出污泥却不染。

走出林荫道，天空万里无云，非常晴朗。

牛儿走出荷花池，一路上，同学们活跃在足球场，活跃在排球场，活跃在篮球场，活跃在网球场。一路上，也有三三两两的男女同学，他们在散步，在聊天，也许在聊学习，也许在聊未来，也许在谈情说爱。

大学的天空是晴朗的，大学的地面是美丽的。大学像圣地。大学里的人，像荷花一样，是纯洁的，是高尚的，像圣人，像君子，人们过着自由自在的生活。不像一般小人，有权力争夺，有财富纷争。

这就是牛儿最初对大学的认识和感受。

当牛儿在大学生活了一段时间之后，发现，大学天空并非都是晴朗，很多时候却是乌云密布，地面也不都是鲜花，也有不少野草，野草丛中甚而有毒蛇在穿行，时不时伤害人。

大学里的人，也不是所有人都像荷花那样纯洁，那样高尚，而是有不少人，他们沾染了污泥，一身肮脏，一身龌龊。从而使牛儿感到，未来依然渺茫。

42. 同室 6 人，只有牛儿未成右派

牛儿刚进大学，属一年级学生。学生宿舍里，一、二年级学生住一楼，一个房间住 6 人。三、四年级住二楼，一个房间住 4 人。到了第 5 年毕业时，一个房间住二人。

牛儿这个房间里，6 人中，有 2 人出生较好，有 4 人出生于地、富家庭，是家庭出身不好的学生。第一年里，出身好与不好并无区别，都上一样的课，都吃一样的饭。在牛儿眼里，大学生的伙食是非常好的。早上稀饭馒头、包子，还有花生米和其他下饭菜。中午和晚上，都是干饭，有四五个菜，有荤有素，数量和营养是足够的。

一年级上基础课。对物理系学生而言，最重要的基础课是普通物学。其后才会上理论力学、热力学、电动力学和量子力学。理论物理系还要上狭义相对论和广义相对论。理论力学是研究物体动运的，又叫牛顿力学；热力学是研究分子运动的，又叫分子力学；电动力学是研究电子运动的，也叫电子力学；量子力学，自然就是研究量子运动了。

当时的普通物理学课本是从苏联大学教材翻译过来的。上课方法也学苏联。苏联给大学生讲基础课时，一般都由学校最好的教授，包括科学家、院士或获诺贝尔奖者，由他们给学生上课。川大物理系没有这样的教授，有一个资格最

老的教授，他与居里夫人同过实验室。他后来似乎没有什么学术成果。结果，牛儿的普通物理课则是一位从中学教导主任自学升为大学副教授的老师讲的。他讲课方法非常受学生欢迎。学习时，他教同学运用"三 W"思想：什么，为什么，怎么。即这是什么问题，为什么出现这个问题，这个问题怎么解决。复习时，要能收缩，又能展开。

在 1 年的生活和学习中，同学们感到，大学生活与学习非常快乐，日常生活又自由，学习方法又有提高。

到了 1957 年，情况发生了变化。那一年，发动知识分子向党提意见。大会动员、小会动员，也有个别动员。报纸宣传，电台也宣传。

为什么要发动如此大规模的提意见"运动"呢？提了意见又如何呢？是被表扬，还是被批评呢？同学们都不知道。

在发动提意见的运动中，有两点是异常的。在全校大会上，发动对象是所有知识分子，包括党员、共青团员和一般学生。但是小会上，比如班会、小组会，发动对象主要是共青团员，要他们积极响应党的号召，要带头。但对党员却有布置，叫他们发动同学，生活到同学中去，叫他们自己少发表意见。这说明，党的核心成员已经知道下一步要怎么办了。这种安排的目的是要保护党员。党员中，不能有太多的人出问题，一旦党员出问题的人太多了，下一步会碰到很大困难。但是，作为青年学生，谁有这样的政治敏感呢？谁知下一步棋怎么走？

稍微懂得政治复杂、社会复杂和人之复杂，多为文科学生，比如，历史系学生、政治系学生、文学系学生。其次就是有过某种教训的学生。牛儿就属于后一类。牛儿上大学，本来是想读书的，也不想向谁提意见。其次，牛儿有过一次教训，那就是读初中时，团支部书记向牛儿讲，他不想参军，牛儿也跟着说，他也不想参军。结果，牛儿的思想被汇报上去了，作为"思想落后"被"记过"一次。从此牛儿就远离党团干部，管住自己嘴巴，少说为佳。

所以，在反右运动中，牛儿同室 6 个同学有 5 人被划为右派分子，只有牛儿一人逃脱了。在川大的学生右派分子中，90% 以上都是共青团员，这 90% 以上的右派分子中，又以理科学生占绝大多数。

43. 涂改点心票是常事

在"多快好省"总路线下，在大跃进中，在人民公社的公共食堂里，中国取得了巨大进步。尤其在农村中的人民公社和公共食堂里，农民是敞开肚子吃，吃饭不要钱。牛儿看到这种新闻、听到这种广播，兴奋不已。这是中国农民几千年的梦想，在今天，在毛主席领导下，在中国大地，中国农民的梦想终于实现了。

但是，在现实生活中，渐渐出现一些现象，与党和政府的宣传有巨大反差。

在农村出现了饿死人，牛儿的岳母，已被饿死。牛儿的母亲因为在公共食堂煮饭，没有被饿死。牛儿妻子因为在供销社当营业员，承担一个生产大队基本生活物资供销，也没有被饿死。

在学校出现了一些异常。学生和年轻教师常常涂改点心票。或许党与政府已经知道，城市居民有饥饿现象。给每人每月发一张点心票，分上旬、中旬和下旬三部分。人们在饥饿时，往往不顾未来，只管现在，只管现在能充饥。因而，点心票的上、中、下往往被涂改，将"中"与"下"改为"上"，或将"下"改为"中"。

学校更传言，有年轻老师偷馒头吃。

在大街上，外国记者发现，街上男人没有人去书店看书买书，街上女人没有人去百货店看衣裳买衣裳，街上小孩没有人去玩具店看玩具买玩具，他们的目光都聚焦在食物上。

这些现象说明，在饥饿的社会里，人们的尊严和人格已经消失了。

为什么饥饿对人的尊严、人格与道德会有如此大的伤害呢？为什么历来被人们崇尚的道德高尚的大学，也对饥饿不能抵抗呢？牛儿读了图书馆一本小册子才找到了答案。

这本小册子是民国时期一个生物学家写的，他研究饥饿问题如何解决。他先用动物做实验。他在动物园里选了两组狮子，一组狮子供应正常食物，另一组狮子也供应相等的食物，只是抽掉这组狮子食物中的脂肪。经过一段时间后，两组狮子发生了巨大变化。长期缺脂肪的那组狮子，已不听从前饲养员指挥，性格暴躁，做出要吃人的样子。

这位生物学家又在监狱以犯人做试验。实验方法相同，实验结果也一样。犯人也不听管教，还要打骂看管人。

对这种实验结果，那位生物学家提出了一生物学解释。他认为，动物包括人在内，一旦长期缺乏外部脂肪供应，他们会消耗自身体内的脂肪细胞，最后则消耗自身的神经末端脂肪细胞。一旦神经末端脂肪细胞被消耗，这个动物，这个人，他们的情绪就不可控制了。

因而他对国民政府提出建议：对饥饿的人，不要去宣传道德、人格和尊严，也不要对他们进行管制与镇压，这些办法都无济于事。唯一办法是让他们有肉吃，有饭吃。像朝鲜领袖金正恩那样，让人民有白米饭吃，有肉汤喝也行。人民照样会喊他万岁。

44. 分饭技术革命

党和政府已经感到，学生有饥饿现象了，于是四川省委书记到学校作报告。他说，他们这些贵族是多吃了一点，如果同学们感到还没吃饱，打球跑不动，可以向他提出来。这句话听起来，多么真诚，多么感人。但是，在人们还未摆脱反右阴影时，这些话，会被人们理解为又是在引"蛇"出洞。假如他真有那么真诚，何不多给一点食物让学生吃，学生会对党、对政府、对他感恩戴德。假如学生真的提了意见，甚而提出家乡有饿死人现象，书记们会怎么样呢？他们完全可能采取"反击"。他们会说，这是在给党和政府脸上抹黑，那些死亡的人，是在大跃进中辛劳了，大跃进中"废寝忘食"了，他们是为抓革命而牺牲、是为促生产而去世的。根本不是饿死。这时，秀才见了兵，怎么能有理说得清呢？这不又会出现第二次反右运动吗？

因此，同学们不对党、对政府提意见，而是学校和同学自己想法闹革命，改革饥饿。学校食堂的改革是，利用热力学原理，蒸饭时，多加水，让米在水中慢慢膨胀，让蒸出的饭体积放大一些。让人的视觉和味觉都感到吃得多一些。这只是一种小打小捞改革。真正让同学们感到满意的，还是分饭技术革命。

学生是分桌吃饭。每桌放一盆饭，一桌有8人，这盆饭的总米量是由政府供应规定了的。

在技术革命之前，分饭的办法是，谁先到食堂，谁先用一块小刀似的竹片，将饭分成 8 等份。竹片插在靠分饭人的位置，人到齐后，按顺时针方向，各人取出自己应得的那一份饭。在取饭之前，从盆面看，8 份饭基本上是均等的。但是，当各人取出自己的那份饭时，多少相差很大。多得的人，心理高兴，因为他多吃了。少得的人心理不满，因为他少吃了。在都想吃饭的时代，人们对饭的多少是很计较的。产生这种现象的原因是，分饭人在分饭时，他的竹片小刀没有垂直向下，而是倾斜向下，因而从表面上看，8 份饭是均等的，而下面却不均等。有的人多，有的人少。而且，多数时候是男生多，女生少。对于掌握小竹刀的分饭人，人们也不好指责他，因为谁也不能保证将饭分得绝对均等，也没有人看见分饭人有意将饭分得不均等，而且分饭人是在为人民服务，先将饭分好，等大家到齐，立马就可以吃了，马上就可以实现充饥了。这没有什么可指责的。但是，少吃的人，心理仍然不满，仍然气愤。

在这种供需矛盾下，一位革命先驱出现了。有一位同学，他将来定会是思想家、政治家，定会是领袖级人物，他提出了一种科学分饭法。他的方法一提出，立即获得全桌人民的拥护，甚而有人高呼他"万岁"。他的革命方法一出台，这桌人民马上就实现了共产主义平等价值观。革命先驱满意，全桌人民满意，这种科学分饭方法逐步被推广了。川大从此实现了社会主义分饭公平价值观。

这种分饭革命技术的基本思想是，运用数学科学中的"概率理论"，让人们机会均等。机会均等，实际上就是初等共产主义，高等共产主义则是结果均等。

概率论的具体应用是，第一，每个人都有一次分饭机会或分饭权力，从某一人开始，以后按顺时针方向轮转。第二，分饭人分好饭后，将分饭的竹片刀插在他的位置上，然后由下一任操作人用力将饭盆旋转，当饭盆停下来，竹片刀在谁的位置，就由那个位置上的人取出第一份饭，其他人依次按顺时针方向取出自己那一份。

这种科学方法，完全杜绝了个人私心与分饭不公平。因为，当操作者有意分配不公，饭量多的那一份，在概率理论中，不一定是他得。操作者为确保自己不吃亏，不少分，最好的办法就是"公平"。

假如这种方法、这种思想被推广用到政治领域，人们设计出一种规矩、一种制度、一种行为，让操作者深知，他只有公平操作，才不会吃亏。这一点，中国社会还远远没有做到。目前，总是操作者在多吃，在占便宜。

45.牛儿患了特色肥胖病

一个健康人，基本上是需求与供给维持平衡，像一个国家一样，只有需求与供给维持平衡，国家才可持续发展。一个人的需求与供给平衡被破坏，人就要生病。一个国家的需求与供给平衡被破坏，国家也要生病，不过，国家生病被称为危机。

一般肥胖病，是供给大于需求。牛儿生的这种肥胖病，却是需求大于供给，或者说供给少于需求。所以属于"特色"肥胖病。

一般肥胖病与特色肥胖病，症状、病因、治疗与危害都不同。

一般肥胖病的"胖"，属"实胖"，皮肤与肌肉有弹性，特色肥胖病的"胖"，属"虚胖"，皮肤与肌肉没有弹性。

一般肥胖病与特色肥胖病，病因不同。如前所述，前者为供给过度，后者为供给不足。

一般肥胖病与特色肥胖病，治疗方法也不同。一般肥胖病的治疗方法是，减少供给，增加活动，加大消耗，甚而要喝减肥茶，吃减肥药。特色肥胖病的治疗方法是，增加供给，减少活动，减少消耗，不能喝减肥茶，更不吃减肥药。

一般肥胖病与特色肥胖病，危害性也不同。前者的危害是降低活动力，甚而降低劳动能力，后者的危害却是"要命"，要"死人"。因而特色肥胖病的危害性要大得多。

其实，一般肥胖病是一种个体行为引起，而特色肥胖病却是社会行为所造成。一般肥胖病，是个人喜欢过多供给，而特色肥胖病则是社会少供给而引起。特色肥胖病，一旦发生，就不是个别发生，而是群体性，不是几个人生病，而是一大批一大批人生病，因为病因是社会行为引起的。所以对特色肥胖病而言，更需要"研究研究"，社会为何供给不足。

中国总路线，大跃进，人民公社化，本来目的是加快"增加供给"，其结果却适得其反,加快了"减少供给"。增加供给可以增强国力,改善人民生活;减少供给却削弱国力,降低人民生活。

这是为什么?中国为何出现如此现象?

牛儿作为一个普通人,没有能力去"研究研究",只是思考了一下。牛儿认为,可能有两个原因中的一个,或者两个原因同时存在。

总路线,大跃进,人民公社化,其目的是"增加供给",其结果却是"减少供给",这说明,一定出了问题。问题何在呢?

一是设计者思想有问题,或设计方案有问题。二是执行者有问题,或执行方法有问题。

如果是设计者思想出了问题,或设计方案出了问题,那就不能认为,设计者伟大,设计者正确。而应认为,设计者是罪人,设计者犯罪了。

如果设计者没有思想问题,没有设计方案问题,而是一帮执行者思想出了问题或执行方法出了问题,那这帮执行者就违反了设计者的意图。那这帮执行者则不能被视为是一帮聪明人,而是一群蠢货。蠢货也应被指责,因为,由于他们执行错误,中国人民牺牲太大了。

如果两种情况同时存在,而又不知悔改,中国就悲哀了。假如能为中国大跃进革命中因特色肥胖病而死去的烈士立一块纪念碑,问题就不会留给历史学家们去研究研究,去评说评说。

46. 回家的长征路

牛儿1956年上大学,1957年就反右,1958年中国又大跃进。1959年,当牛儿进入三年级这一关,牛儿就爬不过去了。牛儿在大跃进中,因为是班长原因,又带头,过度透支了体力,而供给却不足,牛儿患了中国特色肥胖病,牛儿有重病缠身,读书时精神已集中不起来了。牛儿有一门主课,经过补考仍不及格,牛儿留了级。牛儿留级不好意思向家里人讲,至今家人都不知道牛儿读大学时竟有当过留级生的历史。到了1960年,牛儿仍在读三年级。升上四年级,又未爬过,患了肺结核,休学回家去。直到1963年,牛儿才大学毕业,历时七年时间。

第5章 未来依然渺茫

牛儿休学回家，对牛儿个人而言，回家的路犹如长征路。身，没有轻松；心，没有快乐。

牛儿回家，身无分文，只有近20斤全国粮票。这个粮票是牛儿妻子自己节约口粮换成全国粮票给牛儿的，以弥补牛儿在学校供应不足。没有钱，怎么回家呢？当然只能走路。为了缩短路程，只好选择路程较短的山间小道。一路走，一路问。既要问路，又要问前方什么地点有小店，白天可以吃饭，夜晚可以住宿。吃饭、住宿都支付半斤、一斤全国粮票。在当时的中国，全国粮票实属第二人民币，人们对第二人民币的喜欢程度，绝不亚于当今中国人对美元的喜爱。

从成都回南部老家走了几天几夜。晚上走路，是因为需要再往前走一段，才有小店吃饭和住宿。

走了这几天，没有走过一个熟人住地。只是到家的头一天，走到了一个小学同学的工作地。牛儿读大学时，与他有过联系。那时，他在南部邻县，一个小学当老师。牛儿回家要经过他那儿。牛儿找到了他，便在他那儿住了一夜。老同学见面，非常高兴。他知道牛儿已读大学四年级，表示羡慕。他高中毕业当了这儿小学教师，现在又当这个大队的驻社干部。大队驻社干部直接代表乡公社，权力大于大队支书和大队长。他已与一家贫农的独生女结了婚，那家人没有儿子，就把他这个女婿当亲生儿对待，对他非常好。

他讲，这里非常困难，这儿没有粮食，只有红苕。驻社干部的任务就是保住明年的红苕种子。一旦种子库被打开，农民就要来抢。这儿饿死了很多人。他又说，他岳父家藏有一只兔子，今晚只能吃兔子了。

他岳父被派去的人叫来，知道他女婿的老同学来了。牛儿的同学与他岳父耳语几句，他的岳父又回家去了。到了半夜，他岳父空手到来。到了厨房，才从胸怀中偷偷摸摸取出一只兔子，偷偷摸摸煮，三人又偷偷摸摸吃。他们似乎都是贼，中国农民似乎都是盗贼。

在他岳父煮兔子时，牛儿与老同学一起，聊聊过去，聊聊现在，也聊聊未来。所有被聊内容，牛儿都不愿记住，都不愿回首，只愿意忘却，只愿意被抹掉。牛儿唯一担心的是，牛儿现在是贼，牛儿未来会不会是强盗？

47. 有了第一个女儿

牛儿在回家的路上，在到家的前一个晚上，在同学那儿住了一夜，还吃了难得的兔儿肉。回家只剩最后一天了。牛儿走到天黑，农家都睡了。走到刘家沟的通门丫，下山几里路就到家了。正好丫口有一户人家，这家人与牛儿妻子有亲戚关系，又是牛儿婚姻的媒人。牛儿去叫醒他们，表示牛儿想在他们那儿要点柴草做火把，赶回家。他们给了柴草，点了火把，牛儿走了几里下坡路，就回到家了。

牛儿到家，没有给家人带回任何物品，只是在黑暗中给家人带回了火把的一丝光明，或许这也是牛儿一丝希望。

这个家，并非牛儿自己家，自己家住着牛儿母亲，自己家已没能力供应牛儿吃饭了。牛儿回的这个家，是牛儿妻子在文家坝第二大队设的一个营业点。这个营业点正是牛儿启蒙读书第一所启蒙私塾学堂，现在为村小，同时又是一个营业点。牛儿回到妻子"家"，回到这个营业点，妻子已身怀有孕，是快要生小孩的大肚子了。这是牛儿结婚 14 年后，看见妻子快要生小孩了。这个小孩比牛儿好，牛儿生在牛圈里，这个小孩将生在房间里，而且牛儿妻子的妹妹将当接生婆来接生。

大约一个月后，小孩降生了，是牛儿的第一个女儿。这个女儿的降生，又极具特色，她降生了快乐，但是，她同时又降生了困难。她的母亲没有奶水，吃什么？这个女儿命大，正好牛儿休学回家养病，带有一本德国人写的有关营养学的书。书中讲，婴儿在母体内储存的营养，可以维持婴儿一个礼拜的生命，而且说，两个礼拜后，给婴儿吃鸡蛋，没有发现异常负反应。在德国营养学思想指导下，牛儿认为，这个女儿会有救。于是，牛儿制定了一个救养方案。这个方案的要点是：

一、给小孩穿得少一些，让她自己增强抵抗力。

二、用吸管喝三天水，把肠胃洗干净。

三、三天后，让她用吸管喝葡萄糖水。葡萄糖为单糖，人体可以直接吸收。

四、第七天，开始将大米、黄豆和蔬菜冲压成粉，用水泡，用纱布过滤出浆液，然后煮熟，当着牛奶吸。

五、10 天开始吃鸡蛋黄。

六、一个月后，开始用大米、黄豆、蔬菜质浆做成糊糊，当稀饭吸。

七、三个月后，就吃稀饭。

这不是什么科学，这是因为女儿母亲没有奶水，社会也没有牛奶供应，没有奶粉供应，葡萄糖都是作为药品，从县城买来的。这是"死马当着活马医"。

最难过的是头两个礼拜。女儿一天都在小便，随时都在换尿布，随时都在大声哭，随时都处于饥饿状态。女儿母亲因缺营养而无奶水，女儿父亲因缺营养而生特色肥胖病，女儿作为一个婴儿，生下来就因缺吃而哭啼。小孩哭啼，大人多么伤心啊！一家三口人，都缺吃，而且又特别需要"吃营养"。

女儿满月后，被她父亲带回乡镇上自己家，女儿便与她父亲、她祖母三代人生活在一起。女儿必须离开她的妈，因为，她妈是一家人的唯一生活来源，她妈必须工作。她在她妈身边，她妈是很难工作的。

女儿能吃稀饭后，她的祖母已能照应。牛儿想起了家人的生存，牛儿想起了开荒。牛儿想起了嘉陵江边有一大片空着的坡地。夏天，洪水季节，坡地被淹，秋天、冬天和春天，枯水季节，坡地被露出来。牛儿决定在坡地上种小麦，播种后也无需施肥。因为，坡地被洪水浸过，土地已经非常肥沃。

牛儿复学后，牛儿家出现了两个奇迹。一是女儿不满周岁已能立，已能起步走，满周岁后已能跑，当她能跑后，她已有力气背起同龄小孩。二是牛儿轻松开的荒地，播种的小麦，收小麦上千斤。生产队眼红，坡地被生产队收了。理由是，牛儿妻子是属供应户，不应拥有土地。其实，牛儿母亲并非供应户，并未享受国家供应，她属于农村户口，牛儿为他母亲开点荒地，他母亲可以享用。但是，在那个时代，牛儿家有什么申述权力呢？有什么地方可申述呢？实际上，牛儿是处于上天无路入地无门的状态。假如牛儿开的荒地，仍归牛儿家，一年有上千斤小麦收成，牛儿一家人的生活就有着落了。

48. 同学替牛儿复查

牛儿休学回家养病，养特色肥胖病，养肺结核病，这两种病都是需要食物，都需要营养。牛儿没有机会获得足够食物，更没有机会获得营养，而且，牛儿又新生了一种"心病"——心理恐惧症。假如病未养好，不能复学又怎么办呢？

在复学之前，牛儿先到南充市医院去，去做一次X光透视，复查一下肺结核。牛儿妻子给了复查费用，给了在南充玩一两天的吃住钱。意思是，假如肺结核病好了，能复学，可在南充玩一两天，开心开心。

去南充的那一天，一大早，牛儿妻子就煮了一锅胡萝卜干饭，牛儿像饿狼一样，竟然吃了三大碗，一口汤也未喝，牛儿真是"瘦狗滚粪坑"——饱餐一顿！牛儿饱吃一顿，一是想体验一下，失去饥饿感而生的那种快乐和幸福，二是想节约钱。牛儿吃了这一顿饭，就从家里走到南充市，走了整整一天，走公路有200华里，牛儿走的是小路，恐怕也有150华里。

第二天，牛儿去南充市医院做了X光透视，其结果仍然是"浸润型"，病情没有好转！牛儿恐惧了，牛儿悲伤了，牛儿眼前已失去了光明，牛儿未来已是一片黑暗！牛儿没有心思在南充市玩。牛儿当天连夜赶回家。

牛儿回到家里，只有苦恼，只有彷徨，感受不到女儿的快乐，也感受不到牛儿妻子和牛儿母亲的关爱，因为牛儿的快乐和关爱接收系统已被牛儿的苦恼系统所阻塞。

牛儿给成都一位中学同学写了一封信，倾诉牛儿的苦境。他回了一封信，叫牛儿到成都去，可以想办法，仍有复学机会。牛儿在悲观之夜，似乎又出现了一丝光明。

牛儿回校复学，先到九眼桥建筑设计院那位中学同学工作处去，见面商谈，如何复学。他说，叫牛儿将其"四川大学"学生胸章牌给他，由他去川大卫生科替牛儿做X光透视就行了。果真见效。

川大卫生科在成都是有名的。有部长都到那儿去看病。国家给川大拨的医疗卫生费，川大卫生科用不完，因为学校教师和学生生病，基本上都是由学校卫生科治疗，无需转到华西医院，从而大大节省医疗费用。卫生科长是双份留学医学博士，许多医生都是国民党留下来的医术高明却属历史反革命分子。

负责审核牛儿复学的那位医生，就是国民党军统少将军医，属于典型历史反革命。或许这些人有一技之长，共产党需要他们，没有判他们刑，没有枪毙他们，让其工作，只是要戴上历史反革命帽子。像唐僧一样，要给孙猴子戴上紧箍咒，让孙悟空随时被控制。

透视后第三天，牛儿拿上X光透视结果送给那位医生看，他只说了一句：你的钙点都没有了吗！把牛儿吓了一跳，他是不是说，牛儿的透视结果不可信，要牛儿再到川大卫生科去复查一次。如果真是那样，牛儿就悲惨了。牛儿不仅不能复学，而且要被开除学籍。牛儿不是官员，官员在大跃进中弄虚作假像地上垃圾一样，到处都是。官员可以官官相护，而百姓是不行的。牛儿还处于惊恐状态时，他大笔一挥，写下四个草字：同意复学！牛儿这种被惊吓状态还未醒过来，不知应赶快拿走医生签字，还是应给医生说声谢谢。牛儿不是这样，而是呆了一会，慢慢离开。

那一次，牛儿还有一个同班同学，也生这种病，也要复学。他读川大，他弟弟读川医。他是他弟弟替他做的X光透视。做了透视之后，他到那位医生家里，送去20个鸡蛋。当时，鸡蛋的珍贵不亚于今日之燕窝。那位医生叫"拿走，滚"！把牛儿那位同学吓坏了。也许他一生，都没有受过这种惊吓。

他第二天把X光透视结果送给那位医生看，医生又问：昨天是不是你？那位同学又被吓坏了，说"是也不是"，说"不是也不是"。牛儿同学还来不及回答，那位医生已签下"同意复学"四个字。天哪，医生，你就仁慈罢了，何必吓学生呢？学生又不是共产党。虽然那位学生后来当了共产党，那是后来的事呀。

在牛儿心里，虽也被吓，但是，医生总算将牛儿从苦海中救出，牛儿内心十分感谢他。牛儿感到，他比毛主席还要亲。

49. 先做气功后听课

一个贫穷的国家，很难做到繁荣与公平兼顾。一个贫穷的家庭，很难实现事业与家人双全。一个贫穷健康的学生很难达到身体与功课都行。

牛儿的最低目标是能毕业，能找到一份工作。牛儿的现状是，仍然有病，而且这种病不能被暴露出来。不暴露的办法是不到卫生科去看病，又不吃药。

牛儿为了以自身极差的条件实现自己最低的目标，牛儿必须做三件事。

一是减少活动。减少活动是为了降低消耗。牛儿只有学校三餐饭，没有额外营养补充。牛儿只有用自己体力与病魔抗争，没有外部药物抑制病情。唯一办法是尽量减少消耗体力的一切活动，比如，早晨锻炼和下午体育活动都不去。

二是远离同学。牛儿远离同学就是将他与同学们隔离开来。目的是保护他自己，是为了自己病情不被别人知道，其代价是增加牛儿的孤独和苦恼。作为有追求的青年，作为快要毕业而走向社会的大学生，不会没有思想，不会没有情感，不会没有憧憬，不会没有交流。事实上，其他同学，许多人都三三两两在一起，交谈学习，交谈未来，也有人在谈情说爱。而牛儿却是一人独来独往。一个有苦恼的独来独往人，是没有快乐来源的。

三是要上课。在毕业这一年里，有两件事必须要做。一是写毕业论文，二是参加毕业考试。无论是写"毕业论文"或参加毕业考试，总得要上课，要复习。在上课和复习两项中，牛儿只选择了"上课"，而"复习"就免了，复习就以"休息"来替代。

上课这一项，牛儿已经精力不足了。为了保证能上课，牛儿在上课之前，总是提前到教室，抢占第一排中间位置，便于听清老师讲课。为了保持有足够精力，足够注意力，牛儿在老师到来之前，总是先做气功，才能集中精力听课。实际上，牛儿在与病魔搏斗。牛儿终归斗不过病魔，往往出现一种场面：老师已经下课了，同学们也离开了教室，牛儿却仍然在座位上睡觉。真可怜，又可悲！

50. 在锦江河边度夜晚

一只被关在笼子里的鸟，当笼子门被打开时，它走出来，会展开翅膀，闪一闪，欢笑欢笑，甚而高歌几声，展示它的快乐，展示它获得了自由。自由是它的本性，也是它的特征。牛儿也与鸟一样，他的身虽然自由，但他的心，他的思想，他的情感，他的喜怒哀乐，都没有与任何人进行过交谈，而是被封闭起来。牛儿似乎是两个人。一个是牛儿的主人，想保护他，因而把他关起来。另一个牛儿，是喜怒哀乐被关起来的那个人，他却想自由一下，想有一个朋友，向朋友倾诉他的喜怒哀乐。

这个朋友出现了。这个朋友是牛儿中学的同学，他是川大无线电系的学生。他们两人似乎都是天涯沦落人，他们有共同的心情，他们有共同的语言。他们找到了共同愿意付出的时间，他们找到了共同想去的地点。

这个时间就是每天傍晚，这个地点就是川大后门望江公园锦江河边。望江公园里面虽然更好，但是要买门票。牛儿与他同学都缺钱，一张门票差不多要他们在学校的一顿饭钱。他们不能牺牲吃饭，只能放弃买门票，沿着望江公园后门，绕道走去望江公园的锦江河边。

两人坐在锦江河边，可以闻到公园放出的芳香，可以看到锦江河边路灯发出的亮光，也可以看到锦江河水缓缓平稳地流动。两人的苦恼似乎被芳香、被亮光、被流水驱散了，两人已关闭喜怒哀乐的闸门被打开了，两人的过去，两人的现在，两人的未来，都涌出来了。

牛儿同学谈起了他的家世，他的过去。他父亲因抽鸦片而在劳改，饿死在牢狱中。他读中学是靠他妈卖稀饭维持的。有一学期，没有被评上助学金，他把他妈结婚的陪嫁，一个铜洗脸盆卖了交学费，并在学校凌云洞煮"野餐"。这些都是陈年老账，牛儿早已知晓，现在只不过是两人在一起，来一次旧账新翻。

现在他主要的苦恼是，他看中了校长的女儿。天哪，这是癞蛤蟆想吃天鹅肉——异想天开。中国社会历来是，龙配龙，凤配凤，秧鸡母配董鸡公。秧鸡母即秧田里的母鸡，董鸡公即秧田里的公鸡。用现代社会语言讲，则是地位相称，情意相合，心心相爱。这件事。对牛儿来讲，属第一次听见。但牛儿感觉，这会是他新增的烦恼。

牛儿向他同学倾述的只是疾病，只是能否毕业，只是能否走向社会，只是能否找碗饭吃。牛儿没有爱情问题，没有美好憧憬，没有规划未来。

牛儿与他同学每次傍晚在锦江河边倾吐的都是伤心的陈年旧事。伤心虽不像快乐那样可以分享，但是，伤心被吐出后，吐出者的伤心也会减少。

牛儿那位同学的命运，后来非常悲惨。他与校长的女儿都被分到成都电讯工程学院，都在同一学校、同一个系当助教。牛儿那位同学，后来成为花痴，成为疯子，无法工作。

当牛儿70岁以后回成都工作时，牛儿打听到，寻找到他。牛儿到他房间门前，他的门被反闩了，内部还有一根铁棒撑着。陪同牛儿去的一位教授，是他昔日的同事，叫他，他始终不回声。那位教授又说，你的同学牛儿来了。他仍不回声。牛儿再叫他，并问他，他是否知道叫你的人是谁呢？他却惊奇地回答，你是牛儿！于是牛儿叫他开门，他终于开门了。一打开门，室内臭气熏天，吃、拉在一个地方，洗脸盆又是小便池，满屋遍地是酒瓶，地上到处都是香烟头。这哪儿是人住的地方，甚而不是人站立的地方。牛儿看了难过极了。叫他出来，牛儿与他出去一起吃一顿饭。牛儿心想，今天，酒让他喝足，烟让他抽够。当牛儿将他带到附近饭馆并叫好酒菜后，他讲，他要去小便一下。牛儿与成都电信工程学院那位教授等了很久，他都未回到席桌上来。牛儿去找他，卫生间根本没有人。他走了，他已回到他的寝室。当牛儿再度去叫他时，他不回声，也不开门。这是牛儿几十年第一次见他，也是最后一次见到他。牛儿这种忘却不了的记忆，一直存放在牛儿的心头。

51. 一位女友要牛儿去接她

一位小学的启蒙同学，一位曾在嘉陵江边聊未来的女友，一位到上海毕业实习的四川石油学院女生，给牛儿发来一封电报，要求牛儿到汽车站去接她。

宿舍同学看到电报后，都戏称牛儿的女朋友发电报来了。牛儿那位女友的女同学，她的男友在川大附近的工学院，也要去接他的女朋友。那位工学院的男生，跑到川大来，约牛儿一道去接女朋友。这就是说，牛儿川大的男同学，牛儿女友石油学院的女同学，他们都把牛儿和石油学院发电报来的那位女生视为是朋友，而非一般同学。

牛儿与工学院那位男生一起接到女朋友之后，工学院那位男生就回学校去了，牛儿却被留下来，被安排到一个地方吃晚饭。当牛儿与三位女生到达那儿时，这个地方不是餐馆，似乎是一个居民家，却没见到主人。四人到了这家楼上，饭、菜已摆好了。大家开始吃。吃饭有一种奇特现象，三个女生都向牛儿挑菜，叫牛儿吃。在她们眼里，她们似乎是三位老太太，牛儿是一个孤苦伶仃的可怜小孩，她们施放出来的都是同情、善意与关爱。牛儿心里却很难过，牛儿不知道他自己的定位，牛儿是什么角色，是同学还是朋友呢？实际上，不是同学，却是同学，不是朋友，却是朋友。牛儿很难说话。

吃好饭后，被牛儿接的那位女生，要求牛儿将她送到她三哥家，她将在那儿住一夜。两人在路上走，话也不多说。牛儿只是说，这样恐怕不好。她知道牛儿已结婚，她懂得牛儿说话的意思。牛儿担心，她与牛儿关系密切会影响她耍男朋友。牛儿女友总是讲，没关系。

到了她三哥家，她三哥很高兴，牛儿是她三哥儿时的玩友，牛儿女同学又是他的堂妹，他很高兴，叫牛儿与他堂妹一同去看川戏。牛儿讲，这么晚，恐怕已买不到戏票了，而且看完戏，牛儿也不便回学校。她三哥讲，他去看戏，是不要戏票的，看完戏，他可以用车将牛儿送回学校。

到了川戏剧场门口，戏已开演了。剧场门口看门人，看见女友三哥，便主动问，左师傅是不是要看戏呢？她三哥反问，有没有票。看门人说：不要票，不要票，前排加两个座位就行了。牛儿与那位女友一起，看了一场川剧。走出剧场，牛儿女友要求牛儿明天中午一起到春熙路去吃赖汤圆。牛儿说，明天中午定会碰到你们班上的同学，不好。牛儿女友仍然说，没有关系。第二天中午吃赖汤圆，真的碰到她班上许多同学，她大大方方向同学介绍，牛儿是她同学。那些同学的眼神，像警察一样敏感，他们似乎将牛儿当着道德小偷一样看待。他们肯定知道牛儿是结了婚的。一个结了婚的人，再来耍朋友，恐怕就有道德"前科罪"了。牛儿心里很不自在。牛儿女友也许无此感觉，因为她是清白的。

吃了汤圆后，再次到她三哥家。牛儿女友三哥，将牛儿和她堂妹带到体育用品商店，给牛儿和他堂妹各人买了两套运动服和一件羊毛衣。她三哥给牛儿买衣服，牛儿只是当着她三哥对牛儿的一种资助，因为牛儿是她三哥儿时的玩友，现在，她三哥条件好，牛儿是穷学生。

他堂妹到上海，由她三哥送行，牛儿就没有去了。后来，牛儿只是收到她女友寄来在上海外滩拍的一张照片和在上海买的一本笔记本，以作纪念。

52. 一门四分其余三分

牛儿大学毕业的成绩单是"一门四分，其余三分"。获得这个成绩单历经了七年时间，五年正常学习，一年留级，一年病休。这个成绩单对一个昔日全校第一名的中学生而言，无疑是一种耻辱。对家人、对同学、对亲戚朋友，甚而对后来的子女，都是无言以对的。

牛儿为何会出现这种局面呢？牛儿最初的想法是，牛儿出身不好，牛儿家庭困难，牛儿又身患疾病。从主观上讲，牛儿并不贪耍，并不贪玩，而是想用功读书。所有原因，似乎都是客观的。客观，似乎就是人的命运。一旦想到命运，牛儿就悲观了，因为命运是无法改变的。

当牛儿仔细思考时，发现，出身不好虽不能改变，但出身不好也有出身不好的活法；家庭困难虽属客观存在，但并非不可改变；身患疾病虽是客观存在，但也是可以改变的。人生路程还很长，人可以寻求机会改变自己处境。现在的机会，就是牛儿已经毕业了。牛儿看到机会之光，悲观被驱散了，黑夜已经过去，黎明就会到来。

牛儿产生了一种想法：自己掌握命运！为了实现这一点，牛儿不能像条狗那样活着，主人给你吃，你才能吃，主人叫你怎么玩，你才怎么玩。一个人，必须自己学习、自己工作、自己奋斗，自己去谋求出路。

在这种想法下，牛儿又对自己的毕业成绩重新评价。牛儿大学毕业"一门四分，其余三分"的成绩单并不可耻，而是一项"尾大"成果。其实，人，大概有一种现象，当他用自己的鞭子去经常敲打自己时，他会慢慢往前走。牛儿这七年的大学生活，处境虽然十分恶劣，但牛儿在反右运动中没有被划为右派，牛儿在大跃进中仍然活下来。正因为这两项成绩，才会有牛儿的"后来"，才会有牛儿的晚年，才会有牛儿想活"一万零一岁"。

53. 毕业实习不能去

牛儿大学毕业，按规定应当去毕业实习。从专业讲，应当到半导体专业厂去实习。当时的中国，并无专业半导体厂。只是很少厂有半导体项目，而且只是半导体二级管或三级管项目。成都电子管厂有苏联援助的半导体二级管项目。牛儿这个专业，这个毕业班，被分派到成都电子管厂实习。但是，牛儿不能去，因为这个厂是保密的。牛儿家庭出身不好，不能接触保密行业。接触保密行业的人要可靠。

牛儿未能去实习，当时心里很难过。其实，任何一个人，当被歧视时，都会有难受。因此，牛儿后来就很关注一个人的可靠与不可靠。比如，什么是可靠？对谁可靠？什么人可靠？

什么是可靠呢？实话实说，答应的事能做到，即为可靠。

对谁可靠呢？这个问题，有不同看法。对个人而言，对君王要可靠，对领袖要可靠，对领导要可靠，对丈夫要可靠，对妻子要可靠。即，要忠于君王，忠于领袖，忠于领导，忠于丈夫，忠于妻子。就群体而言，对国家要可靠，对人民要可靠，即要忠于祖国，忠于人民。

什么人可靠呢？只有那些不贪权、不贪财、不贪色，不贪图享受的人才可靠。一个人，一旦有贪心，那个人就不可靠了。中国如此，外国如此，历史如此，现在也一样。

在现实社会中，贪官可靠吗？贪官卷走巨额财富逃往国外，可靠吗？他们忠于祖国，忠于人民吗？而且，这些贪官中有不少人是属于无产阶级出身，是无产阶级中的先进分子，甚而是革命家庭成员，他们为什么不可靠呢？这说明，一个人可靠、不可靠，不是由他的出身决定，而是取决于这个人是否有贪心，取决于这个人的贪心有多大。贪心越大，会越不可靠。

牛儿一生，实话实说，答应的事，一定兑现，不贪权，不贪财。牛儿学了中国历史后，热爱自己伟大的祖国，连国门也未走出，美帝国主义是红是黑，是美是丑，样子都未见过，美元也未见过。可靠否？

103

NIUERYISHENG
DIANDIJIYI

第6章

自己掌握命运

54. 到上海没有洗脸帕

牛儿大学毕业了，牛儿可以分配工作。四川只有两个名额，一个留校，一个是化工系统。留校别想了，化工系统一个名额，为了照顾一个干部学生要朋友，也被占用了。牛儿只能到外地。外地有中科院，有部队，有大学，也有上海。上海是最差的，因为上海的工作单位为地方企业。地方企业是最没有发展前途的。牛儿这一班23个毕业生，一次有13个学生被分到上海去。被分到上海去的是些什么人呢？有一人功课较好，出身也不错，但因他收到过一位同学来信，讲农村有饿死人，组织上有点怀疑他的可靠性，他也与12位出身不好或功课差的学生，一起被分到上海去。

学校对毕业生走向工作岗位的安排，是共产主义似的，不分阶级，不分贫富，不分男女，凡是到同一个地方报到者，一律平等对待。一个人一张硬坐火车票，另外还有每人都一样的伙食费。不过，牛儿因欠学校讲义费，他的伙食费被扣掉讲义费之后，剩下的全部都给了他。牛儿只有稍微饿一下肚皮，还清学校的债务。

在到上海的火车上，虽然都是同一班同学，由于牛儿与他们并非"原配"，而是最后一年到这个班，牛儿本人在学校又独来独往，与他们没有交流，缺乏了解，缺少原配同学之间的情感。牛儿稍稍忍一下肚子饿，就到上海了。

到了上海，到了外滩，牛儿根本没有心思观赏外滩风景，也无兴趣观看上海的花天酒地，牛儿只关心什么地方是上海市人事局。因为人事局才是分配牛儿工作的单位。

到了人事局，牛儿才感到，人间有多么舒服的地方。外部世界炎热，这儿却这么凉爽。外界人多那么嘈杂，这儿却这么安静，根本听不到窗外的嘈杂声。办了手续，开了到仪表局的介绍信，又马不停蹄地向仪表局走去。13人都是初到上海，人生地不熟，最可靠、最省钱的办法是一起走路，不会有人掉队。13人中，有一个华侨学生，有一个干部子弟，穿得较好，比较整齐。其他人，要么像野人，要么像乞丐。一路上惹人看，不知道这帮年轻人是哪儿来，是干什么的。上海人根本看不出这是一帮大学生，来上海工作的。

到了延安路，到了仪表局，同学们拿出人事局介绍信，表示到仪表局报到。仪表局马上再开介绍信，到上海元件五厂去报到。这就是这帮人今后的工作单位了。元件五厂在威海卫路，就在仪表局背后。这帮学生，到五厂去报到，厂里快要下班了。住哪儿，吃什么，接待组马上叫后勤组、财务科来，决定先发半月工资，被安排在附近一个小旅馆住下来，明天再说工作分配。一人领了半个月24元工资，并被带到旅馆去，住下来，然后大家到一个食堂去吃饭。

牛儿领到工资，内心十分兴奋，半月就领这么多工资，半月工资已有牛儿妻子两三个月工资之多。一个月工资已超过地下党员、南部县税务所所长、牛儿妻子哥哥的工资。牛儿曾经向他求助两三元暑假伙食费，他却叫牛儿回家去。牛儿心想，现在，老子也有工资了，今后再也不会向他求助。

牛儿到旅馆住下，才说自己没有洗脸帕，牛儿问服务员，哪儿能买到洗脸帕。服务员说，买洗脸帕是要"票"的。不是"钞票"，而是一种独具中国特色的定量供应"票据"。一个同学把他的洗脚帕给牛儿，并讲洗一洗，暂时用一下。这位同学，后来当了厂长。

这帮大学毕业生，洗好头上、脸上和身上的灰尘，洗去脸上的污垢，一起去食堂吃饭。食堂服务员，问这帮人哪儿来，来这儿干什么。当他们知道这些人是大学毕业生，被分到五厂工作时，他们伸出大拇指，用上海话讲："大活僧"，你们真幸福！上海人讲"大学生"被这邦外地人听为"大活僧"。

55. 选择没人愿干的事

1963这一年，一个小小的街道工厂，分来多少大学生？分来100多人。专业有半导体物理，有电真空，有化学，有光学，有机械，有无线电，有仪表等专业。学校有北京大学、清华大学、复旦大学、中国科大、四川大学、中山大学、南京工学院、华南工学院、云南大学、厦门大学、贵州工学院、上海科大、吉林大学等。

　　这批人，后来控制了仪表局，正是因为有这帮人，五厂由一个小小街道工厂，迅速发展为中国半导体制造业半边天，被称"南霸天"。产量、技术、利润，都是中国最好的，最大的。

　　当时，厂里的岗位有四类。一类是管理部门，比如，设计科、技术科。二类是研究所。三类是生产车间。四类是技术服务，比如标准化和技术情报。

　　这么多大学生，这么多名牌大学生，怎么分配呢？中国传统的作法是，动员动员，洗洗脑子的私心，要服从组织分配，服从党安排。当然也要填写志愿。毫无疑问，所有大学生都希望分配到有发展前途、有发展空间的部门，比如管理、科研和生产车间。绝不会有人愿到服务部门。

　　牛儿怎么办？牛儿能到什么部门？牛儿必须自己思量，牛儿自己有什么条件。牛儿出身不好，毕业实习都不能去。五厂也是一个保密厂，牛儿能去搞技术工作吗？技术是保密的核心。假如牛儿去了，决不可能有什么主动性。实际上，牛儿去搞技术的可能性是微乎其微的。因此，牛儿必须放弃从事技术工作的梦想。其次，牛儿并非健康人，牛儿毕业时仍然有病。一个有病的人，能不能到车间去翻班呢？

　　牛儿在自身条件不好的情况下，决定去干别人不愿干的工作——技术情报。后来也证实，技术情报工作只有牛儿一人是自愿去的，其他人则是被组织分配去的。牛儿在选择这项工作时，并不知道技术情报干什么，这项工作是不是有"特务"性质。更不知道，这项工作还需要有很好的外语水平。

　　不过，牛儿当时从其自身经历已经懂得，找工作像找朋友一样，也要"龙配龙，凤配凤，秧鸡母配董鸡公"。牛儿一个男同学，他本属田里的董鸡公，却去追求一个"凤凰"，其结果定会是悲惨的命运。

　　其实，牛儿当时还不懂得"宁为鸡头，不为凤尾"的道理，也不懂得"七十二行，行行出状元"的思维。牛儿只知道，路要一步一步慢慢走下去，前面是光明还是黑暗，走到那一步再说。本来，人生的未来就是难于预测的。

56. 当上了"拿摩温"

　　"拿摩温"是上海话，解放前，意即工头，解放后，意即小组长，美称叫负责人。这个词是从英文"number one"音译过来的。

牛儿被分到技术情报室，被领导任命为"拿摩温"。而且，这个"官位"牛儿一当就是终身制。从参加工作到退休，牛儿都是平稳地当这个官。这个官，也许是领导对牛儿的一种"奖赏"。因为这项工作是牛儿自愿要求去干的。也就是说，牛儿响应了组织号召，到最艰苦的地方去，到没有人愿意去的地方去，到没有人愿去的工作岗位。这是一种响应党的号召、响应组织号召、响应领导号召的先进思想，先进行为。

牛儿上任之后，发现，牛儿根本没有资格当这个官。这儿有上海逊约翰大学毕业的老大学生，有北京大学第二届半导体毕业生，有中国科大毕业生，有复旦大学毕业生，有云南大学毕业生。有十多个人，牛儿这个四川大学毕业生，其成绩是一门四分，其余三分。怎么有资格、有能力当这个"拿摩温"官呢？牛儿后来发现，这是一个没有人愿意要、也没有人愿当的"温"官。

牛儿上任后，开始学习政治艺术，争取民心，争取全室人民拥护。办法有两条。办公室扫地算拿摩温的，全室最低奖金算拿摩温的，这是其一。其二是，全室人民贯彻新民主、新生活、各干各。对牛儿最有利的就是各干各这一规则。有了各干各，牛儿就可以完全自由地去干自己想干的事。牛儿想干什么事呢？无非是学习，无非是补课，无非是把病治好。

牛儿在这些老大学生、在这些名、洋大学生面前，假如牛儿一无所知，牛儿还能说什么话呢？假如牛儿样样都比他们差，牛儿能够干啥？旧社会的一个工头，起码知道工友该干啥，起码知道工友该怎么去干活。

这是摆在牛儿面前的现实问题。

57. 一次未通过的考试

牛儿没有上几天班，就献丑了。

厂里总工程师办公室有三位工程师。一位是这个厂原先的老板工程师，另一位是年龄较大的工程师，剩下的则是一位较年轻的工程师。这位较年轻的工程师，也是解放前交通大学毕业的。三位工程师中，较年轻工程师是一位学历最硬的工程师。他读交大时，教师是外国人，课本是英语课本，老师上课讲英语，学生与老师交流用英语，学生记笔记用英语，同学日常交流也用英语。他们几乎生活在英语世界。

牛儿这个技术情报室就归总师办管。

那位工程师拿来一本英文手册，叫牛儿这个"拿摩温"查一查美国 RCA 公司几个晶体管的数据。并讲，查好后就告诉他。

牛儿拿到这本书，天啦，只认识"Amerca"美国一个字，其余是一摸不刺手，全然不认识，像一本无字"天书"一样，只有上帝才认识。牛儿查字典，最终查出这本英文书的中文名为《美国晶体管数据手册》。对于从没有使用过这类书的牛儿而言，要想查出型号，必须先看前面介绍的使用方法。而"使用方法"也是英文的。牛儿的唯一出路，就是要有耐心，像蚂蚁啃骨头那样，一个字一个字地查字典，一句一句地解读和猜测句意。翻译了三天，翻译不到 300 字，字典翻了上千篇，生字查了一大堆。

第四天，交大毕业那位工程师来了，问牛儿这个"拿摩温"：查出型号没有。牛儿回答：还没有。他只好讲：那就将书给他，他自己去查。

那位工程师拿走书后，牛儿心里很难过。牛儿在工程师面前出丑了。牛儿首先想到的是，这是工程师对牛儿的一次"考试"。显然，这次考试是不及格的，是一次未通过的考试。

牛儿在接到这个任务时，没有利用"拿摩温"权力，将任务转给其他同事去干，因为牛儿上任有言在先：新生活，各干各。牛儿拿到书，碰到困难时，也没有去请教其他同事，比如，逊约翰大学毕业、北京大学毕业和复旦大学毕业的同事，是因为牛儿面子思想在作怪。牛儿缺乏社会经验，没有对"面子思想"和"完成任务"之间作出"利与害"平衡，选择对牛儿有利的方案。

牛儿又发现，工程师叫牛儿查 RCA 晶体管型号，纯属了解牛儿情况，并无恶意，他没有向组织汇报，也没有将他所了解的情况告诉其他人。只是他心中有数罢了。

这次考试不及格，对牛儿却没有产生什么负作用。牛儿没有因此而想调换工作，也没有因此而对这项工作失去信心。牛儿反而加大力度，反而加倍努力，去学习，去蚂蚁啃骨头。

牛儿为此立下了一个誓言：从那天起，牛儿就不读中文技术书了，而是每天都读英文期刊！一个字一个字地查，一句一句地读，一句一句地猜。一句一句地译。

后来提升高级工程师时，那位工程师尚要牛儿帮助。因为牛儿那时已是技术职称评委，已是仪表局任命的外文主考官，负责出题，负责阅卷。牛儿主要帮他出版书。

58.像度新婚假

牛儿参加工作那一年，结婚已经整整 15 年了。无论是牛儿自己，还是牛儿妻子，或他们夫妻二人，都没有过过年轻快乐生活，都没有尝过幸福是什么滋味，连新婚时他们也没有过新婚洞房夜。

现在，牛儿工作了，牛儿在上海工作。上海是个什么地方呢？牛儿妻子并不知道，上海曾经是一个渔村，曾经是亚洲最繁荣的地方。解放后，在中国人眼里，上海是个花花世界。牛儿妻子只知道，上海是个最好的地方，布是最好的，洗脸帕是最好的，洗脸盆是最好的，上海的牙膏、香皂也是最好的。总之，上海生产的一切产品都是最好的。

牛儿妻子已没有耐心等到牛儿工作一年转正后再去上海探亲，因为转正后才有探亲假，才能报销探亲车船费。这些已不在牛儿妻子考虑之内，她已积储有钱，她要自费到上海，看看她的丈夫，也看看大上海。她已积累了上百元的路费。她可以不花丈夫的钱。

那时，牛儿工作还未上轨，牛儿还未通过工程师的"考试"，牛儿还有巨大的工作压力，牛儿心思还不能转到夫妻相聚的快乐与幸福。但是，在牛儿心里，既然他妻子已经来了，到上海来也很不容易，那就让她快乐地玩一玩吧。牛儿已盘算，除了在南京路、淮海路看看上海的繁华之外，还要到杭州去玩玩。在中国人眼里，常常有"上有天堂，下有苏杭"之赞美。

牛儿将这次探亲当成"度新婚假"看待。一切条件都具备，只担心钱不够用。牛儿妻子积蓄只有近 100 元，牛儿刚参加工作，还未转正，月工资只有 48 元，牛儿能拿出的钱，也不到 100 元。有了这笔钱，实际上是可以到杭州去玩的。牛儿心想，不要因为钱的限制而不能痛痛快快玩，牛儿决定去借钱。一是到牛儿妻子娘家妹夫那儿去借，他在福州前线，已是军官。二是到牛儿女友那儿去借，她在兰州炼油厂工作，她是单身汉，没有家庭负担。去了两封信，马上就寄来总共 400 元。

钱备够了，牛儿与妻子双双便到杭州"度新婚假"。杭州的山，杭州的水，杭州的风景，杭州的名胜，太多，太美了。怎么玩呢？先找个好饭店，在双人房间住下来。当时中国还没有宾馆这个名称。

牛儿与妻子两人住下来，买张杭州旅游地图，包一辆三轮车，按地图上的景点，一个一个地拉，一个一个地看，一个一个地玩。牛儿不懂历史，不知道每个景点的内涵，牛儿不懂文学，也不知道表达景点对情感的激发，牛儿也不是诗人，更不知道如何表达情感对诗词的冲动而写诗。牛儿只是感到，翻过高山，会有平原；过了夜晚，会有白天；忍过痛苦，会有快乐。现在，幸福已经降临，牛儿夫妻俩正在享受幸福。

陆上景点玩够了，现在只剩下西湖水上的景点。在西湖水上玩景点，改换包船。水上景点都有诗情画意。比如，花港观鱼，三坛映月。到了花港观鱼处，看到各种鱼儿游来游去，还有彩色鱼，这是牛儿夫妻俩从来没有见过的。牛儿自幼就喜欢水，喜欢鱼。牛儿决定夫妻俩在这儿拍一张照片，以作留念。牛儿妻子，第一次，也是最后一次，大胆地，靠近牛儿胸前，拍下这张照片。

西湖水上的景点玩了后，船工又将牛儿夫妻带到楼外楼。牛儿与妻子，吃了杭州名菜——西湖醋鱼。牛儿在这 15 年的夫妻生活中，吃的都是苦涩味，过的都是苦涩生活。今天吃到糖醋味，过上甜蜜的生活，太高兴了，太幸福了。

这次杭州幸福行，除了快乐之外，回到上海，也出现了一个问题。牛儿那位启蒙同学，那位邻居，那位曾在嘉陵江边聊未来的女孩，那位到上海实习曾要求牛儿去接她的女友，那位借钱给牛儿相助的人，寄来一封信，信中表示，她不要牛儿还钱了，理由是，牛儿负担重，她没有负担。这是什么意思？是血缘，是亲戚，是关爱，是情感，牛儿难于判断，也不知该怎么办？

59. 有了第二个女儿

有作家讲，孩子是父母快乐的产物。现在，牛儿确实有这种感觉。牛儿1963年快乐，1964年就产生出了一个白白胖胖的女儿。

这个女儿出生条件较好，她母亲有奶水，家里也不缺饭吃。不像大女儿，出生时，她母亲没有奶水，因为那时是大跃进时代。

小女儿没有大女儿那么活跃，没有大女儿那么多朋友，但是她听话，从小到大，没有挨过父母骂，更没有挨过父母打。应该说，她们姐妹俩日后的生活是幸福的。

但是，后来，中国变了，中国社会变了，小孩的命运也就不得不跟着社会变。

这个变化首先从她们的父亲牛儿开始。

牛儿走上工作岗位，牛儿以为社会会停止运动，会停止动荡，牛儿对未来充满了希望。但是，牛儿才工作了二、三年，中国运动却升格为革命。在反右运动中，中国知识分子被运动过，在大跃进中，中国农民被运动过，在第一次"文化大革命"中，党内走资派被革了命。毛主席讲，还要进行第二、第三次""文化大革命""，第二次会革谁的命呢？当时的中国，只有工人没有被运动过、没有被革过命，第二次是否要革工人的命呢？

中国国家主席刘少奇被革了命，中国军队总司令朱德元帅被革了命，朝鲜战争总司令彭德怀大将军被革了命，大批老革命也被革了命，国务院总理周恩来、共产党总书记邓小平也差点被革了命。

牛儿当时没有学过历史，以为中国社会会就此停止转动，中国没有希望了，牛儿非常悲观。在牛儿这种错误思想下，两个女儿受害了。加之，当时的中国，知识分子又是臭老九，牛儿已经臭了，何必再让子女去臭呢？于是，牛儿认为，子女只要能识几个字，当当工人，当当农民，还要香一些。

当牛儿70岁以后，学了哲学，学了历史，才知道人类社会必然会前进。而且人类历史上第一位最伟大的思想家孔子，第二位最伟大的思想家柏拉图都认为，劳心者治人，劳力者治于人。新中国最伟大的政治家毛主席反对这种观点。他发展了孔子和柏拉图思想。

牛儿后悔，子女还是应该读书，不读书，不学历史，则会被人愚。所以，牛儿是一个目光短浅的人，对子女没有尽到应尽的责任。

牛儿当时虽有许多困难，比如，牛儿无能将子女带到上海身边，让她们读书。但是，牛儿也有一种机会，比如，牛儿可以被调到内地三线城镇，她们则会有机会在牛儿身边读书。

这些都是已经过去的事，过去的事是无法改变的。牛儿后来只是稍作弥救，尽量让她们自己去创造工作机会，减少被人愚。

60. 早班、日班、中班连着上

牛儿自从未通过工程师"考试"之后，便立下誓言：一天全部时间都用于阅读英文期刊，以提高工作能力。

牛儿虽然英语水平很差，毕业成绩也只是"一门四分，其余三分"，属于"差生"范围。但是，牛儿毕竟读过大学，特别受益于那位"计算宇宙半径的右派教授"的教导，他教普通物理时，总是提倡学生运用"三 W"学习方法，即碰到问题都要问"什么"问题、"为什么"会有这个问题以及"怎么"解决这个问题。

在那位老师教导的学习方法指导下，牛儿考虑了两个问题。一是如何挤出时间，二是如何学习。

挤时间不能像牛儿读大学时，那位有法、德博士，打着白旗自愿改造的著名数学家那样，在听大报告和政治学习时，闭着眼睛去想数学问题。那种挤时间方法，在工厂里是行不通的。

牛儿挤不出时间，只有增加学习时间。增加的办法只有早班、日班和中班连着上。这样，学习时间可以增加一倍。牛儿早上与上早班的工人一样，早上6点钟就上班。牛儿晚上与上中班的工人一样，晚上11点钟与上中班的工人一起下班。牛儿本身是上午8点到下午5点的日班。所以，牛儿实际上班时间就是早班、日班和中班三班连着上。牛儿这种上班方法持续了几年，直到牛儿工作比较得心应手为止。

牛儿上中班也出过一次丑。有一次，一位中国科大毕业的同事，他也想上一下中班，他是东北人，个头大，饭量也大。中班下班后，他感到肚子饿了。他们的集体宿舍在南京西路，靠近上海图书馆、靠近人民公园，也靠近国际饭店。他提出，牛儿与他到国际饭店去吃一碗面。他们到了国际饭店，乘上电梯，到了餐厅，服务员非常热情，给他们两人一人送一杯热开水来。他们边喝开水边看价格表。价格表一看，吓了他们一跳。待服务员离开后，他们就赶快偷偷地溜了。这不是他们来的地方。这是他们外地人第一次进上海高级饭店"丢脸"。

在学习方法上，首先要解决识字和识句。识字虽也有方法，比如归类。但是，即使归类，也要一个一个地认。识字像认人一样，要多接触，多了解他的特征，特别要注意他在什么地方出现，从而形成联想。一旦看见这个人的特征，看见这个人出现的场合，这个人的姓名就出现了，也就是说，这个人姓名的出现，是由联想产生的。

句子的理解，牛儿最初是用语法解决的。当牛儿读的句子越多，读的文章越多时，牛儿才感悟到，句子环境，即上句下句，上段下段，文章的中心，文章的思维逻辑，这些因素对于理解一个句子的含义，有非常大的帮助。也就是说，牛儿理解句子，不是单靠语法，还要分析句子环境，一个句子就容易被理解了。

牛儿就是这样用一天三班时间，一个字一个字、一个句一个句地学习，终于取得了快速进步。牛儿这种三班学习法，还创造了牛儿独具的无形资产。全厂上上下下，尤其门防警卫，都知道牛儿一天上三班，没有领过一分钱中班费，每月奖金也是自愿拿最低的。牛儿口碑非常好，牛儿想到哪儿就到哪儿，牛儿天天跑上海图书馆，不到厂里上班，也没有人过问，也没有人担心牛儿去玩。

后来，牛儿只为技术人员服务，领导要求做的事，比如经济情报，牛儿根本不会去干。领导对牛儿也毫无办法。牛儿只干自己想干的事。

61. 大年除夕也在国外文献室

牛儿经过努力，已实现了两个目标。一是能熟练地使用美国各公司的半导体手册，二是能认识部分外文期刊，刊名，目录，甚而文章提要。同时，牛儿也常读《半导体快报》，了解半导体领域前沿技术，发展方向与动态，并关注《半导体快报》译文选自哪些外文期刊。

这样，在牛儿脑子里产生了一个问题：美国究竟有哪些期刊在关注半导体，即美国有哪些期刊在发表有关半导体的论文？牛儿坐在办公室里是不能回答这个问题的，因为五厂技术情报图书室里只有几种外文期刊，包括英文和日文，而且都是影印版，没有一种原版期刊。牛儿估计，这些期刊都是由总工程师室三位工程师选购的。这些期刊的文章多为动态性，缺乏学术性。

牛儿为了了解美国有哪些期刊在发表学术文章，牛儿不得不经常到"国外文献室"去。"国外文献室"是上海市情报研究所下属的一个资料室，它阵列有上千种各行各业的外文原版期刊。开初，牛儿是一本一本去翻，去看，看刊名，看目录，发现，美国也就是那么十多种期刊在发表半导体技术论文，这些期刊多为美国相关学术协会主办的。

有一次，大年除夕，牛儿作为单身汉，没有什么除夕可过，牛儿便到国外文献室去看书。这一天，正好是他们室主任在值班。牛儿去了，主任叫牛儿登记一下单位和姓名。给牛儿送来一杯热咖啡。牛儿从来没有享受过这种待遇。喝下这杯热咖啡，心里暖呼呼的。

整个上午，国外文献室里，只有牛儿一个读者。在国外文献室的历史上，大年除夕的读者，也许只有牛儿一人。

牛儿大年除夕在国外文献室，这一次，产生了牛儿预想不到的收获。

一、牛儿在仪表局技术情报系统被宣扬了，或许是因为国外文献室主任向市情报所领导有过汇报。从此，牛儿在仪表局情报系统很好混。

二、牛儿提出五厂要增订五种原版期刊，也被市情报局所审批准了。这项批准，对牛儿日后的发展有很大帮助。牛儿后来在《半导体快报》上发表的译文，多数选自这五种原版期刊。

三、牛儿在国外文献室还发现了一种检索工具书。这份检索工具书，专门刊登美国国防部和美国宇航局的解密研究报告目录。从这些目录中，牛儿可以找到美国国防部和美国宇航局解密研究报告题目。市情报所很少有这些研究报告的原件。后来，牛儿从中国科技情报所和国防部技术情报所找到了研究报告的原件。这两家情报所收藏的这些资料，也不是从美国直接进口的，因为美国对中国实行技术封锁。中国科技情报所和国防部技术情报所获得这些资料，是从第三国进口的。

当时，牛儿已能接触到美国半导体技术最前沿、最关键、最有价值的技术资料。牛儿已属半导体工厂行业中一位合格的技术情报人员。

62. 到《半导体快报》去进修

牛儿刚进厂时，上海交通大学毕业的那位工程师，叫牛儿查一查美国 BCA 晶体管型号，参数与生产厂家，牛儿也不会。这次"考试"，牛儿未通过。这件事，在牛儿一生中，都留下了深刻的记忆。现在，牛儿不仅能使用各种半导体数据手册，还学会了如何查找半导体生产技术专利，也能找到这方面的技术论文，更能找到美国最前沿的研究报告。这些不是牛儿追求的目标，牛儿的目标不是情报，而是翻译。

牛儿想在翻译上取得进步。牛儿当时认为，提高翻译最好的办法是到《半导体快报》去进修。牛儿向厂领导提出这一要求，厂里同意了。

牛儿在去《半导体快报》之前，先在厂里翻译几篇专利文献，翻译几篇期刊上的技术文章，请他们审阅，修改一下。同时也看看《半导体快报》译者的译文和编辑们的修改。从中了解他们如何翻译，如何修改与校对。

《半导体快报》是中国科学院主办的，编辑、出版、发行地址在重庆。

牛儿到了《半导体快报》编辑部，认识了他们几位编辑。主编是《普通物理学》的译者，他懂三四种外语，没有到编辑部来过。他也算牛儿老师，因为中国物理系的所有学生，都读过他译的苏联《普通物理学》。日常的责任编辑是一位北京大学半导体物理系第一届毕业生。其他几个编辑都是北京外语学院毕业的。这儿的编辑一般都懂两三门外语，常用的是英语和日语，偶尔也用俄语、德语与法语。外语系毕业的编辑，一般都能笔译和口译。外语系笔译的编辑有一种观点正好与牛儿相反，他们认为，笔译比口译难，因为笔译要准确，口译比较随便。

牛儿在那儿学习也非常认真，起早摸黑，也不休息星期天。整天都是读译者的译文，也读他们的审校修改译稿。牛儿带去的译文，也请他们审校。

牛儿在那儿进修，由于非常虚心与努力，他们有好感。有时，他们主动介绍他们的工作体会。北大毕业的那位编辑最为自信，他介绍他的一些创造性翻译，比如，半导体工艺中"外延"一词就是他最先翻译定名的。这个词确实翻译得非常好，又准确又通俗。而外语系毕业的编辑，他们常常感叹，他们不懂专业，翻译水平受到限制。

北京外语学院的一位编辑，很健谈。他有空时，常与牛儿聊天。他说，牛儿将会成为一位很好的科技翻译，因为牛儿懂专业又用功。他特别介绍北大毕业那位编辑，他说，北大那位编辑，专业很好，又懂英文、日文和俄文，外语也好。但是，他脑子有毛病！牛儿不便问什么毛病。他说，北大那位编辑是书呆子。他在北大读书时，不爱清洁卫生，寝室中常有臭味，找不到女朋友。毕业分到《半导体快报》来，也不与外界接触与交流，也不认识女朋友。年龄太大了，也有同事帮忙，物色对象，但他的要求必须是大学本科毕业。一直找不到合适的女朋友。他都快40岁了，没有办法，最后给他找了一位女大学生。那位北京外语系毕业的编辑又说，那位女大学生，脑子也有毛病。他举了一个实例，他说，北大毕业那位编辑与女大学生结婚的新婚夜，新娘与新郎一直在争论一个问题：新娘说，她与新郎结婚，她吃亏了！而新郎却说，新娘与他结婚，新娘没有吃亏！这不是新郎、新娘脑子都有毛病，是什么呢？

北大毕业那位编辑，还将他们新婚夜的争论，拿到编辑部来宣讲。

牛儿在那儿进修了三个月，离开时，他们还请牛儿吃了一顿饭。其实，牛儿脑子也有毛病，不懂得人情世故，离开时，本应是牛儿感谢他们，请他们吃一顿。

63. 第一次发表译文

一个理科毕业的大学生，一个技术情报人员，发表一篇译文，不一定值得一提，更不可因此而骄傲。但是，牛儿有所不同，牛儿是一个毕业成绩只有"一门四分，其余三分"的差生，牛儿是一个走上技术情报道路，连晶体管数据手册都不会使用的技术情报人员，牛儿作为自己选择工作方向而非组织分配走上技术翻译道路的翻译者，牛儿发表第一篇译文，就像母鸡生第一个鸡蛋，就像女孩结婚生第一个小孩一样，母鸡生下第一个鸡蛋，就不愁第二个、第三个，

牛儿一生点滴记忆

女人生了第一个小孩，就不愁她会生第二个、第三个。母鸡生蛋是母鸡的天职，女人生小孩也是女人的天职，翻译人员翻译文章也是他的天职。一个小孩，当他学会站立，学会走第一步时，你不必担心他不会走第二步，而且，很快他还会跑。所以，第一篇译文，像第一个鸡蛋，像第一个小孩，像第一步一样重要，一样有意义。这就是牛儿为什么不忘却第一篇译文的记忆。

牛儿第一篇译文，作为译者，其水平确实可能会低于《半导体快报》上其他译文的译者。因为牛儿在该快报刊编辑部进修时知道，该快报译文的译者，一般都是被组稿者，他们都是大学老师，他们都是研究院、所的研究人员，牛儿只不过是小小地方工厂的一个普通技术情报人员，牛儿与他们相比，是有很大一段距离的。他们都是短跑高手，牛儿只是一个马拉松普通运动员。牛儿只是在马拉松队伍中，跑得比较快的一位。

牛儿的第一篇译文，不仅表示他在翻译路上已经起步，而且他已开始接近半导体领域里的前沿技术。了解一个领域的前沿技术，可以说，这是一个大学教授带研究生的必备条件。也是一个博士写高水平论文的必要条件。一个教授，一个研究员，只有了解了某领域的前沿技术，只有熟悉了某领域的前沿技术，教授才能带出高质量的研究生，研究人员才能寻到高水平的研究题目。

总之，牛儿的第一篇译文已表示，牛儿在科技翻译道路上，已开始起步，在科技情报道路上，已开始了解和接触半导体领域中的前沿技术。牛儿第一篇译文的意义在于，牛儿已洗刷了不会使用晶体管数据手册的耻辱，牛儿已动摇了差生只会把工作干差的传统判断。牛儿已重新恢复了中学时代的信心。牛儿与半导体领域里的工程师和专家们已有话可说，已有能力与他们进行某些交流。后来，牛儿还有能力向半导体行业的翻译人员讲课。

牛儿的这种观念，在其子女身上也有表现。牛儿常说，在当今社会里，一个没有学历、没有专业技术的人，很难找到工作，更难找到好工作。最好的出路是自己去创造工作，是自己去解放自己，是自己去获得自己的自由。

一个人，当他只知听从别人安排，只知听从别人指挥，只知听从别人恩赐，这个人，只能一生当奴隶，最多是一位高级奴隶。一个人，只能自己依靠自己，只能自己解放自己。这也是"国际歌"的精神。

第6章　自己掌握命运

64.最后一次被"吻"

在一个人的人生记忆中，不会只有悲伤而无快乐，也不会只有快乐而无难过。

牛儿女友在牛儿的记忆中，最为快乐的是在嘉陵江边聊天。那时，夕阳西下，两人并排坐在江边，两人双脚浸入水中，看着小鱼儿游来游去，看着蓝蓝天空，天鹅在高空中飞翔，牛儿和女友聊着美好的未来。牛儿的困难处境，全部被驱散走了，留下的只有快乐。

当牛儿女友到上海毕业实习时，她要求牛儿去接她。那时，她已经在变了。她想与牛儿在一起。她在乎牛儿。他已不在乎同学说三道四。她似乎已在向同学表示，她已有朋友了，其他男同学不必去追求她。

当牛儿女友被分到兰州炼油厂研究所后，她与牛儿常有书信来往。两人在书信中并无谈情说爱，只谈工作与学习。当时，牛儿并不懂得，在这种交谈工作与学习中，已深深地埋藏着爱。没有表露出来而被埋藏着的爱，是真诚的爱，是纯朴的爱，是可持久的爱。

后来，在一个寒假里，牛儿女友的一个同学，她也是南部县人，她与牛儿女友读同一个大学，读同一个专业，毕业后，两人又被分配在同一个工作单位——兰州炼油厂。在远离家乡时，她们定会是好朋友，定会是无所不谈的好朋友。牛儿女友的同学，回家探亲，特意到老鸦牛儿家来，找到牛儿聊天。她告诉牛儿，牛儿女友的枕巾，都被泪水浸湿了。她没有讲明什么原因，也没有讲明为谁而哭啼。牛儿只是写信去安慰她，催促她要要朋友。

牛儿被分到上海工作后，两人仍有书信往来。牛儿妻子第一次到上海探亲时，牛儿刚参加工作，还没有什么积蓄，怕钱不够用，写信向她借钱。她马上电汇钱来，并随后来信，说，钱不要还了，理由是她没有负担，而牛儿家庭负担重。

后来，牛儿与她的书信来往中，有一次，牛儿闯祸了，牛儿伤了她的心。牛儿在信中催促她赶快要朋友，否则，牛儿将不给她写信。

这时，她马上回了牛儿一封信，信中最后一句话是："我最后一次吻你"。牛儿这才知道，牛儿女友在深深地爱着牛儿。但是，牛儿女友将要与牛儿断情了，将要与牛儿断交了。牛儿后来去信，总是没有回信，也许她已不看牛儿的信，也许她收到信后，马上撕碎，丢入垃圾桶。

其实，牛儿女友从未吻过牛儿，牛儿也从未吻过她，牛儿与她，从未手拉过手。牛儿与她在一起，没有出现过心跳，也没有出现过男女在一起的冲动。但是，牛儿与她在一起，心里就是平静，就是快乐。她与牛儿有如此深的情感，是因为她心里爱着牛儿；牛儿对她有如此深的情感，是因为她始终能给牛儿想要的东西。她给牛儿的东西，是她在与牛儿一起时，那种东西能将牛儿的痛苦，能将牛儿的伤心，全部驱散，牛儿心里只留下快乐。

牛儿一直坚持去信，即使没有回音也如此。她的工作单位常有人到牛儿工作单位采购半导体器件，牛儿总是能打听到她，请来人带点上海礼物，转交给她。牛儿单位的同事，也有人出差到兰州，牛儿也总是请他们带点礼物送去，看看她身体如何，看看她有什么话想说。但是，她只收下礼物，一句话也不说，一个字的信也不回。

当牛儿70岁以后，到成都工作时，牛儿的中学同学，也是牛儿女友的好朋友，告诉牛儿，她已回老家去看她大哥，并告知牛儿，她的手机号码。牛儿终于联系上了，牛儿到绵阳去见了她一面。牛儿伤了她的心，牛儿向她道歉。牛儿想在成都陪她聊天，陪她玩。

第 7 章

缺席革命运动

65. 工人的拳头

在毛主席执政的早期时代，党的支部书记是最为接近群众的，群众的工资待遇、群众的未来，群众的命运，都掌握在支部书记手里。受益者，认为支部书记是最好的人；受害者，认为支部书记是最坏的人。支部书记的任务就是利用他手中的党员和接近他的积极分子，观察、了解他这个支部职工的思想和行为动态。

当毛主席发动"文化大革命"运动时，其革命对象却是党内走资本主义道路的当权派。当运动被发动起来后，人们发现，全国几乎所有书记，从下到上，包括基层支部书记，企业党委书记，政府县委书记、市委书记、省委书记，上至中央总书记，都是走资本主义道路的当权派。都是背离毛主席革命路线的反党分子，都是坏人。

昔日受害的群众，他们曾经将书记视为像狼那样的可怕，而今，他们却把书记当成狗一样的打，当成狗一样的玩。叫他们跪在地上，给他们戴上高帽子，手被反绑起来，挂上走资派的牌子，像进杀场一样。有些人还被剃出阴阳头。群众想怎么玩就怎么玩，想怎么耍就怎么耍。像陈将军这样的武汉军区司令，在被批斗时，也得喊，周总理，救救他。其实，陈大将军喊错了，假如他不断喊"毛主席万岁"，或许会减轻他的痛苦。当时，中国能救人性命的人，只有主席毛泽东。

牛儿工作的上海元件五厂，有一个金工车间，这个车间的任务是维修和制造材料、器件和仪表车间的设备。金工车间工人多为青年男工。与其他车间相比，这个车间的工人比较粗野，常有争吵和打架。这个车间的支部书记是最为难当的。在这种状态下，支部书记常常会耍威风。有时会对工人讲，谁调皮捣蛋谁倒霉，他可以把捣蛋鬼送去劳改，送入监狱。这句话，被工人记在心里，但毫无机会反抗，毫无机会报复。

"文化大革命"被发动起来，工人有发言机会，工人使用拳头的机会到来了。在金工车间批斗党内走资本主义当权派时，支部书记被作为走资本主义当权派，被揪出来，被批斗。在工人的心里，过去，支部书记掌握着工人的命运，没有人敢说，没有人敢议，没有人敢碰一下支部书记。现在，就轮到工人说话，轮到工人使用拳头了。在金工车间开批斗大会上，支部书记被一个钳工工人重重一拳，他从批斗台滑滚到墙壁边，滑滚距离有二三十米，足以看出这一拳有多重的分量。这一拳，就是工人被压制心态的爆发力，就是工人仇恨心里的回击。

"文化大革命"是非常复杂的。在干部中，尤其高级干部中，有独裁和反独裁、有个人崇拜和反个人崇拜的权力斗争；在群众中，有压制和反压制的权力斗争。

"文化大革命"损失巨大，被认为是一场悲剧，确实如此，但也有两个小小进步。一是独裁和个人崇拜从此减弱了。二是支部对群众的压制从此减轻了，群众被压制的心态减轻了。党支部做黑材料的事，从此减少了，群众从此比较自由了。

66. 一个被推理的日本特务

"文化大革命"中，被批斗者除党内走资派之外，还有各种特务。大特务当然是大干部，小特务自然只是小人物。元件五厂有一个清洁工，他是日本"特务"。

这个日本特务不识字，口里的门牙装的是两颗金牙齿，个子比较矮，外貌确实像日本人。他被发现为日本特务后，对他进行了抄家。家里没有什么可以定罪的材料，没有值钱的财物。最后找出了可以表示封资修的，是他老婆的一件陪嫁绸缎花棉袄，一件花旗袍。其实，这两件衣服只是当作演戏道具使用，并未当作罪证。

这个特务的批斗会，有特色，有创意，看的人很多。似乎是经过某个导演精心设计的。其视觉效果绝不亚于中国当时著名导演赵丹的设计水平。

这个特务的批斗会，是在大热天进行，没有固定批判场所，像耍猴戏一样，是流动的。这个特务的批斗会，没有专案组，没有揭发人，没有批判者，只有围观者，只有特务与观众之间的对白。

第一场批斗会在大热天的一个中午，在工人吃饭之前，地点设在厂部办公区和金工车间到食堂吃饭的一个露天过道上，来往吃饭的职工都能看。特务穿上他老婆的陪嫁绸缎花棉袄，在烈日下，站在一条长凳上。大汗淋漓，汗流浃背，不停叫喊：他口渴，要喝水。看管人说，不准闹，再闹，要加长站立时间。特务毫无顾及，总是不断地叫喊，他口渴，要喝水；口渴，要喝水。

第二场批斗会是下班后在夜间，批斗特务的人，多为小青年，而且女工居多，批斗会场设在厂部办公区。这一次没有穿特别的衣服，也没有站在凳子上，而是站在地板上。但是，特务头上要顶一个皮球，皮球不能掉下来，如果皮球从特务头上掉下来，特务就要挨打。

第三场次批斗更为残酷。特务被穿上他妻子的旗袍，手被反绑，背上插一个"日本特务"标牌。在靠近陕西北路的威海路上，特务脖子上缠一根绳子，前面几个人牵着绳子走，叫特务也跟着走。特务由于身穿旗袍，两腿迈不开，走路不便，倒在地上，牵着绳子的无产阶级"文化大革命"的革命者，他们前面跑着，拖着这条特务"死狗"。

这些革命者，这些造反派，是最忠于伟大领袖毛主席的。当时，四川成都有一家"完蛋广播电台"。他们的战斗口号是，"为毛主席而战，完蛋就完蛋"！这个口号在全国革命造反派中有很强的影响力。

这个特务怎么被深挖出来、怎么被揪出来的呢？原来是，曾经有几个工人在一起吹牛，有的讲，他与某某女人睡过觉，这个日本特务也不示弱，他声称，他与日本老板娘也睡过觉。这个说法被"捅出"来了，革命造反派就断定他是一个潜伏很深的日本特务。革命造反派的推理是，他本是为日本老板娘煮饭的一个小人物，居然能与日本老板娘睡觉，小人物只是伪装，他的真实身份一定是潜伏很深的大特务。

在"文化大革命"中，解放军将军是红色的，支部书记是红色的，党委书记是红色的，党的高级干部是红色的，清洁工人也是红色的，但他们都生活在恐怖中。

67. 无声的反抗

中国"文化大革命"，在中国历史上是独具特色的一场政治革命，一场权力斗争。他的特点是，打着革命旗号，掌权者自下而上，在体制外，进行自我革命，进行自己革自己的命。

在这场"文化大革命"中，有积极参加者，也有消极参加者，有旁观者，也有无声反抗者。

上海元件五厂研究所，被分离出来单独成立无线电十九厂，专门生产集成电路，类似于现代手机中的芯片。在当时的中国，这是属于高精尖技术。

这个厂的硅材料生产车间有一位主管技术员，他是中山大学半导体物理专业的毕业生，他家是三代贫农，他算最高级别的贫农出生。

不过，他对"文化大革命"一开始就持否定观点。最初，他是有声反对，最后，他变为无声反抗，其反抗方式也独具特色。

他最初的看法是，认为刘少奇没有错，而且在小组里公开讲。由于他工作好，出身好，他也没有组织力量去当"保皇派"，工宣队没有理睬他，似乎把他当作可以挽救的对象。

有一次，林彪出问题，开全厂大会，关起门来宣布这件事。这次会议，地、富、反、坏、右反动派未被通知，不能参加会议。那位认为刘少奇没有错的技术员，工宣队也许将他当内控人员，没有通知他参加会议。

下班回到集体宿舍，他就知道会议内容了。第二天，小组政治学习会议，大家都只念毛主席语录，再也没有人读林副主席怎么说。他却独具一格，先念毛主席语录，接着念林副主席怎么说。他天真地认为，既然不通知他开会，他就不知道林彪出了问题，他念林副主席怎么说，有什么错呢？他哪里知道，在一定时候，政治是不需要讲理由的，政治只需要运用权力。他的这种行为，激怒了毛主席派出的工宣队，直接向上级汇报了。第二天，仪表局开全局干部大会，上海市革会副主任王洪文亲自主持大会，宣布那位念林主席语录的技术人员为现行反革命，当场被抓，被投入监狱。

后来，工宣队将他母亲接来，劝说他，教育他，他似乎在牢狱中认了错，悔了过。坐了约一个月牢房,被放了出来。被放出来后,他再也不进行有声反抗了,而是进行无声反抗。当时,上海工人是大劳保。工人生病吃药看医生,不仅自己全报销,连家属生病吃药看医生也可报销一半。现在,他只有这一条可以反抗的途径了。

他几乎每天都到自己的劳保医院去看病,除了妇科不挂号外,所有科室他都轮流挂号,轮流开药。农村家人可用的药,寄回家去。家里无用的药,能卖给弄堂收购药品的小贩,则卖给他们。家里无用,小贩不收购的药,则将药品倒掉,只卖药瓶。如果药瓶也无人要,那就只好丢进垃圾桶了。

他没有有声的反抗了,他只有无声的内心和无声的行动;他常对不想往上爬的同事讲:老子不给他们创造一分钱财富了,老子要叫他们倒贴我。他要推翻马克思的剩余价值学说,他要让马克思的剩余价值变为负数。

68. 缺席革命,产生新机会

对于"文化大革命",牛儿稍微有点经验。牛儿没有跟潮流,没有赶时尚,牛儿采取了符合自身情况的特色方式对待"文化大革命"。

牛儿在反右运动中,同室6人有5人被划为右派,牛儿把嘴巴管住了,牛儿没有成为一个参与者,只是旁观者,牛儿漏网了,没有成为右派分子。

大跃进中,牛儿全力参与,把吃奶的劲也用出来了,牛儿身体出现了需求大于供给,牛儿生了中国特色肥胖病和传染性肺结核,弄得牛儿只能休学在家,而不能继续读书。

牛儿由此得出两点体会。第一,中国政治运动,不要参加,否则,会受害。第二,中国"运动",不要全力以赴,否则,会生病。

牛儿自身有许多缺陷。牛儿出身不好,身体不好,外语水平又跟不上工作需要。牛儿心想,这次"文化大革命",就缺席一次吧。

缺席干什么呢?

一锻炼身体。五厂有个好条件,厂内有个小游泳池。牛儿从来不会游泳,慢慢学会了,就开始练习。主要是练耐力,练游泳时间,练游泳距离,并不练游泳技术。牛儿游泳有所进步，产生了信心，产生了兴趣。牛儿干脆不睡集体宿舍，把被盖搬到厂里牛儿办公室来，睡在办公室。天还未亮就去游泳，吃了晚饭也去游泳。游了近半年后，牛儿已敢于到宝山海边去游。第一次下海游泳，牛儿先吃一包牛肉干，吃一个菜阳梨，然后跳到海里，竟然游了两个小时三刻钟。这个游泳时间，足以能横渡长江。厂里的游泳高手，特别是本厂技校的女生，她们横渡长江只需半小时。只是牛儿的速度慢，游泳姿势也单调，只有蛙式，不敢去显示他的游泳本领。

后来，牛儿又参加冬游。厂里有冬泳游泳队。一般在下午游。先做好准备工作，把游泳池水上面的冰层打破，让其融化，再将身体用冷水冲冲，适应一下。天哪，身体被冷水冲，冷极了，又是跳，又是叫，以减轻冷的感觉，减轻冷的难受。身体被冷水冲后，跳下游泳池中，一两分钟，手脚就麻木了，皮肤已失去知觉，游上五分钟，就要爬起来，再去用冷水冲冲身子。这时身子被冰水冲，暖和极了，舒服极了。水，还是那个水，只是人体皮肤温度大大低于水温而感觉暖和罢了。游泳后，厂里供应姜糖开水，厂里还向冬泳队员补助好几斤粮票。

缺席革命运动会后，除了锻炼身体，其次就是学习外语。当时，学习外语的政治环境对牛儿有利，其他人就没有这种条件了。因为伟大领袖毛主席的夫人，江青同志，她在中国的影响力、号召力是仅次于毛主席的。她认为，学外语是崇洋媚外，一般人都无需学外语，甚而不敢学外语。牛儿不同，外语是牛儿的工作，是牛儿的工具，牛儿学外语是"抓革命促生产"口号中的"促生产"，是响应毛主席和江青同志号召的革命行动。

这时，牛儿除继续读英文书之外，又学习日语。因为，牛儿知道，《半导体快报》的编辑，至少都懂两种外语。当时，牛儿自学日语，只读了陈信德所编《科技日语自修读本》。

牛儿经过几年缺席革命运动，牛儿有了很大进步。一是特色肥胖病全愈了，二是外语水平提高了。外语水平提高了还有一个原因，就是厂里其他技术人员的外语水平降低了，无论北大、清华、复旦毕业的技术人员都如此。他们停在那儿，甚而后退，自然就显得牛儿外语水平提高了。

在"文化大革命"中，像牛儿这样的受益者，甚少。假如，中国像毛主席所言，再来第二次、第三次"文化大革命"，牛儿坐在那儿，无需早班、日班、中班连着上，也会成为外语翻译"专家"。文化革命真好，"文化大革命"对牛儿更有利！

69.四个失眠者，只剩牛儿一人

第一个失眠者为清华大学毕业生，第二个失眠者为复旦大学毕业生，第三个失眠者为中山大学毕业生，第四个失眠者为四川大学毕业生。这四个失眠者都是从元件五厂转过来的。当时，有人戏称这四个人为"失眠四人帮"。意思是，"失眠四人帮"在十九厂的知名度类似于"上海四人帮"在全国的知名度。

上海四人帮产生原因相同，都是为了获得权力，而失眠四人帮产生原因却是各不相同。

清华毕业那位失眠者，系中共党员，为技术科科长，懂政治，懂专业，又是一个造反派的军师。他知道斗争策略，知道先出什么牌，后出什么牌，最后出什么牌。如何使用毛主席语录，如何争取民心。他已做到，有一个女职工愿为他牺牲，正如有些造反派愿"为毛主席而战完蛋就完蛋"那样勇敢、那样不怕牺牲一样。

在造反派眼里，他唯一一个缺点就是失眠。他作为一个军师，在造反派各司令召开司令员和干部会议上，他都要吃安眠药和镇静剂。他的失眠，也许是为造反革命而操劳、而紧张产生的。他才40岁左右却死亡，留下年轻的妻子与两个小女儿。

第二个失眠者为复旦大学毕业生，他是一个跛腿，属轻度残疾人，人很聪明。在车间当技术员，工作也不错。但他受了一次沉重的打击，从此就一蹶不振。事情是，有一次，在职工食堂召开全厂职工大会时，会议还未正式开始，他突然抱住一位已婚女工！在大庭广众之下，亲吻。那位被吻女工被吓了一跳，用力推开他，女工就走了。全厂职工一遍哗然。有人讲他是花痴，有人说他是神经病。大会领导也未对他提出批判和斗争。只是在毛主席思想道德标准下，一般人干这种事，属于大节，属于道德败坏，而高级干部有男女关系则属于小节，革命才算大节，只要保住革命本色，就是一个优秀的革命者。在毛主席大节舆

论压力下，在群众压力下，他渐渐失去理性，渐渐失眠，后来，他每天晚上要吃7粒安眠药。到最后，他无法工作，被送回苏北老家，由他的母亲照应。不久也就去逝了。他还没有为党工作，还没有孝敬过他母亲，还没有真正碰过女人，他就因失恋而离开人世。他是一位失恋性失眠者。

第三位失眠者，是一位中山大学毕业生。他是一位情绪失眠者。他是一位非常聪明、非常能干的人。他进厂不久就发明了电磁振动磨片机。磨片技术原先为手工，效率低，精度又难达到要求。他不是山寨外国的，不是山寨别人的，而是他独立发明的。

可惜，后来的"文化大革命"伤害了他。他认为，刘少奇没有错，后因念林副主席语录被判为现行反革命。虽被平反，但他对社会已失去了信心。他采取求长度（求龄）不求宽度（不求工资）的哲学，以实现不减少面积（不减少总收入）的目的。他控制吃安眠药。他活到70多岁才去逝。他一生太悲伤了，他的妻子与他离婚了，留下了一个弱智女儿。他没有穿过一件新衣服，他穿的衣服都是厂里同事送给他的旧衣服。买菜都买收市菜，被别人选剩下的，价格很便宜，有时菜主不收他的钱。他的目的只是为给他的女儿多留点钱。他常讲，他死后，他女儿靠什么过活呢？

最后一位失眠者是四川大学毕业的牛儿，他的人生也很坎坷，加之，大跃进过度透支体力，参加工作后，又过度读书学习，也是极度神经衰弱。不过，他远离"运动"，远离政治，参加游泳，后又上下班走路。他终于活到80岁，现在还没有死。四个失眠者，只剩牛儿一人了。

70. 牛儿开刀，看望人超过书记

一个人的思想和行为，摆脱不了他自身经历的局限，摆脱不了他自身经历的感受。伟大领袖毛主席，虽然他是一个政治家、一个战略家、一个权术大师，他思想和行为仍然有局限性。比如，北大校长马寅初主张控制人口，优化人口素质，毛主席却认为，不要只看到人的一张嘴，还要看到人的一双手，这是典型的农民思想。牛儿也一样，牛儿一生多受社会歧视和压抑，因而他对社会低层极为理解。牛儿与他们打交道时，尊重他们，平等看待他们，当他们有困难时，牛儿会尽力去帮助他们。比如，与牛儿同住集体宿舍的一位食堂工人，初中毕业，家境困难，没有读书机会，内心痛苦。牛儿劝他，人生道路是漫长的，可以自学，遇到困难，牛儿可以帮助他。他真的开始自学，去考函授大学。函授大学毕业后，当上了一个中学的语文教师。一个有追求的人，当他遇到困难时，他非常希望得到帮助。牛儿即使退休后去当销售员，对有追求的青年，牛儿都支持他去发展，尽管他对牛儿很有用。现在已有人成为亿万富豪。牛儿早就体会到"渴时一滴如甘露"那种情景。其实，牛儿遇到困难时，也是有人帮助的，即使现在也如此。

牛儿患肾结石病，需要开刀。这是一个不小的手术，要把肚皮划开，取出肾，再把肾划开，取出结石，又再次把肾缝好，放入原位，最后再缝好肚皮，这时手术才算结束。这次主刀医生主动给牛儿出点子。第一，时间最好选在星期一上午，因为星期一上午是他精力最好的时候。第二，要准备好输血的血液，厂里要有人献血。但是，他尽量不输血，因为他认为血液中尚有许多未知因素，除非用家属的血。当时还没有发现艾滋病病毒。

开刀前两天，医生讲，厂里献血蛮多，只作准备，仍然打算不输血。

开刀那一天，上午7点钟进手术室，下午1点钟手术才结束。开刀时，一个实习女医生，由于时间太长，昏倒在地上了。医生开刀时，全部主动脉都被夹住，失血不太多，没有输血。手术效果很好。没有给医生送礼品，也没有给医生送红包。

从开刀那一天起，厂里平常友好的同事，已自动组织轮班守护和守夜，每天看望的人很多，都送些水果、点心之类的礼品，牛儿家属小女儿每天送中饭和晚饭到医院来时，都要背很多水果回家，家里小阁楼都被堆满了。一直持续照应到折线。病友们也都很羡慕，厂里看望的人，有人开玩笑说，牛儿住院，看望的人，比看望党委书记住院的人还要多。

那时，同事之间需要的是友好相处，互相帮助和关照，并不看重地位。现在，人们需要的是利益，看重的是权力和财富。

71. 牛儿选的鸭腿，被食堂工人换掉

牛儿在上海工作的大部分时间，都是夫妻分居两地，都是住集体宿舍。厂里的后勤工人，比如，门卫工人、清洁工人、食堂工人、锅炉工人这些人大多都为外地人，都住集体宿舍。牛儿没有把他自己当作坐办公室人员，没有把他自己当作大学生，也没有把他自己当技术员，而是当作与这些普通工人一样，都是外地人，都是到上海来谋生，相互之间都平等看待，没有工人与大学生之分。大家相处非常融洽。有时，一起打打扑克玩玩争上游，有时也一起喝点小酒聚聚。一有困难时，大家也相互帮助。

星期天，食堂管理员还亲手给牛儿们这些人做几样好吃的菜，因为他是食堂厨师中厨艺最好的人。

牛儿回四川探亲，回厂时间往往选在星期天。到工厂里，锅炉房工人，往往为牛儿一人烧一大锅热水，让牛儿洗个澡。他们把牛儿当作家里人看待。牛儿心里感觉，虽然孤身一人在外谋生，但并不感到孤独，与大家相处，像在家里一样，总能得到同事们的关心和照应。

有一次，牛儿下午要外出，中午到食堂吃饭是早去一步。牛儿站在窗口，手指着说，要那一份烤鸭，因为那份烤鸭上面摆放着一只鸭腿。一个食堂工人照牛儿的要求取了那一份。但另一个食堂工人却硬性要将牛儿指点的那一份换掉，取了另一份。牛儿心里蛮火，但也没有因此而发生争吵。当牛儿在吃被换来的那份烤鸭时，发现，那份烤鸭尽是鸭胸，鸭胸肉比鸭腿肉多得多。牛儿吃了这份鸭胸肉，心里乐滋滋的，很高兴。

但是，这种现象也反映出一个深刻的社会问题。要的人，总想要最好的；给的人，总是把最好的留给自己或给自己喜欢的人。这种现象已扩大到官场。官场中，要官的人，总想要权力最大、地位最高、待遇最好的官位；而给官的人，却总是把最好的位置留给自己家人或自己朋友或回报最高的人。

这样做的结果，必然会牺牲社会公平。

72. 第一部译著《集成电路设计》

半导体晶体管是20世纪50年代出现的，而半导体集成电路则是20世纪70年代刚刚出现。集成电路的出现，有两个问题，一是制造工艺，二是设计。集成电路的工艺与晶体管相似，但集成电路的设计却与晶体管不同，集成电路除了要设计二级管、三极管之外，还要设计电阻、电容，并要考虑这些元件的布局问题。因而在当时的中国，集成电路设计是一个全新课题，是处于探索阶段。

那时，牛儿已学过一点日语，发现有一本日文书，书名就是《集成电路设计》。牛儿想法买到了这本日文原版书。牛儿拿到这本原版书一看，发现，日文原版书是从英文译成日文的。牛儿当时的外语水平，从英文译成中文比从日文译成中文要轻松些。牛儿无法弄到英文版，只有硬着头皮翻译日文版《集成电路设计》。

日文版序言译成中文只有几百字，由于牛儿只读过陈信德《科技日语自修读本》，只有一点语法知识，没有单词的累积，没有翻译经验的累积，因而，译几百字，竟查了上千次日文生词。翻译几百字，所用时间至少在10天左右。这是地地道道的蚂蚁啃骨头，是地地道道的愚公移山。

牛儿天天译，有些单词也天天见面多次，越译越快，越译越熟悉，到了最后，一天可译七八千字，星期天，牛儿一人在办公室，一天可以译上万字。

书被译完之后，根本无法考虑到出版社正式出版。因为牛儿知道，除了毛主席著作之外，任何其他书籍，出版时间最快一年，慢则需要二三年。这本书的出版是越快越好，越早到读者手里越好。牛儿决定以"上无十九厂"名义出版，并向全国半导体工厂、相关研究所和大学，发出订购通知。两个月内，书就被出版了，厂里也赚了一些钱。

这本书出版的当初，只是为从事集成电路设计的技术人员提供一些设计思想和设计方法，结果却超出了预料。

这本书被中国科学院半导体研究所指定为报考集成电路专业研究生必读参考书。

这本书的不少内容被复旦大学集成电路教材大量引用。这说明，出版这本书是有意义的。

这本书的出版，除有社会价值之外，对厂里也产生了价值。厂里的价值表现在两方面，一是赚了钱，产生经济效益，更大的价值是厂的影响力。一个地方厂，竟然赶在大学前面、赶在研究院、研究所前面，赶在中央工厂前面，出版最前沿的技术资料，出版书籍。在同行的眼里，这个厂不可轻视。

这本书出版后，牛儿虽未获得稿费，也未获得奖金，但却得到了牛儿最为想要的东西：牛儿从此获得了工作自由！牛儿的工作无需要领导批准，而且财务科长还告诉牛儿，用钱在 1 万元以内，无需打报告，只需给他打个招呼即可，因为 1 万元在他的权限之内。

73. 严复"信达雅"，再加"变"

牛儿没有研究过中国翻译史，只是听传说，严复是中国最早翻译西方科技书的人，他的第一部科技译著为《天演论》。他提出一个翻译标准，叫"信达雅"。信，就是要忠于原意；达，就是译文要通顺；雅，就是译文要表达出原文的特征和意境。这里只是牛儿的理解，因为牛儿并未读到严复的原著。牛儿认为，对科技翻译而言，主要是"忠于原意"与"译文通顺"。至于"雅"，也许是文学作品尤其诗歌的翻译要求。中国翻译家郭沫若主张意译，鲁迅主张直译。直译和意译各有优劣。直译比较准确，意译易于阅读。

牛儿知道这些基础的翻译理念之后，牛儿学习外语笔译的信心和能力大大提高了。

牛儿记得，在他念大学时，一位数学系的一级教授，介绍他学习俄语的经验。他说，他学俄语只学了一个礼拜，就翻译了苏联的一本《高等代数》，只是序言部分请了一位俄语教师帮他看了一下。这本书被高等教育出版社出版，并被指定为综合大学数学系教材、学生必读书。牛儿对这位教授崇拜得五体投地，他是学外语的天才，牛儿难以想象。因为，牛儿在中学已学了 6 年外语，大学又学两年，共学了 8 年，花了很多时间，直到大学毕业，仍然不能阅读外语书，更不说翻译外文书了。但是，那位教授花了 7 天时间学习俄语，就能翻译俄文书了，这怎么能想象呢？

第7章　缺席革命运动

　　牛儿经过学习与实践，那位教授的成功，现在，在牛儿心里就可以理解了。牛儿甚至认为，只要给牛儿一本某种外语的小册子，介绍了那种语言单词和句子特点，牛儿就可以从事那种语言的翻译了。也就是说，花一两天时间读完一本介绍某种外语特点的小册子，牛儿就有能力从事那种语言的科技翻译了。只不过开初慢一点。其实，语言的不同表现在词音、词形和词的语法特征。对牛儿笔译而言，只关心词形和词的语法特征就行了。

　　外语单词多为若干字母构成，而中文则为方块字。关键是词的语法特征。

　　外语名词有性数格，英语、德语、法语和俄语都有如此现象。有的语言，形容词也跟着名词变。

　　动词有位（人称，数，时间）和主动、被动，而中文则以增减单词来表示。

　　外语有"词组"，即由几个单词组合成一个新意。这是各种语言的习惯用法，而不能以单个词去理解"词组"的含义。类似于中文的"成语"。

　　所有语言的句子都有词序，即哪种词放在最前，哪种词放在中间，哪种词放在最后。哪个词放在哪个词的前面，或放在哪个词的后面，都有一定规律。比如，英语与中文的词序都是主谓宾，而日文都是主宾谓。中文讲，我们吃饭了；而日文却讲，我们饭吃了。

　　当人们知道某种外语单词和句子与中文单词和句子的相同点和不同点之后，原则上讲，就有能力从事笔译了。麻烦只是多翻字典，困难只是专业知识够不够。所以，外语系毕业生从事科技翻译的困难就在专业知识。

　　当一个人知道某种外语与中文的相同点和不同点之后，该如何进行翻译呢？严复的"信达雅"只讲了翻译标准，即什么才算翻译合格或翻译好坏。但并未讲翻译方法。于是，牛儿提出了在"信达雅"上再加一个"变"，即既有标准又有方法。所谓"变"，就是将外语名词的性、数、格，动词的位，句子词序和词数，加以改变，使之适合中文的表达方式，使之适合中文读者的阅读和理解。

74. 有了一个儿子

1972 年，牛儿 40 岁得一子。牛儿作为生物人，还是高兴，因为这个生物种不会被灭绝；牛儿作为社会人，并无什么兴奋，因为当时中国社会并不给人以希望。两个女儿未读书，就是这个原因。

1976 年，上海四人帮被打倒，中国社会似乎出现了一丝光明。加之，小子从小喜欢书，喜欢看连环画小人书。他从看画，似乎看懂了图画所表达的意思。牛儿为单身汉，将小子带到上海，先上幼儿园。

他上漕河泾新村幼儿园的第一天，回家后告诉他父亲说，幼儿园里有一个小朋友，看见另一个小朋友穿的旧衣服，便去打那个穿旧衣服的小朋友。他说，他不怕，他是穿的新衣服，如果上海小朋友来打他，他就要打上海小朋友。

这不是一个好幼儿园，牛儿决定将这小子送入静安区教工幼儿园。在那儿可以受到相对良好的教育。那个幼儿园确实较好。

有一次，牛儿将这小子接回来，小子问他爸爸，他讲一个故事，爸爸愿不愿意听？他爸爸问小子讲啥故事，小子说，讲"金鸡冠的公鸡"。小子讲完故事，牛儿发现，小子讲述的语言，全是书面语言，而非口语。老师讲的故事，他记住了，他能背下来。这说明，小子喜欢读书，记忆力也很好。

牛儿为了了解小子接受能力，给小子讲十进制和二进制的计算以及两者的相互转换，那小子也能理解。牛儿认为这小子不错，决心培养他。为此，牛儿当时订阅了十多种儿童报刊杂志，供他阅读。

当这小子进入淮海中路小学时，一年级参加上海数学比赛，得了第一名。其中一道题是：27 个盘子，每个盘子放一个蛋糕，19 个小朋友 1 人分 1 块，问还剩几块蛋糕？这道题，一看就懂，一做就错。牛儿后来叫厂里大学毕业的同事做这道题，也出现这种情况。

这小子二年级就当了大队长，学校参加的所有比赛都离不开他。有一次，小子感冒生病了，在家休息，学校老师到家里来，要他坚持一下，去参加比赛。结果，学校又得了奖。教这小子的算术老师、语文老师和班主任都加了工资，当时，加工资只有 40% 名额。老师也从小子得益，老师非常喜欢他。

到了五年级，学校已决定将他保送进上海外语学院附中，他不愿意去，牛儿也未做小子思想工作，放弃了这次机会。牛儿后来一直后悔。

六年级小学毕业，学校又保送他进上海向明中学。六年级的下学期，上课已基本结束，老师和学生的任务，主要是复习功课。由于这小子被保送，无需升学考试，就在家里休息。

休息期间，他父亲给他出了一些作文题，叫他自己也出些题目，写作文，回顾一下小学生活。语文老师在家长会上说，这小子的写作能力已达到初中学生水平了。他自己出了几个题目，其中，有一个题目是"人的本质"。这是什么题目，这不是小学生写的题目，这是一个哲学问题。小子写后的结论是：人的本质是人会掩饰自己，而动物的行为却是赤裸裸的。这个结论虽不准确，但却能反映出他的思维能力。动物为了生存也会掩饰自己。而且会掩饰的动物，多为动物界的弱者。人类也有这种现象，比如，美国打伊拉克，打阿富汗，都是公开喊打，从不掩饰，而拉登打美国，却是偷偷摸摸干。牛儿当时认为，这小子怎么会有这种想法，多数是他看了《三国演义》和《动物世界》节目而产生的。

75. 上海图书馆牛儿有专用阅览室

那时，上海的"人民政府"已被共产党的革命派推翻。人民政府已垮台。已换为"人民公社"，类似于法国革命成立的巴黎公社。也许最高统帅认为不妥，后又将被推翻的人民政府改为"革命委员会"。这个名称也许更适合于实行军事管制。

当时，从共产党旧政权转过来的马天水，在新政权革命委员会中，作为日常操盘手，曾带领市里、局里一帮人，到上海无线电十九厂，布置一项军工任务，说是人造卫星和核潜艇中使用的产品。这个任务重要的不得了，没有人敢待慢，一是显示新政权的权威，二是军工任务。领导待慢，要下台；职工待慢，可能会被划为反革命；协作单位待慢，可能也要被定罪。

牛儿本来是缺席文化"革命运动"，没有对革命运动作过什么伟大贡献，牛儿却得到了革命运动赐予他的最高待遇和最高荣誉。牛儿以革命任务和军工任务名义，带着介绍信，到了协作单位上海图书馆。上海图书馆懂得，他们协作态度的好坏，就要看牛儿怎么向革命政府汇报。因此，上海图书馆破出陈规，打破历史传统，给牛儿发了一个特别阅览证，开辟一个专用阅览室。其待遇，其服务高过马克思在大英帝国图书馆，也高过毛泽东在北京大学图书馆。假如牛儿在外面吹牛，讲他曾在上海图书馆有特别阅览证和专用阅览室，知牛儿者，不相信；不知牛儿者，以为牛儿是一个什么大学问家，甚而可能是留学苏联的大专家。其实，知者与不知者都错了。牛儿确有特别阅览证和专用阅览室。不过，牛儿只是基层工厂一个普通技术情报员为领导跑腿的拿摩温。只有在特别的革命时代，才会出现这种特别让人难于理解的事情。

上海图书馆作为军工革命任务的协作单位，为了表达全力配合，为牛儿设立一个特别阅览室。放了两张大桌子，桌上放满了牛儿所需的外文期刊。图书馆并未按牛儿要求的年月搬出期刊，而是将图书馆收藏的那种期刊，不管什么年月，通通放在阅览台桌上，让牛儿自己去翻。图书馆的这种行为，可以解读为"全力配合"，也可以解读为他们是在"减少麻烦"，似乎也可以解读为他们是在"出一口气"。他们也许认为，既然你要胡萝卜，他们就把图书馆收藏的红萝卜、白萝卜通通搬出来，让你去看，让你去选。看不看得上，选不选得中，那就是你自己的事了，就不关图书馆的事。

那么大两张阅览台，放了那么多英文、日文期刊，即使只翻看一下每本期刊的目录，也需要很长时间。而且，牛儿的阅读能力也很有限，并不认识期刊中所有标题，只认识一些与项目明显相关的题目。牛儿也没有要求上海图书馆提供英语、日语词典。

牛儿花了大约半个月时间，查出了十几篇文章，并要求上海图书馆拍照，放大到与原刊一样。既然是革命军工任务，牛儿为了革命，也就不惜工本了。其实，牛儿工作的好坏，革命委员会的革命党人，他们对牛儿工作无法进行评价。这是牛儿放心的地方。

76. 看提包的军人也是中尉

在上海图书馆寻找的那些期刊文章，对于完成军工产品的生产而言，并无多大实际效果。牛儿不得不转向美国国防部和美国宇航局，看他们有什么研究报告，看看哪些研究有实际使用价值。为此，牛儿又转向上海科技情报研究所和国外文献室，他们有较多的检索工具书。当时，牛儿找到了美国宇航局和美国国防部的解密研究报告目录。即所谓《AD报告》和《PB》报告目录。有了目录，即可得到研究报告的名称。

得到研究报告的名称，仍然不能解决问题。只有找到研究报告原件，才有实际意义。到哪儿去找报告原件呢？牛儿自然想到了北京中国科技情报研究所。

牛儿特意到北京中国科技情报研究所，去查《AD报告》和《PB报告》原件。牛儿发现，他们那儿收藏的美国宇航局和美国国防部的研究报告也很少。牛儿询问他们，中国科技情报研究所，是国家级科技情报机构，怎么不收藏这些报告呢？他们的解释是，美国对中国实行技术封锁，中国要想获得这些报告，必须从与美国关系好的第三国去购买。到第三国去购买，花的外汇更多。中国科技情报研究所分不到那么多外汇配额。他们向牛儿建议，可以到国防部科技情报所去查一查，看他们那儿收藏的有没有那些报告。

这给牛儿出了一个难题，像牛儿这种出身不好"下三流"人，在毛泽东的"人民政府"时代，牛儿到一个普通保密厂去实习都不行。现在，人民政府已被推翻，建立了"革命委员会"新政权。新政权的革命性更高，而国防部的密级也提升了，牛儿作为基层工厂一个下三流技术情报人员，怎么有资格进国防部情报所的大门？这种单位，不向公众开放，像军区文工团一样，要高级别的军官，才能去跳跳舞，才能去唱唱歌，才能去碰碰那些女团员。进这种单位，也许要门当户对，即要有"部级别"，才能进去。

怎么进国防部情报所的大门呢？牛儿想了一个办法，到四机部情报所去，看他们能否为牛儿开个介绍信。四机部情报所，牛儿混得还比较熟，也就是找熟人开一个后门。当然，这个后门不是牛儿个人图利，而是有利于厂，有利于上海革命委员会，也有利于四机部。当时，这个介绍信很值钱，它既可提高牛儿的可信度和可靠性，而且又带有"转账支票"性质。因为凭这个介绍信，便可在国防部情报所购买资料，而由四机部情报所付款。当然，其后再由十九厂将款转给四机部情报所。

牛儿带着四机部情报所介绍信，到了国防部情报所。那里戒备森严，因为他们是比绝密稍低的机密单位。牛儿来到国防部情报所门口，发现，对外名称是"国家科委情报所"，看门和守提包的人都是中尉军人。牛儿心想，管资料的人，也许会是将军，扫厕所的人也许要少尉。即使扫厕所的人，也比牛儿高贵一些，因为他们是在机密部门。

牛儿终于在那儿找到了所需的大部分研究报告。这些资料日后的出版，对厂里产生了很好的正面影响。

牛儿那次去了中央机关，产生了一种感性认识。同一个人，做同一件事，在不同机关，却有不同价值。

77. "微电子可靠性"项目组织者

很巧，牛儿从北京回上海后不久，厂里便与兰字 826 部队科研机构建立了一个"微电子可靠性"合作项目。这个项目也许是部队提出的，因为厂里有产品、设备和资金优势，部队有人才和技术优势。

这个项目的资料负责人有两位。部队资料负责人是一位从美国回来的研究人员，十九厂资料负责人为牛儿。在牛儿读大学时，那位研究员已在招收研究生，他是牛儿的前辈，是牛儿的老师。牛儿看过他的身份证，发现他只比牛儿大一岁。

他与牛儿一起，讨论这个项目的具体内容。最后确定的内容为：可靠性标准，可靠性检验方法，可靠性物理和可靠性数学。可靠性物理和可靠性检验方法，牛儿已找到了美国宇航局的研究报告，所缺只是可靠性标准和可靠性数学。可靠性标准和可靠性数学也被牛儿找到了。

牛儿拿到这个项目的工作目标是"一定要出版"。因为只有出版了，牛儿才不会出现"说你好你就好，不好也好；说你坏你就坏，不坏也坏"。一个人的好坏，就是领导一句话。资料出版了，有东西摆在桌面上，领导就不能随便说好说坏了。

当时的分工是，可靠性标准、可靠性物理和可靠性检验方法由牛儿组织上海力量进行翻译，可靠性数学则由兰字部队 826 部队和无线电十九厂共同翻译，由兰字 826 部队审校。

微电子可靠性标准即"美国军用标准 883"，文字不多，由厂里自己翻译。翻译不到一半，发现已有人翻译出版了，这个项目只好终止，半途而废。

可靠性物理和可靠性检验方法，资料几大本，有近 100 多万字。谁来具体完成这项翻译呢？靠牛儿不行，靠十九厂也不可能。当时，有个非常好的社会背景，社会在搞"文化大革命"，大学老师没有事干。假如找大学老师来翻译，也许还行。

牛儿带着这种想法，开上介绍信，跑了复旦大学，跑了华东师大，跑了电子科大。效果出奇的好，他们都乐于干。

牛儿在三所大学各找一位联系人，到厂里开会，落实具体工作，落实工作地点，落实工作时间，落实报销制度。

最后讨论的结果是，复旦大学负责可靠性物理翻译。华东师大和电子科大负责可靠性检验方法翻译。工作地点人性化，愿到厂里来，就到厂里，厂里准备办公室和相应的工具书。愿在学校就在学校，愿在家里就在家里。翻译老师算是被十九厂借用了，由厂里安排工作时间。照常规，来回交通费和一餐中饭费，厂里可以报销。牛儿又讲，这两个报告要出版，以示他们要认真对待。

最后决定是，电子科大老师到厂里来，复旦大学和华东师大老师由他们自己安排，三个学校都表态，不报销公交费，也不报销中餐费。

牛儿与那些老师合作一段时间后，牛儿才知道那些老师为何乐于不计"报酬"干这件事。

牛儿与老师的交谈中发现，他们之所以乐于干这件事，是因为他们辞掉了暂时的烦恼，比如，天天要背毛主席语录，天天要喊毛主席万岁，天天要政治学习，有时还要参加批斗会。这对谁有利呢？有利于工人，有利于农民，有利于士兵，还是有利于知识分子呢？没有人能回答出来。他们乐于干这种事的回报是获得一时的心理平静。牛儿感到，他自己的日子真好过，他可以用"促生产"去补"抓革命"，而不必用"抓革命"去"促生产"。牛儿这种出身不好又属臭老九的下三流人，在革命社会中，居然成了大学老师的救星。暂时将他们救出苦海，又暂时给他们一点自由。

牛儿承诺兑现了，两本译书都被重庆科技出版社出版，只是没有任何人得一分钱稿费。

78. 在四机部翻译班讲课

有一年，四机部组织其下的研究所和工厂技术情报翻译人员，委托华东师大外语系，开办一个翻译提高班。主要是华东师大英语系教授讲课。讲了一段时间，也许是学员，也许是四机部主办单位，感觉需要再请一线情报翻译人员来讲课，以便更加联系实际，提高学习效果。他们选中了牛儿，也许因为牛儿在上海，方便一些，也许他们发现牛儿常在《半导体快报》上发表译文，也出版过日文译著。

牛儿的一位学妹，四川大学物理系半导体物理专业 1964 年毕业生，分在辽宁半导体厂情报室，她是这个班的学员之一。一天，他来找到牛儿。告诉牛儿，四机部有意请牛儿去讲几堂课，这是好消息，因为这有利于川大。同时，学妹也讲了坏消息，说这个班的同学，常把讲课教授问得哑口无言，下不了台。目的是要牛儿注意，要牛儿做好充分思想准备。意即不要像华东师大教授那样，也被同学问得下不了台。

牛儿接受了学妹意见，做好了准备。牛儿讲课，准备了几个内容。一是亮牛儿的底牌，二是讲大翻译家的理论及其优缺点，三是介绍牛儿自己的学习和实践体会。前两个内容各讲一次，后一个内容共讲了四次。

第一次讲课先亮底牌。牛儿讲，他留级过一年，休学过一年，毕业时一门四分其余三分，不是优秀毕业生。毕业后分到厂里，自己选择了别人不愿干的、没有发展前途的技术情报工作，因而当了"拿摩温"。上班没几天，工程师拿了英文"晶体管数据手册"，叫牛儿查一查美国ＲＣＡ晶体管型号和参数。牛儿不会查，三天后，工程师又拿回原书，说他自己去查。另外牛儿也声明，他是哑巴外语，只会认字，不会读，更不会说。这就是牛儿的全部底牌。

第二次讲课,则讲大翻译家的理论以及优缺点。中国最有名的翻译家为严复,他提出了"信、达、雅"翻译标准,郭沫若主张意译,鲁迅主张直译。严复理论的优点是确定了标准,但缺乏方法。郭沫若意译的优点是易于读者阅读和理解,其缺点是易于失"信",即易于失去原意,易于失去准确性。鲁迅直译的优点是易于准确表达原意,其缺点是不便于读者阅读,不便于读者理解。

第三次讲课,大谈学习方法。一是要像蚂蚁啃骨头那样坚持,二是要搞懂外文与中文的相同点与不同点,三是要以别人之长补自己之短,而不能以自己之长去攻击别人之短。

第四、五、六次讲课,则讲对严复"信、达、雅"理论的补充,即"信达雅"再加"变"。变的目的是适合中文的表达方式。运用例句说明,名词的"性数格"怎么变,动词"位"怎么变,单词在句中的"词序"怎么变,"词意"在句子环境中怎么变。

牛儿讲完这一堂课后,常有同学问这问那。牛儿都尽力回答。

这第四堂课讲完之后,牛儿学妹告诉牛儿,说牛儿讲课,同学非常欢迎。并有同学讲,牛儿对翻译理论和翻译方法钻得很深。

而且,牛儿在这个翻译班讲课,还得了两个意外效果。第一,同学们再也不去难为华东师大的外语教授了。同学已经接受牛儿观点,要以人之长,补己之短,而不能以己之长,攻人之短。外文老师的长是外语,他之短是专业。牛儿之长为阅读与理解,牛儿之短为读音与说话。同学们中没有一个人难为过牛儿。第二,南京一个研究所的学员,他讲,他听了牛儿讲课之后,树立了信心,回去也要试译一本书。一年后,果真译出了一本书,并给他的老师牛儿送来一本,签字表示感谢。

79. 吃武昌鱼过生日

上海无线电廿九厂情报室与上海半导体研究所联合翻译《六国语言半导体辞典》,并联系由北京科学出版社出版。上海无线电廿九厂情报室主任曾与牛儿有几年同事,他先征求过牛儿意见,问牛儿愿不愿意参加。牛儿知道,这两个单位没有好的翻译，将来会很麻烦，但牛儿却问：有没有稿费？得到的回答是，现在还没有。牛儿则表态，他不参加了。后来，他又问牛儿去没去过桂林？牛儿说，没去过。他又征求牛儿意见，愿不愿意去桂林，牛儿表示愿意去。于是科学出版社发来邀请函，邀请牛儿到桂林参加会议。

牛儿则趁此机会坐上水船到庐山去耍一趟。耍了庐山，再到武汉。

到了武汉那一天，牛儿突然想起，这一天是他的生日。牛儿从来不过他自己的生日，一是没有习惯，从而也就记不住生日，同时牛儿也很少有过生日的快乐心情。这一次，牛儿心里高兴，决定他为自己过一次生日。怎么过呢？牛儿想起了毛主席有过"刚吃武昌鱼，又饮长江水"的诗情，牛儿决定以"吃武昌鱼过生日"。牛儿真的到武汉一个饭店去吃武昌鱼过生日。

牛儿到了那个饭店，叫了一份武昌鱼，又叫两个其他菜，开始独自一人过生日。不一会儿，又来了一个人，与牛儿同桌吃饭。牛儿本来很高兴，却出现了不愉快的事情。

一个乞丐来了，这个乞丐并非农村人，穿着打扮很像城里人，牛儿不想理睬他。接着，接二连三又来了几个乞丐，怎么应对呢？乞丐看见牛儿面前有武昌鱼，他们都向着牛儿，讨钱，讨饭。牛儿没有办法，心想，把毛主席请出来，看能不能对付他们。牛儿向乞丐们讲，牛儿也没有钱，毛主席才有钱，福建一小学女教师给毛主席写了一封信，毛主席就给她寄去了几百元，而且这位教师还进入革命委员会当了官。牛儿又讲，今天，他只能给每位乞丐8分钱，并叫他们每人给伟大领袖毛主席写一封信，毛主席也会给他们寄钱，并且他们还可能有机会当个什么官。

牛儿将伟大领袖毛主席请出来，就把乞丐们教育走了。这时，同桌吃饭那位客人，很客气地问，同志是从哪儿来，到哪儿去，是什么地方人，还没有等牛儿回答，他先自报身份。他说，他在大连一家进出口公司工作，这次出差到武汉，碰到知心同志，真是有幸有幸。牛儿也自报身份，讲，他在上海工作，路过武汉，明天就去桂林开会。

那位不相识的同志，一听牛儿明天就要去桂林，立刻接上话题，明天是不是一定要报到，如果可以推迟一天到，他全部负责安排牛儿在武汉玩一天，并到毛主席吃过武昌鱼的那家饭店去吃正宗武昌鱼。看来，那位同志非常熟悉武汉，也许因为他在武汉有工作联系。牛儿心想，或许他与牛儿有共同的情，有共同的意，常言道："朋友满天下，知心能几人？"牛儿同意明天一道去吃正宗武昌鱼。于是两人就达成如下共识：今天晚上就搬到一起住，明天上午一起去排队吃武昌鱼，如果下午能买到飞机票，也可以明天下午到桂林，不影响开会报到时间。

那天晚上，两人住在一起。各人讲了各人工作，其实，彼此对对方的思想更感兴趣。他赞扬牛儿对毛主席思想活学活用。彼此交流了对中国的"运动"，对中国的"革命"，对中国的"未来"的看法，其观点出奇的相似。其结论是，对中国的前途都很悲观。大家不像在单位那样守口如瓶，以便惹祸，今晚却是一吐为快，互不防范。

第二天上午9点钟就到毛主席去过的那家饭店去排队，饭店每天供应数量都有限。其实吃了之后并无什么特别快感。只是因为在中国的传统文化里，皇帝、领袖、名人、诗人、画家，他们吃过的，玩过的，老百姓都想有机会去尝一尝，去玩一玩，去体验体验。

80. 在桂林住李公馆

牛儿到了桂林，是由桂林军区派车来接的。这是牛儿人生中第一次享受这种待遇。牛儿直接被送到李公馆，国民政府副总统李宗仁的公馆。牛儿被安排在标准二人间住下来。牛儿等不住，急着出去走一走，看一看。这儿简直太美了。这是上海看不到的美景。这里真是"桂林山水甲天下"！公馆四周都是绿悠悠的山。公馆旁边是一条清澈见底的小溪，溪水似乎来源于山泉，人们可以直接饮用。空气新鲜，呼吸爽快，宜人。这是神仙住的地方，在这儿生活，自然会长命百岁。

这个地方是谁选的呢？幕后操作者是上海无线电廿十九厂情报室主任委托牛儿单位一位女同事，她的父母都是在上海工作的高干，她找她父亲的战友，桂林军区司令员，选上李公馆。

到这儿来是举行一次会议。会议主办单位为北京科学出版社，协办单位为桂林半导体厂。会议内容为《六国语言半导体辞典》审稿会。参加单位有，科学出版社，中国科学院半导体研究所，复旦大学，上海半导体研究所，上海无线电廿九厂，上海无线电十九厂和桂林半导体厂。人员有20人左右，有研究员，有大学老师，有工厂技术人员，行政级别最高的是一位所长。

报到后的第二天，牛儿就被上海无线电廿九厂情报室主任安排与科学出版社的两位编辑见面，讨论审稿问题。见面时开门见山，提出由牛儿负责主审。牛儿心想，这里有科学院和研究所研究人员，有大学老师，虽然他们有些人可能在"文化大革命"中受过冲击，但他们知识仍在，学问仍在，牛儿担当主审不太合适。其实，上海无线电廿九厂那位幕后操作者已私下告诉牛儿，科学出版社两位编辑，代表他们出版社两派，一派为技术派，另一派为革命派，目前是革命派在掌权。革命派的立场也许是，尽量不与"权威"打交道，因为权威常常与"反动"联系在一起。也许出于这个原因，他们主张牛儿来当主审。牛儿提出了折中方案，牛儿先审阅200条词目，分发给开会者，征求意见。如果大家认为过得去，出版社也认为可以，牛儿就继续干。如果不行，科学出版社则另找他人。这样做，出版社主动，牛儿也主动。出版社不误事，牛儿也不会中途上不能上，下不能下。下不了台，双方都难收场。牛儿这个意见被科学出版社接受了。

于是，牛儿一人被搬到一个部长级大房间，有卧室，有办公室，便于牛儿审稿。

牛儿的同事，牛儿拿摩温手下的一个成员，一个双份高干家庭的女孩子，不求官，不牟利，奉行独身自由主义的共产党人，牛儿在厂里对她很严厉，她却对牛儿很宽容，不计较批评与得失。这次会议选址，就是由她出面办成功的。她到牛儿办公室来，开玩笑讲，牛儿"拿摩温"已升部长了。所缺，只是没有手表，没有手表怎么知道什么时间去吃饭呢？在厂里，她已知道牛儿没有手表。她讲，她把她的手表给牛儿临时用一下，牛儿讲，不行。她讲，那就在吃饭之前，由她来叫牛儿去吃饭。

牛儿在部长办公室里工作了三天，完成了200条审稿。所谓审稿，实际上是牛儿参照原文和译搞，重新翻译，重新抄写，并不在译稿上改动，便于会议审阅者审阅。在牛儿审稿的这三天时间里，参会者都出去玩去了。廿九厂情报主任去陪科学出版社的编辑，桂林半导体厂协办人员则去陪参会者，牛儿手下那位双份高干家庭的女同志，则负责叫牛儿去吃饭。

牛儿 200 条稿件审好后，便将原文、译稿和审稿分发给参会者，花了两天时间进行审阅与讨论。会议最后结论是，这本书可以由牛儿担当主审。会议结束散会后，牛儿的老同事，那位廿九厂情报室主任，那位高干家庭的女孩子，科学出版社一位编辑，四人留下来。仍由那位女孩子，到军区叫了车，他们与牛儿一起单独去玩，到丽江、到阳朔、到林渠，玩得高兴极了。牛儿从未享受到这样的轻松，这样的快乐。在毛主席革命时代，人们都在相互猜疑、互相防范，他们三人却是同"志"，属例外。

81. 牛儿在北京的奇遇

常言道：福不双降，祸不单行。牛儿真的碰到了这种情况。

1976 年，牛儿与他的一位老同事，廿九厂情报室主任，一起到北京，到科学出版社，准备在北京住几个月，完成《六国语言半导体辞典》的审稿工作。

在北京才住两三天，四川老家来了十几个人，其中有牛儿的表弟，有牛儿的侄儿，有生产队干部，也有共产党人，他们要逃荒到吉林，路过北京。他们打听到牛儿在北京出差，在科学出版社。牛儿表弟和侄儿，到科学出版社问到了牛儿的住地，在招待所找到了牛儿。他们讲，老家无法生存。他们一起逃到吉林，听说吉林种田缺人。牛儿问他们有多少人，住宿在什么地方，他们介绍了人员之后说，他们没有住处，他们就在火车站睡。一是没有钱，二是怕人走散。

牛儿马上赶到火车站，看到老乡无依、无靠又无助的那种乞丐神态，牛儿实在难受，流出了眼泪，这真是老乡见老乡两眼泪汪汪。牛儿告诉他们，先轮流到附近小饭馆去吃一顿饭。牛儿把粮票和钱给予表弟和侄儿，叫每一个人吃半斤饭，一个菜，一个汤。吃好饭后，叫他们轮流去天安门，去看看毛主席，去拜拜他老人家，他是工农伟大领袖，看他有什么最高指示，然后再离开北京去吉林。

牛儿回到招待所，控制不住情绪，控制不住难过，控制不住眼泪流。牛儿老同事劝牛儿，不要心里难过，不要精神崩溃，要挺住，劝牛儿出去走走，出

牛儿一生点滴记忆

去吃吃饭，出去喝喝酒，出去散散心。

　　牛儿被同事带到成都饭庄。成都饭庄这四个字是由郭沫若亲手书写的。这个饭庄是北京老式房子，是四合院，院中有一块大坝，是小汽车停车场。走进饭庄内，摆满了名酒名烟，敞开供应。这个饭庄有三层楼。一楼为普通人饭厅，二楼为外国人餐厅，三楼为包房，是首长餐厅。听说，朱德他们常来这儿吃饭。与火车站那儿的逃荒者相比，这儿就是中国的天堂了。

　　牛儿被同事安排在一个较小的餐厅，靠窗户稍远，这个餐厅可容纳四桌人。正靠窗户的那一席，有四五个小青年正在用餐。牛儿同事叫菜不多，但麻婆豆腐必须叫。同时又叫半斤泸州老窖。牛儿与他的同事一边慢慢吃菜，一边慢慢喝酒。牛儿和他的同事发现，旁边那桌小青年，叫的菜太多了，空酒瓶也太多了。空菜盘和剩菜盘也摆满了窗台，地上也有，空酒瓶横竖遍地都是。牛儿和他的同事感觉不对，这帮人挥金如土，似醉非醉。这定是一批高干子弟。牛儿认为这里非常危险。牛儿和他的同事，移至离这儿稍远的一桌，那儿虽已坐有 5 人，但仍有 2 人以上空位。那 5 人，三男一女，另有一个小女孩。那里比较安全。

　　牛儿的同事是商人家出身，很会应酬，很会拉出话题。他自言自语说，四川出好菜，又出人才。同桌一位男子，似乎听出了话声，激发了他心声的共鸣，他以朋友身份举杯向牛儿和牛儿同事敬酒。牛儿同事讲，牛儿不太会喝酒，他代牛儿喝。那位举杯朋友，将他们的菜往牛儿这边推，要求一起吃。牛儿也叫他的同事再叫服务员加菜。牛儿的悲伤情绪被驱散了，牛儿也冲动起来。牛儿也要喝酒。那位举杯人，自报姓名叫李金斗，相声演员。并介绍，右边是他弟弟，在绸布店工作，左边是他姐姐与姐夫，他们两都是芭蕾舞演员，牛儿同事也报他与牛儿身份与来京目的。今天，似乎大家都遇到了知己，要一醉方休。李金斗弟弟劝他哥哥少喝点，别喝醉了。他的姐姐是文艺工作者，很懂人心。她却说，醉就让他醉吧，难得让他开心一次。牛儿马上补充，假如他喝醉了，牛儿叫车将他送回家。

　　李金斗没有喝醉，他心里很明白，他伸出拳头，伸出大拇指，回应牛儿同事开始讲的"四川出人才"那句话，他讲是是是。这家饭店里，也许有许多人"心闷"，而用酒来解闷，致使该饭庄的酒销量大增。旁边那桌小青年，大把大把花钱，大量喝酒，也许出于同一原因。

后来，牛儿叫车将李金斗和他的侄女送回家，其他三人则骑自行车。送到他家门口，牛儿同事去抱小女孩时亲了一下，一不小心，脚一滑、倒在地上了，额头碰破了皮，大量出血。牛儿马上叫出租车将他同事送进医院，进行止血还缝了几针并包扎起来。牛儿同事回到上海，额头上已带了永久性疤痕。他为颂扬邓小平而负了伤。

没过几天又发生唐山大地震，牛儿和他的同事被吓坏了，北京几乎瘫痪了，火车停开了，银行也关门了，牛儿与他的同事，只好向私人借钱，坐飞机逃回上海。

这一年，有算命大师观天象说，天降大灾难，人间大逃荒，朝政必有大变动。

82. 在昆明华侨饭店的日子里

《六国语言半导体辞典》审稿工作，从桂林开会被定下之后，已经有两三年了。1976年本想到北京去完成，因唐山大地震，又不得不停止工作。到现在，动也没有动。对牛儿来讲，总还是一件未了的心事。尽管没有稿费，国家还是花了那么多钱，工作半途而废，牛儿内心说不过去。牛儿从没有出现过半途而废的工作。牛儿为了不让原始组织者、牛儿的老同事，不让科学出版社编辑、不让牛儿自己被动，牛儿决定花两三个月时间，将这项工作完成。

到哪儿去完成呢？北京不行，上海不行，牛儿老同事讲，那就到昆明去吧。牛儿老同事去北京开了介绍信，再到昆明落实住处并将留在北京的大量参考书和工具寄往昆明。最后落实的住处为昆明华侨饭店，因为那儿有一位熟人。那位熟人在昆明交际处工作，与华侨饭店常有联系，而且他很容易就能搞到好酒好烟。

牛儿就住进昆明华侨饭店去了。饭店位置很好，旁边不远处有一个体育场，房间也很好，有卧室，有写字台，还有卫生、浴室间，吃饭也方便。非常适合牛儿在那儿工作。这么好的条件，在上海是办不到的。因为牛儿在上海工作，不能在上海出差住到上海的某家饭店。

牛儿在那儿，每天都是吃饭、睡觉、审稿、跑步和洗澡。早上6点钟起床，到体育场去跑步，然后回饭店洗澡，吃早饭，审稿，吃中饭，睡午觉，再审稿，

吃晚饭，去操场散步，再审稿，直到晚上 11 点钟睡觉。这样日复一日，月复一月，周而复始，没有变化地工作。牛儿并不觉得枯燥无味，也不感到疲劳。而且随着剩下的稿件越来越少，反而感到轻松快乐，像长跑运动员一样，冲到最后，越是兴奋，总是开足马力，冲到终点。

牛儿在这儿工作，除了环境好，条件好之外，还有一项特别的享受。就是那位交际处的熟人，能充足供应牛儿顶好的云烟。云烟是伟大领袖毛主席抽的香烟。而牛儿的兴奋肯定是抽云烟产生的。爱喝酒的人才知道好酒的味道，爱听音乐的人才能感受到好曲的享受，爱要朋友的人才知道要朋友的甜蜜，爱抽烟的人才能体念到吸口好烟的滋味。牛儿早上一起床，第一件事就是抽一支云烟，感受特别舒畅爽快。

牛儿审稿工作完成了，时间长达三个月，不知从哪儿能领到差旅费？是科学出版社，还是牛儿原单位呢？三个月差旅费要高于三个月工资，对穷光蛋牛儿而言，三个月差旅费不是小钱，而是一笔大收入。

牛儿回到厂里，向财务科长讲了实际情况，问牛儿差旅费到哪儿报销合适。财务科长讲，就在厂里报销算了。科学出版社是国家的，厂也是国家的，都是共产党的，不管到哪儿报销都一样，都是从党的这个口袋转到另一口袋，从那个口袋转到这个口袋。厂里一年有两三千万利润，要大气点。这次出差，牛儿得到了一笔不小的差旅补贴费。

83. 创办《上海半导体》常有喝酒钱

半导体产业始于美国 20 世纪 40、50 年代。与美国相比、与日本相比、与德国相比，上海半导体产业属于落后分子。但在中国，上海半导体产业却处于"南霸天"地位。

牛儿意识到这一点，上海有创办一个半导体技术杂志之必要。当然这是大理由，其实，牛儿心里还有小算盘。一是可以增加牛儿活动空间，二是打破某些人的技术文章垄断。

牛儿是从五厂到十九厂的。前者主要生产半导体器件，后者主要生产集成电路。前者的技术大权主要掌握在工人造反派手中，后者的技术大权主要控制在从复旦大学技术物理所来的几个人手里，两个厂都有许多技术人员受压抑，甚而受压迫。牛儿创办《上海半导体》杂志的一个小算盘，就是为那些被压迫者创造一个他们可以活动的空间。

创办一个技术杂志虽然没有创办一个政治杂志那么困难，但是，作为一个地方级工厂，创办一个技术杂志，也许不够级别。于是，牛儿与上海市仪表局情报研究所商量，由他们出面，向市委宣传部申请，或许能成功。先确定，注册算仪表局的，编辑部设在十九厂，由牛儿负责。他们对牛儿工作责任心和工作能力都是放心的。因而他们同意这个方案。

仪表局打报告，很快得到市委宣传部批准，给予刊名和刊号，算是正规刊物了。不过，市委宣传部要求，先内部发行，然后再由邮局公开发行。

这一下，牛儿手中有了《上海半导体》这个工具，事情就好办了。牛儿手中掌握了组稿权，掌握稿费权，牛儿这个权只用于被压抑者、被压迫者身上。牛儿只向他们组稿。只有他们，才能在这个杂志上发表文章，只有他们，才能从这个杂志中获得稿费。不久，牛儿身边就积聚了大批技术人员，只是从前几个技术权力掌控者，被牛儿排斥在外。他们也无法将牛儿调离十九厂，牛儿一旦被调离，编辑部也就跟着牛儿走了。编辑部离开这个厂，技术人员会或明或暗用各种方法进行抵制，这是有很大风险的。

十九厂技术人员获益最多，五厂个别技术人员获益也很大。五厂应用组有个技术人员，他写应用文章，总是被排斥。有一次，牛儿主动去找他，叫他写篇文章来试一试。他写了一篇文章，牛儿一看，错别字很多，很多句子都不通，但有内容。牛儿改了，照样刊登。牛儿又找过他，转述牛儿大学老师讲的"三W"主义。写文章，首先要考虑是什么问题，然后考虑为什么会有这个问题，最后则考虑怎么解决这个问题。后来他的文章越写越好，经过一年多的实践锻炼，到后来，邮电出版社出版了他的一部约40万字的著作。他翻身了。

牛儿的老同事，看到这个刊物后，当他们与牛儿在一起碰头时，他们提出了一个问题：他们怎么搞点喝酒钱？

这个刊物的文章本来全是第一线技术人员写的技术文章，包括产品设计、生产工艺和产品推广应用。情报人员不是生产第一线，能写什么文章呢？他们又提出，不能加一两篇翻译文章吗？牛儿感觉，似乎可以。但是，牛儿不能在这个刊物上发表译文，因为牛儿是这个杂志的实际主编、责任主编和执行编辑，一旦牛儿有译文在这个杂志上出现，会有人议论纷纷，甚而会有不少麻烦。最后决定，由牛儿老同事，时不时发表一两篇译文，搞点碰头时的喝酒钱。大家也很开心。

84. 为技术厂长争面子

北京774厂、上海无线电十九厂和常州半导体厂，当时是中国半导体器件生产的主力军。三个厂成立了一个协作组。每年都开协作会，讨论协作项目。在一次协作会上，决定三厂协作翻译出版《美国摩托罗拉集成电路手册》。北京主办，其他两厂协作。北京翻译近半，他们宣布这项工作不搞了。实际情况是，他们要一家搞，不要上海、常州两厂参加。技术厂长知道后，去找牛儿商量，技术厂长更讲，北京是部级厂，他们太欺负人了。怎么办？牛儿讲，办法是有，但是，牛儿将右手大拇指、食指、中指三指滑一滑，厂长已知道指稿费，他讲，厂里没有办法发稿费。牛儿讲，厂里只需买书、卖书就行了，牛儿可以找到发稿费的单位。《上海半导体》编辑部可以出版、可以发稿费。厂里只需把钱划到编辑部账号就行了。技术厂长讲，这样可以，符合财务制度。工作就这样定下来。

牛儿马上组织一条"贴图、制版、翻译、审校、印制、出版"流水线。牛儿工作展开后，华东计算机研究所看到牛儿工作说，北京已翻译很多了，你们十九厂再搞，不会落后吗？如果落后了，就是白做。

牛儿心中有数，北京出版社都是正规的，只有到正规出版社去出版，才有稿费。北京774厂情报室，肯定想得稿费，正规出版，名利双收。那么厚厚一本书，版面上百万字，虽然实际字数只有十几万，但那么多制图工作，出版社没一两年时间，是出版不了的。上海有"野鸡"出版部，比如《上海半导体》编辑部。这种野鸡出版部，出版快，效果也好，只是档次低一些。现在只管实效，不管档次。

比如，牛儿译著《集成电路设计》由厂里出版，档次虽低，速度却快，效果却是大量卖出，并被中科院半导体研究所指定为报考研究生必读参考书之一。

牛儿得知，四机部近期要开一次情报工作会，这是好机会。牛儿他们先将订单发出，收取预订费。在定价问题上，牛儿去咨询财务科长，他讲，这要看需求，需求多，则定价高，需求少，则定价低。这种定价原则是与出版社定价原则相反的。万一亏了，算盘一拨，就解决了。盈亏都是国家的。

牛儿决定定价 50 元一本，印订单，派专人到会议上去分发。订单一发出，预订费源源不断地汇到十九厂财务科来。财务科长碰到牛儿，开玩笑讲，财务科每天收到的资料汇款单，比货款汇款单多得多，收款太多了，你们发不出资料，人家要讲十九厂在行骗，那时就麻烦了。坐牢，恐怕就要你们去。

按单价 50 元计，大约 1000 本可保本，实际印了 5000 本。

为何会有如此之多的订单呢？因为这本书的内容收集了美国所有集成电路。每一种电路都介绍了它的特点，电参数，逻辑图，应用范围。这不仅是生产厂关心，所有用户也关心。用户面太宽了，因而订单以用户为多。这本书的出版，既统一了生产厂编写集成电路产品目录的规格，也推广了生产厂家产品的应用。其作用不可低估。

书还未翻译完，销售势头这么好，既鼓舞了牛儿，也鼓舞了技术厂长和所有工作人员。

牛儿设计的这条"贴图、制版、翻译、审校、印制、出版"流水线，分工明确，效率高。牛儿只是负责审稿。两个月时间，就印刷出了非常漂亮的精装本。

这本书的出版，为技术厂长争了面子。因为领导工作是他亲自抓的。不仅打败了北京，厂里既赚了钱，又扩大了影响力。而且，厂里工作人员，包括技术厂长和牛儿在内，都能从《上海半导体》杂志编辑部领到一份稿费。

这似乎显示，北京搞的是计划经济，上海搞的是市场经济。上海无线电十九厂的市场经济打败了北京 774 厂的计划经济。

85. 牛儿也有一次"腐败"

世界上的事情是多姿多彩。有时，好事变成坏事；有时，坏事又变成好事。牛儿就经历过这种情况。

牛儿工作的工厂从美国引进了一条生产线，又从日本引进了一条生产线，引进了两条生产线花了几千万美元。被引进的生产线，需要安装、需要调试、需要生产。问题出现了，设备安装、调试说明书，都是英文和日文，安装、调试人员不懂外文，怎么安装和调试呢？总工程师办公室人员不便找牛儿进行翻译，他们知道会碰钉子。确实如此。假如他们来叫牛儿翻译，牛儿一句话就顶回去了；你们去了那么多技术人员，考察了那么长时间，难道还不知道设备如何安装和调试吗？牛儿更知道，有的出国考察人员，根本不是工作需要，而是领导给予他的恩赐，或者是领导与他进行的某种交易，出国考察只是玩玩。如果不是如此，为何他出国考察后回来，他却被调离这个厂呢？所以，考察工作安排是有腐败的。

没有办法，只有厂长直接找到牛儿，讨论说明书的翻译问题。牛儿讲，说明书可能有几大箱，有英文、有日文。厂里情报室，英文翻译有两三个人，日文，没有翻译人员，牛儿虽然懂点日文，也是半路出身。所以，厂情报室是不可能承担这项翻译工作的。厂长问：怎么办？牛儿说，办法有，就是出钱拿到外面去翻译。厂长问：要多少钱？牛儿讲，那要看翻译多少数量。厂长马上将引进办主任叫来，讨论钱和数量问题。引进办主任讲，说明书确实很多，翻译工作量很大。牛儿讲，目前只能按轻、重、缓、急安排，先选重要的、急需的说明书进行翻译。引进办主任和厂长都同意这个建议。厂长问：要多少钱？牛儿讲，先安排一万美元的翻译量吧。最后，厂长拍板：照10万人民币计划，引进办负责挑选说明书，牛儿负责落实说明书的翻译工作。牛儿就把这项工作推掉了，否则，情报室的翻译人员会苦不堪言。

牛儿找到了上海科协，他们有这种服务项目，他们有条件组织全市科技翻译人员。这个项目负责人与牛儿很熟，一谈就成功。实际上，他们既为客户服了务，又帮助翻译人员增加收入，或许他们也会收点管理费，或许也算一项工作成绩。

牛儿与科协一起，找厂长，讨论签订翻译合同书。科协讲，翻译费用按科协统一标准计算，完成时间尽量快。厂长却冒出一句话来：外面翻译不熟悉专业，译稿要由牛儿审核，他才签字付款。科协马上同意。科协哪知道厂长的用意。表面上看，厂长信任牛儿，他对工作仔细与负责。实际上，他给牛儿制造了巨大麻烦与隐患。第一牛儿必须看译稿；第二由翻译不准确而造成安装、调试出问题，牛儿要负责，这是非常危险的。

厂长在合同书上签字后，科协项目负责人与牛儿一起离开厂长办公室，科协项目负责人告诉牛儿，科协按规定，要给审稿人发30%审稿费。牛儿心想，有这么好的事吗？牛儿马上约他到牛儿办公室去一下，讨论翻译工作如何安排。

在牛儿办公室，牛儿提出，牛儿先选一份很短的说明书，找二三十个懂外文、懂设备的技术人员同时试译。翻译质量好的人，才给他们安排翻译任务。科协说可以。

一个礼拜后，科协收回近30份译稿，牛儿一看，质量好极了，他们的翻译水平，肯定超过牛儿，因为他们懂设备，而牛儿却不懂。牛儿建议，选20个人，作为这项工作的翻译人员。实际上，科协找的人，都是航天局、仪表局高水平研究生技术人员。

而且，牛儿还设了一道防线，译稿送引进办时，要告诉引进办，安装调试时，一定要有出国考察技术人员在场，才不会出问题。

牛儿心想，你们腐败，出国考察玩，回来，说明书还要别人翻译。牛儿也腐败一次吧，不翻译说明书，也捞审稿费。其金额也许有三套西装钱。相当于牛儿全家都出国一次。

86. 在南京闹矛盾

牛儿与他的两位老同事，三人一起到南京出差。平常都相好，这次却闹了矛盾。

一个是复旦大学毕业生，一个是安徽大学毕业生，一个是四川大学毕业生。

三人都搞相同性质的工作。三人的共同点是，不求升官，不求发财，在"文化大革命"中，都不造反，都不保皇。只求自己搞好分内工作，只求轻松，只求自在，只求自己不受别人欺压，只求有口饭吃，只求有点小酒喝。三人不相互防范，有话都实说。所以，三人在一起，都快乐。

三人到南京出差，除了工作之外，也要像农民一样，种一点自留地。三人的自留地，就是到南京吃螃蟹，喝点小酒。最会找饭馆的是复旦那位"公子哥"，最会吃的是安徽那位"乡干部"，最会协调的是四川那位"和事佬"。

三人到了那位公子哥指定的饭店。叫了螃蟹，叫了黄酒，吃起来，喝起来。吃着吃着，喝着喝着，就来了几个乞丐，他们不是农民，他们是南京市原住民，他们被政府下了户口，他们被下放到农村。现在回南京，回老家，回故乡，他们没有户口，没有工作，没有办法，只好当乞丐，讨口要饭吃。牛儿那位安徽同事，像个乡干部，叫他们排好队，每人分一只螃蟹脚。乞丐被安排得很有序。那位"乡干部"还说，如果哪一位想喝酒，还可以喝一口。牛儿认为，那个"乡干部"是在开"社会玩笑"，没有其他想法，牛儿也没有什么不满。

可是，马上出问题了。原因还是那位"乡干部"。他说，他与牛儿都穷，穿的孬，旁边那一位，那位复旦公子哥，是老板。今天是老板请客。他确实像老板，头梳得光光的，衣服烫得挺挺的，皮鞋擦得亮亮的。这些乞丐真的都看着老板。老板发火了，不吃了。这位"乡干部"把矛头指向了地主、指向了资本家，指向了老板。谁是老板？只是中南海怀仁堂，有人叫谭震林为"谭老板"。实际上，当时中国有资格称"老板"的人，只有伟大领袖毛主席。所以，复旦那位公子哥，既不是资本家老板，也不敢冒充毛主席老板。他该发火。

牛儿出面调解，说，这个地方不好，换个好地方，牛儿埋单。今天牛儿叫他们动口吃；明天叫他们动笔写；后天，牛儿就动手给他们发稿费。两人听人劝，得一半；两人冒出旧情，又得一半。于是，三人再次一起，开辟新天地。开辟新天地，那位"乡干部"不行，牛儿也不行，还是要把"老板"请出来。最后，老板拍板，到刘少奇去吃过饭的那家餐馆。这个地方一定高级，一定与乞丐无缘。老板一定会高高兴兴地吃，高高兴兴地喝。老板就是喜欢那一杯。

三人到了国家主席刘少奇吃过饭的那家餐馆，发现，天哪，这一楼候客厅，坐满了乞丐。但是，这儿的乞丐不准上楼进客人餐厅。三人上楼进餐厅，餐厅确实没有一个乞丐。三人叫了菜，叫了酒，边吃边喝。牛儿提出了一个问题：候客厅乞丐坐在那儿干什么呢？那位乡干部答不出来，还是老板聪明。他说，这些乞丐坐在那儿在等客人散席后，客人吃剩下的饭菜，再由餐馆工作人员给他们分。完全正确，老板再喝一杯。

牛儿再提一个问题，就把老板难住了。牛儿问：南京哪家餐馆没有乞丐呢？老板答不出来。这时，那位"乡干部"的智慧显示出来了。他说，下一次，他们三人再到南京来寻找毛主席吃过饭的餐馆，那儿定会没有乞丐。即使有，也会被赶出三里之外。

87.《当代中国》不宜现在写

有一次，在上海市情报研究所开会，由所长亲自主持，讨论国外微处理器动态出书一事，这是市领导需要的。所长一讲，牛儿已知此事的来历。所谓市领导，即指对口微电子项目的那位刚上任的副市长，他是中科院上海冶金所情报室主任升上去的。牛儿厂的总工程师认识他，牛儿只知其姓名，但不认识其人。牛儿厂的总工程师找过牛儿，叫牛儿收集国外微处器动态，汇编成册，翻译出版一本书。牛儿当时答应。不过，总工程师又补充一句话，叫牛儿弄好书后，给他看看，再去印刷出版。他的言外之意是，他要署名，他要做主审，他要做主编，他要到市长面前去领功。牛儿有个缺陷，不喜欢别人踩在他肩上向上爬。第二天，牛儿就向总工程师报告，这项工作，牛儿干不了。这个总工程师也认识市情报所长，告诉了所长，说是市领导需要。

那天有近10个单位参会，大家发言，所长后来指向牛儿，要牛儿也发言，因为牛儿是微电子行业的。牛儿对所长非常熟悉，他比牛儿晚一届毕业，专业与外语都比牛儿差，但此人懂政治，懂人际关系，懂为领导服务的好处。牛儿发言讲，这个项目蛮难，而且需要煤油炉，需要自行车，如果没有这些东西，是很难搞到纸张的。情报所能搞到这些东西吗？散会后，一位没有发言的参会者来找牛儿同志，问牛儿同志的姓名，是哪个单位，干什么工作。牛儿同志一一告诉了他。牛儿不知其人，不知其人问牛儿同志的目的与意图。

　　过了两三天，那位同志开了一封介绍信，到厂里找到牛儿。在牛儿眼里，这封介绍信是太大了。他是光华出版社。光华出版社是专管全国外文期刊影印工作的。全国所有外文影印期刊都是经他们审查发行的。他来干什么呢？他说，牛儿那天在市情报发言，他感觉，牛儿不仅与他同行，还与他同"志"，而且也同"气"、同"味"、同"相"、同"投"，又同志又气味相投。他愿意与牛儿交朋友，今后他可以供应牛儿所需的所有外文原版期刊。这是牛儿难得的，也是牛儿感兴趣的。于是，牛儿请他一同出厂，到厂附近一家餐馆去喝点小酒。他欣然同意。到了饭馆，他才讲他不会喝酒，他们两位同"志"，只好随便吃点东西，聊聊天。主要是光华出版社那位同志讲，他说，他是安徽大学理论物理专业毕业，他懂四国外语，他是光华出版社编辑，也是共产党人，主要工作是审查原版外文期刊，删掉原版期刊中的黄色内容，取出外文原版期刊中的反动传单，然后送去影印，这就是他的工作。牛儿没有说什么，只感觉，他的工作单位，他的专业，他的外语，他的政治背景，都比牛儿好。他问牛儿住哪儿，牛儿告诉他，原来，牛儿住地与他单位只有几分钟步行路。这下，他们有了经常接触的缘分。

　　第一次相约，他就约牛儿星期天到他办公室去。他算加班，牛儿算休息。他谈他在家里的苦处。他说他妻子是纺织厂女工，对他很好，生活照应非常细致。但他妻子每天都要问他读什么书，写什么文章。他只能说，他在读马列著作，他在写学习心得。但他仍然担心他写的稿件被他妻子看见，想放在牛儿那里。牛儿声明两点：第一，《当代中国》不宜现在写，第二，牛儿那里也不能放，因为牛儿住在集体宿舍。

　　他听了牛儿劝告，牛儿也经常到他那儿去，看看原版期刊，也聊聊天，聊人生，聊社会，聊未来。他曾提出，他们影印过的所有原版期刊，都算没有用了，都送给牛儿单位，供牛儿使用。牛儿当时就说，牛儿单位没有那么大的存放场地，也没有那么多人力去管理。

　　改革开放后，他当了市委办公室主任，升了官，牛儿就没有与他来往了。

NIUERYISHENG
DIANDIJIYI

88. 危险的一天

那一天，牛儿他们在仪表局礼堂开会。开会后就放电影，电影看到中途，突然宣布，电影马上停止放映，仪表局各单位人，立刻回原单位开会。

仪表局发生了什么事？还是中国发生了什么事呢？

牛儿他们在回单位的公共汽车上，看见马路上有女兵在哭涕，牛儿已略知一二了。中国已出了大事。这个大事是祸还是福呢？

回到厂里一会儿，牛儿的老同事，老朋友，那位复旦大学毕业生，那位上海人，马上打电话给牛儿。问：是他到牛儿这里来，还是牛儿到他那里去，今天应当喝点小酒吧。牛儿回话：还是他到牛儿这里来，因为牛儿这里算郊区。厂里开会宣布，伟大领袖毛主席去世了。停止一切娱乐活动，包括放电影，听音乐，结婚办喜事，打扑克，喝酒，吃糖，甚至也不能笑。人们最好像刚生下的婴儿那样，成天都大声哭，以表不适，以表难过，以表伤心，以表悲哀。

下班后，复旦大学那位老同事到牛儿这里来了。两人一同到厂附近一个小镇，一个小饭店，叫两个小菜，喝点小酒，表示小开心，表示小庆祝。店老板讲，店里今天不卖酒。复旦那位老同事讲，他们有天天喝点小酒的习惯。不喝点酒，饭菜也吃不下去。服务员讲，那你们自己到外面去买。牛儿老同事到外面隔壁店去买了一瓶酒，两人不多说话，心里高高兴兴地喝起酒来。没喝几口，几个小青年看见了。也到店里来，他们也要吃饭喝酒。店堂服务员讲，今天是啥日子，今天店里不卖酒。那两位老同志喝的酒是哪儿来的呢？店堂服务员讲，是他们自己到隔壁去买的。几个小青年说，那他们也到隔壁去买。他们叫了菜，也喝起酒来。

牛儿感到太危险了。便叫他同事赶快去结账，再加两个冷盘，把剩菜，剩酒带回宿舍去。在这个地点，在现在这个时间，牛儿的讲话就算"最高指示"了，只能照办，没有讨论"研究研究"的余地。剩菜打包，剩酒瓶放在裤子口袋里，两人回到宿舍。

这儿是集体宿舍，但牛儿有一个单人小房间，只能放一架双层单人床，还能放一张像小学生在课堂上那么小的书桌。两人慢慢吃，慢慢喝，只谈天气，只谈工作，不谈政治，不谈社会，更不提伟大领袖毛主席。

喝酒表示什么呢，表示悲伤，还是表示快乐呢？在文人的眼里，在诗人的眼里，喝酒既可表达悲伤，也可表达快乐。但是在当时，在中国，在当时的中国社会，文人和诗人是没有说话的权力。喝酒，只能被视为是犯罪，是反动，是反革命，是反毛主席。对牛儿他们，这是非常危险的，这真是危险的一天。

其实，牛儿他们并不想"反动"，也不想"反革命"，更不想"反毛主席"，因为他们并不想获得什么权力。牛儿他们只是想"运动"少一些，"斗争"少一些，让人们过上平静的生活，让人们将精力用于工作，用于学习，用于休息。

89. 牛儿准备去打扫厕所

在"文化大革命"中，上海要在金山建立一个石化厂，即今天的上海石化集团。建这个厂需要很多人，包括日文翻译人员在内。

听说，市里向各局下达任务，要各局调送一大批日文翻译人员去。牛儿工作的厂，被推选了两人，一是牛儿，另一个是应用组的一个技术员。

牛儿不是化工专业，日文虽然懂一点，也属自学，档案中又无学日文的记载。牛儿在厂里虽然卖力，但不受领导喜欢。另一位技术员，也不是化工专业，懂一点仪表，日文也是自学一点，工作不那么认真，喜欢自由自在，但他有一个政治背景，他的一位堂兄是造反派，已当上"上海市革命委员会"副主任。

被推选的牛儿和那位技术员，两人本来就很熟悉，也谈得来，两人常在一起讨论被调往石化厂的事。

首先，牛儿与他讨论调送背景。

第一，上海石化厂，需要人是真实的。

第二，牛儿和被选的另一技术员，从对党负责的角度讲，从专业，从日文，两人都是不合格的。但组织部门为何要选调这两人呢？组织部门选调这两人，是否征求过厂里技术长官的意见呢？组织部门选调这两人，只是为了完成上级给的任务，还是想将这两人推出十九厂大门呢？

第三，牛儿和被选的另一个技术员，都认为，组织部门只不过是提拔亲信、排除异己的一种工具，并非真正为党的事业，为单位工作需要，他们总是打着为党为人民的红旗，贯彻服从党分配、服从党安排。

牛儿与那位被选调的技术员，基于上述看法，两人达成共识：互通信息，应对办法一致：拖。静观形势。

组织部门没有因为两人"拖"而找过那位技术员谈话，也许顾虑他的政治背景。组织部门却因为"拖"而几次找过牛儿谈话。牛儿总是讲，专业困难，日语困难，两地分居困难。组织部门说，牛儿可以到石化指挥部人事处去谈谈。牛儿到了石化指挥部人事处，同样讲这些困难。人事处说，听说，牛儿英语蛮好，人事处也需要英语翻译人员。两地分居问题，人事处现在并无规划，等来了以后再说。牛儿去了后，得到一个信息，厂里决心将牛儿调送出去。一个疑惑是，人事处所讲"来了以后再说"，"以后再说"是否存在？牛儿询问另一个被选调的技术员，他说，根本没有"以后再说"，那是骗人的。因为，他们不选调从上海去外地的技术人员和翻译人员，就是怕增加上海户口。他们怎么可能将牛儿家属调到上海呢？

信息得到了，疑惑被解决了，牛儿更加坚信原先商量的办法，拖！

牛儿愿"拖"，也能"拖"，但组织部门不愿拖。他又一次找牛儿谈话，最后以威胁的口气说，牛儿总是要去的！这下，把牛儿激怒了，把牛儿的潜在爆发力调动起来了。牛儿抓住一个灌满开水的热水瓶，向他砸去，他一躲闪，没有被砸上。热水瓶猛烈的爆炸声，惊动了隔壁房间的党委办公室。党委书记马上跑来，连忙问出了什么事？出了什么事？牛儿讲，牛儿以后拒绝与他谈话，牛儿准备打扫厕所去！

牛儿这种暴力行为，惊动了党委，惊动了总工程师室，惊动了技术科，也震动了厂里。有人叫好，有人沉默，却无人公开表示指责或呼吁将牛儿送入派出所。

人，是不能轻易被欺负的。一个人，一旦被欺负，他会产生反抗力，甚而愿为反抗付出任何代价，包括生命在内。正如毛主席所说，哪里有压迫，哪里就有反抗。彭德怀被压，彭德怀有反抗，他还骂毛主席娘。

牛儿后来，开始学习毛泽东思想，开始学习"斗"，与权贵斗，与压人者斗，与欺负弱者斗，体验一下毛主席所言"与人斗其乐无穷"的滋味。

90. 失踪 3 个月，完成《可靠性数学》译著

组织科长被砸后，更是死心塌地要将牛儿调走。他知道牛儿拒绝与他谈后，他不可能再找牛儿谈调动了。他去找行政上管牛儿的技术科长，叫技术科长去向牛儿做思想工作，要响应党的号召，听从党安排，服从组织调动。技术科长冷言回答：组织部门调技术科的人，没有预先向技术科打招呼，技术科不知道，现在叫技术科去做思想工作，恐怕有些难。不过，技术科还是试试看，找牛儿谈一谈。技术科根本没有找牛儿谈过。

过了一段时间，市人事第三次来调令。牛儿知道了，有一天，下班后在浴室间洗澡，碰上了技术厂长，牛儿问他：调令又来了，怎么办呢？他说，还是取决自己愿不愿意去。他给牛儿亮了底牌。

第二天，牛儿找到技术厂长，讲牛儿准备出差去，到川大去，完成没有完成的《可靠性数学》翻译工作。他同意了，牛儿便到财务科去领了出差费，出差介绍信也不开，组织部门就不知道牛儿到哪儿去了。知道牛儿出差的人只有技术厂长和财务科长，连牛儿自己办公室人员也不知道牛儿去了何处。牛儿办公室人去问技术科，牛儿到哪儿去了，技术科讲不知道。去问技术厂长，技术厂长说，牛儿不会逃。厂里不少人认为，"文化大革命"乱，牛儿失踪了。

牛儿到了川大，川大是牛儿母校，吃住都没有问题，牛儿还找了数学系一位老师，有不懂的问题，还可以请教他。

牛儿翻译有一条经验，那就是耐心。翻译一个字，就减少一个字，翻译一句，就减少一句，翻译一章，就减少一章。这样一字、一句、一章地减少下去，两个月时间没有被翻译的字、没有被翻译的句、没有被翻译的章节，全都降为零。《可靠性数学》一书的翻译工作就算完成了。

在翻译过程中，有问题，就向老师讨教，翻译后，又请老师看看。老师看后，给牛儿一个评价；说，牛儿的翻译，比学校数学教师翻译好。这也许只是一句鼓励话，牛儿听了还是很高兴的。

在翻译期间，厂里也曾给牛儿发过几次电报，牛儿一概不回报。到了第三个月，牛儿将译稿拿回家，一是再通读一次，作些修改，二是抄写一次，便于别人阅读。电报发到家里来，牛儿也不回答。

牛儿将译稿抄完后，回到川大，给厂里打了一个电话。牛儿称，最近身体不太好。厂里讲，马上回上海，上海医疗条件好。牛儿回到厂里，都知道牛儿身体不好，连厂医务室也知道了，医务室医生主动找牛儿，马上到医院去检查一下，尽早治疗。

当然，回到厂里的首要任务是报销差旅费。找技术厂长签字，他发现，有蓝墨水、红墨水、蘸水笔之类的办公用品报销单，问牛儿干啥，为谁干。牛儿不知他问这些话的用意，而且他问的东西都不值钱。牛儿没有回答，他仍然签了字。其实，牛儿担心是住宿费与车票时间段不一致。车票来回相隔3个月时间，而住宿费只有2个月时间。因为在家里住了1个月。财务科仍然报销了牛儿出差费用。

差旅费被报销后，牛儿将译稿寄给北京科学出版社。后来，科学出版社有一编辑到上海来找到牛儿，讲，科学出版社决定出版这本书，并讲，在可靠性数学领域里，这是他们出版的第一本书。

在牛儿的翻译著作中，这是一本长期最有价值的书。

中国航天领域，在建立可靠性模型，在进行可靠性计算时，这本书的思路和计算方法是不可缺少的。实际上，这本书的作者正是美国登月阿波罗总设计师写的。

91. "拿摩温" 被选为评委

在毛泽东时代，任何权力、任何职位、任何职称、都是党说了算。像这种被视为比科长或厂长重要的技术职称，把审批权力不放在党委，而放在另外一个独立技术职称评审委员会，这也算是党的一次放权。而且还规定评审委员会的人员要进行选举。中国历来的选举只有举而无选；因为领导提名没有差额，没有选择机会。

可牛儿工作这个厂，评审委员的选举出现了一个怪事。党提名五人，一个主任委员，四个评委，都是厂级和科级干部，基本上都是担任厂里技术工作的。全厂技术人员都参加选举，都是选举人。那一天，牛儿不在厂里，没有参加选举。那一天，选举结果竟然出现了六位被选举人，其中有党提名的五位，有一位是没有被党提名的牛儿，而且牛儿被选票数仅次于主任委员。怎么办呢？选举有效还是无效呢？最后还是算有效，以得票多少为准。结果，技术科长落选了。

这是怎么一回事呢？是偶然，还是有人幕后组织操作呢？从党认可这个选举结果看，似乎认为并非有人组织，而是大家的想法。或许党会认为，假如推翻重选，也许问题更多、更大。党就承认这次选举罢了。这是厂历史上第一次表现出民众的力量大于党，民众有时也会出现不完全听党的话，也会出现不完全服从党指挥。

牛儿一直怀疑，那次选举是不是有人组织，是不是在选举时临时有人在相互串连，由于牛儿当天不在现场，牛儿不知道。

牛儿也怀疑，是不是在选举前一刻，技术厂长、评审委员主任讲过这样的话：大家也可以推举名单以外的人。因为这种可能性是存在的。主任委员实际上是评审委员会的党代表。这是不可选择的，不能动摇的。确保了这一点，就保住了党的领导。

牛儿知道，书记、厂长和技术厂长之间有权力冲突，有权力矛盾。书记与厂长一致，技术厂长比较孤立。技术厂长是否希望牛儿进入评审委员会呢？或许他认为，其他评审委员是听书记和厂长的，而牛儿却有可能听他的。否则，无法解释，名单外的牛儿被选为评审委员，却那么平静，在领导层中却没有产生异议。

其实，评审委员会主任也有技术职称问题。从技术职称本身讲，技术厂长的条件并不过硬，因为他是工人夜大的毕业生，而且一直都未从事过第一线的技术工作。他是否认为，牛儿进了评审委员会，会对他的职称评审有利呢。实际上，权力斗争思想，都是埋藏在内心阴暗角落里，而展现出来的思想都是为党的事业，为人民服务那些闪闪发光的东西。从基层到伟大领袖毛主席，似乎都有如此现象。

牛儿进了评审委员会后，牛儿认为是个好机会。牛儿会对复旦大学技术物理所来那帮人会有所约束,因为他们的学历并不硬,而且有些人还是中专毕业生,他们却掌握几个部门的技术岗位和技术大权。另外,牛儿的一个同学,在车间受他们压制,因为这个同学只干事,不爱说话,是厂里最有名的老实人。牛儿也听到,技术物理所的人,讲牛儿同学这也不行,那也不行。牛儿在评审现场,可以看看他们的表演。因为评审委员中,有两人就是技术物理所的。牛儿同学被保住了,牛儿还抓出了技术物理所来的一位科长,将他排除在工程师之外。

92. 教育科长恨牛儿

牛儿从来不到教育科去。有一次,一位教育科的老师,叫牛儿到他那儿去坐一坐,聊聊天,去吹牛。这位老师是南京工学院电真空系毕业,他曾在生产车间当技术员。牛儿曾经下车间劳动,就在他那个生产线,就在他那个小组。牛儿像工人一样,翻早班、日班和中班。牛儿被安排在与他同班。两人经常在一起,经常碰头。两人也讨论一些技术问题,因为他是学电子管的,牛儿是学半导体物理的。

牛儿被上级任命为十九厂外文考官,负责出题,负责阅卷,负责打分。同时,牛儿又是工程师职称评审委员会评委。在评工程师上,牛儿的实权不小。

牛儿知道,厂里技术人员的处境与困难,在"文化大革命"中,他们根本没有接触过外文,即使在大学里学过那么一点,长期不用,也被忘记了。如果外文考试不及格,仅这一项,就把他们排除在工程师之外了。这不仅会影响他们的工资提升,也会影响他们的荣誉。拟外文考试题目要十分谨慎。牛儿不能一人做主。于是牛儿向党委书记汇报,需要讨论出题范围和标准。书记同意牛儿意见,于是牛儿请了党委书记,请了一位老工程师,也请了复旦技术物理来的一位本科毕业技术员开会讨论。

牛儿在会上先讲厂里技术人员的外语现状和社会背景,也要考虑如何发挥技术人员今后的积极性。牛儿提出,考虑内容分三个档次,最低确保 60 分及格,中档在 60 分—80 分,外语好的人,可以获得 80 分以上成绩。牛儿这个提法,党委书记和老工程师都同意。只是复旦技术物理所来的那位老兄,问,保证每个人都 60 分，是否妥当呢？牛儿反问他，他能确保几十分呢？在外语考试上，他不敢与牛儿较量。何况党委书记和老工程师都同意这个方案。

考试内容和标准就这样定下来了。教育科长心里没数，来找牛儿。问是不是可以给他一点复习资料和复习题目。牛儿半开玩笑半认真地问他：你能不能保证不向上级密告，也不把牛儿从评审位置拉下马？

牛儿出好题，印好卷，密封好，送到干部科，干部科再编好代号，考试时再按代号发给大家。参考人员，除牛儿之外，所有要提升工程师的技术人员都要参加，包括技术厂长和计划科长在内。牛儿和干部科长为监考人。考场内，监考人实际上只有干部科科长，牛儿则在考场外抽香烟，实际上，牛儿也不想监考。

考试后，由情报室翻译人员阅卷。牛儿并不阅卷。牛儿只是要求，60 以下的卷子牛儿要重新审阅与签字。结果没有人不及格，但有一张卷子很奇怪，最简单的题目不会做，却会做比较难的题目。这其中必有问题。牛儿将这张卷子抽出来，估计是那位仁兄的。

在评审会上，牛儿拿出这张卷子，讲明情况，干部科长马上将卷子对号，正是那位教育科长的，而且干部科长还把他旁边坐的那个人的卷子也抽出来，两人错别字都一样。给教育科长答案的人，也是技术物理所来的。无疑，他们两人是预先商量好的，要作弊。于是，会议决定马上找他们两人谈。干部科长找教育科长谈，技术厂长主任委员找另一人谈。干部科长很有手腕，只问教育科长有无作弊，并不告诉底牌，教育科长坚决否认，他作为一个教育科长，决不会作弊。这就为他提供了不老实、罪加一等的机会。主任找的那位作弊人，主任向他摊了底牌，并承诺，如他承认了，不会影响他升工程师的机会。

当继续开会时，上级参会的领导干部表态：这种作弊的人，绝不能提升工程师。这就是最高"法院"的判决，教育科长已没有上诉的机会。

教育科长一直恨牛儿，没能提工程师，没能升工资，而且还身败名裂。他认为，是牛儿将问题推上台面的。

93. 牛儿为儿子搞了个袋袋户口

在毛泽东执政时代，干部的工作是由党和政府进行分配的。干部有三类，一类为革命干部，二类为农村干部，三类为知识分子。革命干部一般都有功，一般都是领导，党和政府一般都不会让他们夫妻分居两地，而是夫妻团聚。农民干部一般都在当地工作，不存在夫妻分居。农民在当地农村劳动，工人在当地工厂生产，一般都不存在夫妻分居。这样，革命干部、农村干部和工农，家庭都被稳定下来，从而政权也就被巩固了。巩固政权，知识分子没有什么作用，而且知识分子是要被改造思想的。改造知识分子，让其分居两地，则是一个有力的工具。

知识分子的工作，都由党和政府分配与安排，夫妻两地分居，主要表现在这批人身上。两地分居这个制度工具，主要也是用在这些人身上。靠近领导的知识分子，听领导话的知识分子，拍领导马屁的知识分子，领导一般都会想法解决他们的夫妻分居问题。不太靠近领导的知识分子，不太听领导话的知识分子，不会拍领导马屁的知识分子，像牛儿那种人，哪怕他多年都是早班、日班、中班连着上，领导也要他过牛郎织女生活。牛郎织女生活也罢，总还有个探亲假。但最大的限制是不让其子女在身边，不让其子女有机会受到良好照应和教育。

牛儿妻子不能调到上海，从而两个女儿也不能到上海读书。这个问题，牛儿也有责任，因为，他当时认为，"文化大革命"那个样子，中国是没有希望了。一个没有希望的国家，读书与不读书，有什么区别呢？因此，牛儿对两个女儿的读书问题，就不重视，也不想办法。

1976年，"四人帮"被打倒，中国似乎又出现新希望。牛儿不能再犯错误了，不能再不承担子女的教育。牛儿下决心，不管上海同意不同意，先把小儿子的户口迁出来，放在口袋里，这就是袋袋户口。袋袋户口，实际上就是没有中国户口。中国没有户口，小孩就没有中国粮食供应。小孩没有粮食供应，牛儿的粮食供应必须父子两人吃，而且还要保障小孩发育所需营养。这就是牛儿最大压力和最大危机。

牛儿为了转移部分压力，将儿子的袋袋户口放在厂里的干部科，看领导会不会想些办法。牛儿对领导并不寄予希望，把袋袋户口放在领导那儿，只是让他们知道，牛儿的儿子是袋袋户口。领导当然知道，袋袋户口会对牛儿造成多大困境。

牛儿翻译过《可靠性数学》，书中讲，要提高一个系统的可靠性，必须要设置预备系统。牛儿的预备系统有两个，一是让小孩努力学习，争取能上中国科大少年班。第二预备系统是，牛儿离开上海，到一个较小城市去工作，牛儿儿子的户口就解决了。

NIUERYISHENG
DIANDIJIYI

第 8 章

出口气也痛快

94. 厦门特区来调令

牛儿为了提高解决儿子袋袋户口的可靠性，牛儿真的启动了第二个备用系统——离开上海。机会来了。

福建省到上海来招聘技术人员。牛儿与他的二位同事一起去应聘。一个是厦门大学化学系毕业，一个是中国科大物理系毕业，牛儿则为川大半导体物理专业毕业。

牛儿去的那一天，是福建省人事厅一位副厅长接待。牛儿带上书面情况介绍和要求，他看了后，马上讲出承诺、困难和建议。

他承诺，牛儿可以去，去时可以解决夫妻和子女团聚，一共可以解决四个户口。解决牛儿和其妻子的户口，解决小儿子户口，还可以解决两个女儿中没有结婚的一个女儿户口。房子也可以分一套。而且可以先去看看，工作满意，房子满意，再去。他又讲，现在的困难是，牛儿要到厦门去，厦门一时难以安排。他建议，牛儿先到福州去，福州需要牛儿这种人才，好安排。如果一定想到厦门，只能等一段时间再说。

过了一段时间，厦门特区突然来调令了。厦门特区也给小女儿单位发去了调令。牛儿的要求，全部被满足了。为什么厦门特区突然发出调令呢？因为邓小平南巡到过厦门，要求厦门特区扩大，要加快特区建设。加快特区建设，则需要大量各方面人才，牛儿也是所需人员之一。并且特别承诺，也会对小女儿安排一份较好而又适合她的工作。因为小女儿未结婚，又是学护理医院病人的。

福建人事厅领导和厦门调令，在牛儿心中产生了深深影响。他们把牛儿当作人看待，而上海却把牛儿当作工具在使用。人，需要关爱。工具，也需要维护。上海，连维护工具的事也不干。上海，不是牛儿这种人呆的地方。上海，人要圆滑；上海，人与人之间要会做交易；上海，只适合政客和商人待。

牛儿在上海工作虽有40多年，牛儿在上海工作虽属尽心尽力，早班、日班、中班连着上，没有多拿奖金，也没有领过一分钱中班费，牛儿也无怨言，因为这是牛儿情愿。牛儿也尽全力为技术人员服务，牛儿也为提高厂的影响力而做了不少工作。但是，牛儿得到什么呢？牛儿在领导那儿什么也没得到，牛儿只是得到了技术人员的支持，牛儿只是得到同事和职工的关心。在中国，得到这些人的支持和关心是没有什么用场的，因为权力不在他们手里，权力在领导那儿。没有权力，能办什么事呢？比如，牛儿儿子的袋袋户口，技术人员再支持，同事和职工再关心，也无济于事。在中国，人的前途，人的命运，人的生死大权都掌握在领导手里。

95. 人事处说：组织上去办，你自己不要去跑了

牛儿已下定决心离开上海，牛儿的全部档案已到厦门。牛儿在上海只有离开前的工资关系。上海对牛儿已失去控制。牛儿已不干事了。

牛儿无事可干，还能干什么呢？牛儿想起一件事，把香气带走，把臭气留在上海。牛儿开始向外界写信，向上海文汇报写，向北京光明日报写，向胡耀邦写，申诉牛儿的困难和处境，虽然牛儿努力工作，牛儿却得不到公平的对待，这是为什么？

写给文汇报的信，只是希望他们转交给市委。写给胡耀邦的信，是通过中科院一位熟人转给他同事邓楠，再请邓楠转给胡耀邦。牛儿的这种行为，非常类似于农民，当政府拆了他房子时，他们没有办法，只能上访，也类似于农民工，当老板拖欠了他们工资时，他们也没有办法，只有上访。牛儿只是用写信代替上访。上访是需要时间和金钱的。牛儿在厂里公开讲，牛儿上访不花钱，信封、信纸用公家的，邮票也用公家的。只是时间用自己的。牛儿准备向中国所有报纸写完信为止，这就是牛儿上访的目标。

不到一个月时间，奇怪的事情出现了。

突然有一天，仪表局人事处找牛儿谈话。牛儿去了，他们开门见山说，牛儿儿子的户口，组织上去办，叫牛儿自己不要去跑了。这话是什么意思，这话是从哪儿来的，牛儿不得而知。牛儿心想，牛儿没有去跑，即使牛儿去跑，也

毫无用处。他们又讲，局人事处有一个女同志，是从上海市公安局户籍处调来这儿，她熟悉工作程序，由她去办这件事。并问牛儿愿不愿意报儿子户口。牛儿不知如何回答，只讲回去征求一下家属意见。

牛儿回去，想了一下，从牛儿自身讲，他已不愿留在上海，从小孩读书角度看，上海更好。为了孩子，牛儿最好还是留在上海。牛儿决定后，用电话告诉局人事处，尽管这并不礼貌，牛儿却并不在乎仪表局人事处怎么想。因为牛儿已有退路。

牛儿又想，是什么力量，是什么人，推动局人事处主动提出以组织名义去办？牛儿思来想去却找不到具体答案。牛儿只能从客观上寻找答案。牛儿认为，中国的干部不怕下级，更不担心老百姓，他们只听上级，只怕上级。因为他们的前途，他们的利益，他们的权力，他们的命运，是由他们的上级掌控的，是由他们上级决定的。他们的下级，他们的老百姓，对他们是没有影响力的。这也是中国社会许多悲剧发生的重要原因之一。

局人事处决定解决牛儿儿子户口之后，告诉了厂里。厂里决定由牛儿的支部书记亲自去跑派出所。市公安局则由局人事处去跑，两头都在跑。他们是真跑，还是假跑，牛儿不知道。真也罢，假也好，牛儿都不在乎。真跑，牛儿并无感激之情，假跑，牛儿也不气愤。牛儿看透了他们，心里平静。再者，牛儿也有退路，也有备案。牛儿再次体会到，要提高办事可靠性，必须要有备用方案。

96. 上海户籍警算清廉

支部书记告诉牛儿，派出所，他已跑过几次了，叫牛儿也去问一问。其实，派出所距牛儿住地很近，只有几十米路。后来，他们还搬到牛儿住地的窗门旁边。

牛儿去找到主管户籍警，他对居民很客气，没有民求官的那种架子。他说，牛儿的支部书记已经来过了，他准备把牛儿妻子和儿子的户口一起解决，让牛儿在上海有一个家。这话听起来会打动牛儿的心；但是，牛儿对领导和官员已患有疑心病：嘴上这么讲，他们心里究竟是怎么想的呢？他是不是在给牛儿制造困难？上海，报一个户口已经很难，同时报两个户口，这不是更难了吗？不过，他也讲了措施，他说，先用他们派出所名额，如果派出所名额不够，叫牛儿再到仪表局去争取一个名额。这样一讲，牛儿感觉，他讲的话有几分真意，不像政客那样，讲些好听的，而行为都是阴险的。不像是先提意见，再划右派。

过了一个礼拜，牛儿又去问那位户籍警，他讲，上级已经批下来了，牛儿可以马上报户口。于是，牛儿当场将他儿子的袋袋户口报了，他妻子的户口还未迁来，暂时等一下。牛儿妻子户口被迁来后，又立即报了户口。牛儿便到粮食局去解决他们母子二人的粮食供应问题。粮食局从牛儿妻子迁移证上发现，牛儿妻子不是城镇户口，而是农村户口。粮食局又问，这是怎么一回事，派出所怎么能报户口呢？牛儿讲，中国的政策很多，各地都有各地的政策，而且农村还有土皇帝。至于牛儿妻子的户口，已经在派出所报了。并将户口本交给他们看。他们的疑惑是，牛儿儿子有粮食转移证明，属城镇户口，牛儿妻子却没有粮食转移证明，属农村户口，这是怎么一回事呢？牛儿妻子户口怎么能迁到上海来呢？这时，牛儿耍了一下政客手腕，不说真话，装糊涂。只讲，妻子户口已经报了，也许因为牛儿是工程师，仪表局要解决妻子不团聚问题。而且牛儿又亮出妻子的退休证。只是城镇有工作的人，才有退休证。从退休证讲，牛儿妻子应是城镇户口。迁移证是农村户口，退休证是城镇户口，派出所又已经报了上海户口。这个事情怎么办呢？人总要吃饭。他们稍作商量，决定先到粮食局去办"农转非"，即将农村户口，转成非农村户口。再办粮食供应关系。一个星期内，粮食局办好农转非之后，整个迁移户口工作就大功告成了。

牛儿感谢户籍警，因为他在说真话，他在尽力为居民办事。怎么感谢呢？牛儿不怎么了解他，不知道他喜欢什么，好在派出所临时搬到牛儿住房窗旁边，随时可以看到他们进进出出。一天晚上，等他值班时，牛儿给他送去一瓶茅台酒。千说万说，他都不收。他说，他不喝酒，也不抽烟。又说，他理解居民的困难，居民的事，只要在政策范围内，他都是能办就办。牛儿把办户口的事，讲给集体宿舍同事听，同事便托牛儿去帮她办一个知青回城的户口。牛儿去找到那位户籍警，他看了资料，说，符合条件。这个户口也可以办。

这时，牛儿被感动了。首先，牛儿认为，他在说真话，他在为居民办实事，他是一个非常清廉的户籍警。居民碰到这样的户籍警，是居民的福气。从此之后，这种人就渐渐失踪了，到了今天，这种人几乎绝迹。

如果不找机会感谢他，至少要请他吃顿饭吧，牛儿心里，就有欠情感，就感到欠了他一笔账。好人总该有好报。人，不能人一走茶就凉；事好办，啥都忘。牛儿好几次都是户籍警在值夜班时，去陪他聊聊天，拉家常。牛儿知道了他爱人在南市区城隍庙一个服装厅工作，牛儿叫大女儿到那儿去看看，有没有一个服装厅，服装厅有没有一个女服务员。女儿去看了，确实有个服装厅，服装厅里确实有个女服务员。

又一次，牛儿又在他值班时，去陪他聊天。牛儿提出，牛儿女儿在四川南部县供销社工作，他们单位需要采购服装，是否可以抽空一起去看看，有什么服装可以采购。

户籍警与牛儿和牛儿女儿三人一起，抽了一个星期天，到城隍庙那个服装厅去看。在服装厅看了看，聊了聊，快到吃中饭的时间了。牛儿提出，四人一起到城隍庙一家中餐馆去吃饭。户籍警爱人反对，她说，那家餐馆太贵，一点不实惠，花那么多钱没意思。她建议，到一家西餐馆去，那儿很实惠。大家到了那家西餐馆，牛儿女儿讲，她出差，她点菜，她买单，她报销。其实真正买单人是牛儿，牛儿只不过是从"曲线救国"思想发展出"曲线感谢"。

牛儿动了这么多脑子，最后用"曲线"方式才做到请户籍警吃了一顿饭，这不能不说，上海户籍警是清廉的。

97. 与厂长斗，厂长走人

牛儿是一个谋生型的人。牛儿知道，要谋生，必须要干事。牛儿不追求权力，因而不参与厂里人与人之间的权力斗争。但牛儿也有一个缺点，当他看到一个人被欺负、被压迫时，他很容易沾染同情心，同情心是一种情感性东西，而非理智行为。情感只是一种冲动，理智才会考虑行动的利与害。

厂里有一位厦门大学化学系毕业的技术人员，被他的车间主任欺负得太过头了。一次，厂里调整集体宿舍，住在牛儿楼上的女生很少，却占用了一个很大的房间。叫女生搬到别处去住，叫厦门大学那位技术员搬进来，以后可以住更多男生。女生搬走后，把钥匙交给了车间。厦门大学那位技术员没有得到钥匙，不能进房间。宿舍中一位中国科大毕业的技术员，思维敏捷，能说会道，厂里有"狗头军师"之称。他建议，他自己、牛儿，还有中山大学一位技术员，连同被关在门外的那位厦门大学技术员，四人都不睡觉，烧了两个煤球火炉，度过这一夜，明天一早就到厂门口写一张大字报。到了凌晨四点钟左右，由中山大学毕业那位广东技术员，去将住在附近的一个福建人支部书记叫醒，叫他到宿舍来看看。中国科大那位技术人员量了一下室外气温，竟然低到零下7度，这是牛儿在上海工作遇到的最冷的一天。书记来看了，笑嘻嘻与大家一起烤火，答应明天向党委汇报，一定解决。

第二天一早，厂大门口地上贴了一张大字报：零下7度集体宿舍一位技术员被关在室外！轰动全厂。

科大那位军师认为，问题的核心不在车间主任，虽然车间主任很坏。核心是车间主任的后台，是厂长，他们都是参加过朝鲜战争的军人，是战友，军人喜欢用军人，厂里是军人控制权力，技术人员被歧视，被欺压。办法只有推翻军人政权，换厂长，那位军人车间主任失去后台，他才不会耀武扬威，欺压技术人员。军师进一步建议，由牛儿牵头，组织厂里技术人员签名，要求集体调离十九厂。

牛儿真的组织厂里技术人员签字。牛儿写好报告，第一个签名。报告内容为：各自都有自己的困难，要求集体调离十九厂。牛儿除了未找复旦技术物理所的三四个技术人员之外，其余各关键工序的十几个技术人员都签了名，只有一个广东籍支部书记未签，但他愿以个人名义打报告调离十九厂。他认为，他作为支部书记，参与集体签名，可能有违党纪。

牛儿将集体调离报告送到干部科，热闹戏就开始了。

以军师为首的这帮技术人员，都学透了毛泽东思想，都知道制造舆论的重要。他们在部里、在市里、在局里的各种技术会议上，大力宣传十九厂技术人员要求集体调离十九厂。

市里知道了，市人事局派了一个工作组到十九厂，调查情况。他们找每一个签名的人谈话，也找过几个没有签名的复旦技术物理所来的技术人员。

市人事局的最后结论是，以厂长学历不够而被调离十九厂。这再次证明毛泽东思想的一贯正确：哪儿有压迫，哪儿就有反抗。毛主席发动的"文化大革命"

也是以反抗而告终。

厂里这次"政变"，牛儿不是设计师，却是冲在第一线的人。对牛儿的好处是，厂里的领导，以后也许再也不会明目张胆欺压牛儿。坏处是，领导会用他们的工具，让牛儿付出代价。牛儿已陷入厂里权力斗争的旋涡。

98. 与总工程师斗，总工也走人

牛儿这个人太愚蠢了，他不懂得如何进步，所以他一生只能当个"拿摩温"，当一个工头。牛儿不懂得一个道理：假如牛儿让领导踩在自己肩上向上爬，牛儿也会随着领导的上升而得到升高。牛儿采取了相反的做法，当领导踩在他肩上时，他就坐在地上，不让领导升高，他自己也就随着下降了。

牛儿用这种愚蠢办法对付他的上司总工程师。因而出现下面的戏剧。

有一年，厂里实行体制改革。从原来的任命制改为聘任制。任命制与聘任制，对职工而言，没有什么区别。对党政干部而言，似乎有点细微差异。任命制，全部权力集中在党的手里，而聘任制，有一部分权力会分到行政那儿。书记聘任党的干部，厂长聘任行政干部，总工程聘任技术干部。

牛儿属于技术干部，由总工程师聘任。牛儿仍然被聘任为"拿摩温"，即工头，即负责人。但是，牛儿的聘任书被总工程师压在他办公桌的玻璃板下面，未发给牛儿。总师室人告诉牛儿聘任书被压在那儿，牛儿马上要求总师室人，不要提醒总工程师，让他压在那儿。牛儿推测总工程师的心态，聘吧，似乎他并不情愿，不聘吧，好像也有问题。

牛儿在那儿等待聘任期结束那一天到来。厂里宣布聘任工作已经结束时，牛儿第二天就不上班了。只在宿舍里带小孩。只是发工资那一天去厂里领工资，奖金则由小组同事送到牛儿手里。开始时期，只有小组知道牛儿没有上班，时间一长，厂里很多人都知道牛儿没有上班了，有的人知道原因，大多数人不知道原因。

每当到领工资的那一天，牛儿就去领工资，牛儿一领工资时，复旦大学毕业的一位同事，基建科长，见了牛儿就开玩笑，说，今天领工资，牛儿又来了。

牛儿不上班的事，时间长了，影响大了，这个问题被提到厂职工代表大会上去了。新任厂长知道了，找牛儿谈了半天，询问情况。牛儿告诉新厂长，牛儿没有得到聘书，牛儿没有资格上班。工资与奖金，劳动工资科在发，牛儿也在领。新厂长问有这种事吗？牛儿说，可以去问总工程师。新厂长要求牛儿上班，牛儿就上班了。

牛儿上班后，在技术科公开讲，总工程师在厂里，牛儿即使扫地也要留在厂里。总工程师离开厂，牛儿也离开厂。牛儿是总工程师的第一个麻烦。总工程师的第二个麻烦是，他要新聘任一个正职技术科长，这个人又是厦门大学毕业生，不过他是学半导体物理的，属专业对口。总工程师找他谈，他不愿意去，总工程师又承诺，让他到日本去考察一次，他竟然回答：他没有兴趣。他没有给总工程师留一点面子。

总工程师直接对口管的三个部门，一是技术科，二是标准化，三是技术情报室，他都只有权，而无威。他的权力已经失去效力。现在，总工程师与昔日的牛儿一样，无事可干。差别只是，他有权、他在位，他在厂里，而牛儿却是无权、无位、在家里。他的日子或许比牛儿更难过，因为一个喜欢权力的人，当他权力失效时，比他失去老婆更难受。老婆可以换一个，当权力失去后，权力会不会再来，那就很难说了。

后来，他离开了十九厂，他走人了。

99. 党委书记叫入党，牛儿讲条件还不够

总工程师离开厂后，技术部门的党支部书记找牛儿谈心、谈话。谈话的主题是叫牛儿入党，党委也有这个意思。这种突如其来的机会，牛儿该怎么应对呢？实际上，这个机会对牛儿而言是一种困惑。

牛儿一生，作为一个出身不好的人，常常被歧视，牛儿总是低着头做人，牛儿只是拼命工作，不计报酬，希望他的工作不要比别人差。政治上比别人差是无法选择的，如果工作上比别人差，那就应当怪他自己了。

第8章　出口气也痛快

　　牛儿感到满足的是，工作上不比别人差，在与厂内技术人员的关系上，在厂内人与人的关系上，牛儿也做得不错。在器件公司、在仪表局、在上海市、在四机部，在同行业的眼里，在翻译出版方面，在创办期刊杂志方面，牛儿也做了许多有影响力的工作。这些都是牛儿所求，这些都是牛儿一生付出所得到的回报。

　　假如牛儿入党，牛儿还能得到什么？牛儿会失去什么呢？

　　假如牛儿入党，牛儿可能从"拿摩温"进步到主任。"拿摩温"与主任有什么区别呢？可能主任比拿摩温晋升半级，升半级有什么差别呢？牛儿拿摩温，在实际权力，在活动范围，牛儿权力已经不小了，已经可以自己作主，活动空间也够大了，只是不能向国外跑。

　　假如牛儿入党，牛儿会失去什么？牛儿会失去与群众的零距离，牛儿会失去很多自由。

100. 退休时一无所有

　　牛儿到厂里来上班时，牛儿有妻子和一个女儿，牛儿自身什么也没有，连一张洗脸帕也没有。除了家里有三口人之外，牛儿是一个纯正的无产者。

　　牛儿在厂里打工，从进厂到退休的这33年里，牛儿的变化是，牛儿家增加了一个女儿和儿子。牛儿妻子和两个女儿，都是牛儿妻子在供养。农村生活低，牛儿妻子可以供养两个小孩。牛儿一个刚满4岁的小儿子随牛儿来到上海，则由牛儿供养。另外，到牛儿退休前，厂里还为牛儿解决了两个人的户口，牛儿妻子和小儿子的户口被迁移到上海。他们从小城镇人变成上海人。牛儿在上海家就有三口人了。但牛儿妻子和儿子都没有工作。一个人到外地打工，移民到外地，能不能站住脚，有两个条件，一是看他有没有固定住处，有没有房子。二是看他有没有稳定收入。厂里在上海南昌路给了牛儿14平方米石库门危险房住。没有产权，只能居住，租金很低，算是廉租房。因此，牛儿只算"人有所居"而不算"人有所屋"。

　　牛儿家的稳定收入是牛儿的退休工资。虽然退休工资很低，但还能养活牛儿一个人。但牛儿妻子和儿子的生活就有困难了。

因此，牛儿从一个无产者进工厂，到退休时离开工厂，牛儿仍然是一个无产者。

牛儿从进厂到离厂退休，从有形资产讲，没有变化，都是无产者。但牛儿的无形资产还是增加了，牛儿后来就靠这种无形资产来谋生。

NIUERYISHENG
DIANDIJIYI

第 9 章

退休后仍处困境

101. 考上"上海专利局"翻译员

牛儿在退休前，家里实际上已有八口人。八口人都挤在 14 平方米石库门危险房屋里，厨房和卫生间都是公用的。到了夏天，牛儿、儿子和女婿三个男人，基本上都要到靠近复兴公园的马路上去睡。

大女儿为了她孩子，辞去工作，她与大外孙女一起到上海，让大外孙女在上海淮海中路小学读书。二女儿、二女婿也把小外孙女带到上海来读幼儿园。二女儿、二女婿他们夫妻俩都有工作单位，他们的生活问题，无需牛儿管。大女儿辞去工作，她与大外孙女母女二人，没有收入，牛儿则不得不管她们的生活。这样，牛儿的退休工资就要负担五个人的生活：牛儿妻子、儿子、大女儿、大外孙女和牛儿自己。

一个人的退休工资，怎么能养活五个人呢？居委会曾叫牛儿妻子去淮海路打个红旗，维护交通秩序，大女儿也曾想到雁荡路一个小面馆去当洗碗工，以维持她们母女的生活。

但是，在牛儿心里，怎么能接受呢？一个高级工程师，一个懂几种外语的翻译者，一个《上海半导体》杂志的创办人，一个出版过几百万字译著的外语翻译，一个升工程师的外文考官，一个技术职称评审委员会委员，一个丈夫，一个父亲，一个大男人，不能养家糊口，有什么脸面？牛儿拒绝她们去干那种被上海人看不起的工作。假如能干义工还可以，但牛儿家哪有条件去干义工活呢？

牛儿有高工职称，牛儿有外语工具，实际上，这就是牛儿这个无产者的无形资产，牛儿利用这种无形资产去找工作，不会被上海人看不起，收入也会高得多。

天无绝人之路，这句话又显灵了。上海市专利局，招聘英语、日语专利翻译，实行计件制工资，翻译工作可以拿回家里做。这种工作非常适合牛儿，非常适合退休人员。牛儿去应聘，应考者都为退休人员。其实，专利翻译，牛儿非常熟悉，它像政治文件一样，每份专利都有标准格式，千篇一律，没有变化。这种翻译工作，对计件制工资是非常有利的。所谓计件制，就是以一千个字作为稿费计算单位，不到一千字，按四舍五入计算。

牛儿去应聘，自然会考取。牛儿还没有运用这里的人际关系。局长是复旦大学毕业生，比牛儿晚一届毕业，他刚到专利局时，已与牛儿混得很熟，因为牛儿常常要去查找专利，复制专利文件。

牛儿自信，无需找他通关系，牛儿也会考及格，也会被聘用。

牛儿被录取后，去问了一下他们付费标准。他们付费标准属中等。牛儿按那个标准以每天工作6小时、每周工作5天算，牛儿一个月可以收入5000元以上。当时这个收入要高出牛儿妻子、牛儿女儿打工工资的十倍以上。

牛儿也考虑工作地点，家里不行，只能到距牛儿家很近的一个街道图书室去。那里工作条件很安静，很好。

但是，牛儿仔细一想，牛儿去打工，虽然可以解决家里暂时困难，但是，当牛儿老了不行时，老婆、孩子又怎么办呢？

还有其他办法没有呢？牛儿有高级职称、又有外语工具，这种人，在当时是很吃香的。假如有其他办法，则应作为首选，专利翻译则可作为备用方案。如果实在没有办法，再考虑去当专利翻译。办法终于找到了。

102. 和儿女们一起打工去

牛儿发现，"上海万事能公司"在招聘技术人员，牛儿到一个办公大楼，到了上海万事能公司办公室去应聘。那个办公室只有总经理，由他亲自接待。他介绍了他自己情况和公司情况，牛儿再介绍自己情况和要求，他马上答应了牛儿的要求。

牛儿去了，专门成立一个部，牛儿当部门经理，女儿和儿子也去那个部门，在牛儿手下工作。工作内容主要是对外攻关和联系，并尽力去挖仪表局的技术人才。

另外还有一个技术部，专搞静电产品，由一位工程师负责，手下有他弟弟，另一位是工程师的女同事。

两个部已有 6 个职工了。

牛儿因有高级职称，常与老总一起跑外面。有一次，牛儿与老总一起跑到上海县七重村。那个村是上海第一富村。村长是个复员军人。万事能公司带着高工去，村长亲自接待，并在他村里的一个宾馆吃饭。宾馆非常豪华，专门用于接待首长、客户和技术人员。

他介绍，这个村怎么起家，怎么接待国家主席杨尚昆，怎么从国家主席杨尚昆那儿争取到一个上亿金额的电缆项目，怎么带 10 万现金去北京落实项目。这么大的项目，当时上海市都无权批准。他怎么拒绝与当时上海市市长朱镕基握手，怎么陪银行喝酒弄到贷款。实际上他是在向来访者宣传他们村的成功与前景，争取更多技术人员去。

牛儿在上海万事能公司当部门经理，有两个收获，一是牛儿与子女一起三人工作，其收入足以维持家里生活。

另一个收获是，牛儿看到了市场经济这个海洋是什么样子。市场经济的特点是，胆大，骑龙骑虎；胆小，骑"抱鸡母"——孵卵期不下蛋的母鸡。市场经济这个海洋里，有真刀实枪的实干者，比如七重村村长；也有虚晃一枪的皮包公司，比如"万事能"公司总经理。他们都是中国吃"市场经济螃蟹"的第一批人。他们是有勇气、有胆量，敢闯敢干的冒险家，他们也是中国市场经济的开拓者。

牛儿在此启发下，也开办了一家皮包公司，叫"上海布朗电子公司"。而且"布朗"这个名称，还有洋色彩，似乎高于中国"万事能"。牛儿取这个名称，源于水中分子的"布朗运动"。水中分子是乱撞乱碰，非常符合中国市场经济的初期特征。

牛儿这个公司，最初领的增值税票，竟是"万元"以上的金额。如果虚开或卖增值税票，牛儿都能挣许多钱。牛儿没有那么干，牛儿只是小打小捞，帮客户提取现金，收取 5% 手续费。没有开出增值税票，也无需交税。提取现金都是仪表局的老熟人，彼此信任。牛儿收取 5% 手续费，也能维持家里生活。

现在，牛儿已跳入市场经济海洋，已依靠市场经济维持家人生计。

103. 最后当了药品销售员

牛儿当药品销售员，纯属偶然。

牛儿当药品销售员，是一种冒险，也是一种机会。

牛儿一位同班同学，省科委副主任，一个集团公司的董事长，他属下有一个制药厂。有一次，他打电话给牛儿，叫牛儿帮他办一个药品进上海市场的"准销证"。因为他们厂来过一人，跑了一个月，也没有办下来。

牛儿告诉他，假如是仪表局的事，困难不大，药品行业，牛儿没有一个熟人。他一句话，把牛儿击痛了。他说，牛儿在上海工作几十年，总能找到一个熟人吧。这句话，将其翻译成直述语，就是说：你牛儿在上海工作几十年，难道狗也没有维过一条吗？你牛儿在上海是怎么做人的呢？这种人，实际上就是"饱汉不知饿汉饥"。一个副厅长级干部，有权力，有人际，而牛儿是一个普通技术人员，不是上海本地人，是一个外来打工者，没有权力，买张火车票，找个旅馆，也得自己去跑。

牛儿被击后，答应试试看，但不能保证。

10 天后，牛儿办好准销证，只花了有发票的药品检验费，没有花过攻关钱。他也许认为，牛儿还可以。于是，他这个集团公司董事长带着药品公司总经理来上海，叫牛儿当上海市场药品销售员。牛儿是工厂出来的人，本能地问，这个药品效果如何，好不好卖。他们吹了很多，讲这个药品有多少特点，有多么强的竞争力。牛儿问：牛儿女儿有便秘，可不可以拿点来试一试。他们讲，当然可以。事情便有了一个初步结论。董事长召集上海近 10 个同班同学吃了一顿饭，当然是董事长埋单。

寄来的药品，被牛儿女儿吃了几次，感觉有效果。牛儿打电话告诉董事长，药品有疗效。董事长和总经理又飞上海，似乎是要落实上海市场销售事。

董事长到了上海，把牛儿叫去，当着总经理和牛儿的面，讲了销售政策，并下了几点指示。第一，牛儿在药品公司当上海市场销售员，第二，要求牛儿做好如下工作：组织一个销售队伍，解决销售主渠道，做好专家工作，想尽一切办法申请公费。

工作被定下来，牛儿的风险出现了。市场启动要钱，牛儿没有钱。只有冒险了。牛儿向私人那儿借了 20 万现金，年利息 20%。即只给牛儿 16 万现金，借条上写明一年到期还 20 万元。借条只写 20 万，并无利息条款。

董事长的指示中，最难实现的是申请公费。这是药品行业所有销售员的共识。牛儿幸运，碰到卫生局一个同志，牛儿与他聊天，他聊他碰到一个困难。他这个困难，正好牛儿能想法帮他解决。他的困难，牛儿真的帮他解决了。当牛儿与他再次一起聊天时，同志以变成朋友，牛儿也谈了自己的困难。他也帮牛儿出了点子。牛儿就按他的指点去做。

7 个月之后，公费被批准了。奇迹出现了。奇迹之一，时间短；奇迹之二，没有花钱。

牛儿的奇迹有惊奇，有赞扬，有骂声，有暗算，也有后悔。

惊奇是上海市医药公司，他们认为，牛儿不花钱能将公费申请下来，单靠卫生局是不可能的，一定有主管副市长打招呼才行。他们冤枉了副市长，也冤枉了牛儿。

赞扬的是牛儿同学董事长，是药品公司总经理。他们认为，不花钱，为公司办了一件大事。因为药品行业，最重要的市场就是上海和北京。上海能率先申请公费，对华东市场会有带动作用。

骂声出自牛儿的同事，出自制约公司其他市场的销售员。他们骂牛老师是笨蛋。牛老师自己当笨蛋无所谓，但牛老师却给他们带来许多麻烦，许多困难。公司用牛老师作例子，其他市场怎么花钱，怎么申请公费，又怎么向公司报销呢？申请公费，没有几万、几十万、上百万费用，怎么能申请下来呢？

暗算者出自制药公司销售部，他们认为，牛老师年龄太大了，由公司销售部直接做上海市场，让牛老师坐在上海，给牛老师提两个点子，即提销售额 2% 费用，作为对牛老师的回报。牛老师回击了他们说：牛老师既然能成功申请公费，牛老师也有办法把公费退出来。暗算被击败了。

后悔者为牛儿自己。牛儿成功申请公费后，四川便有几家药厂来找牛儿，望牛儿能当他们厂的销售员，而且政策比现在好得多。牛儿受封建"忠君"思想影响，认为"一仆不能二主"，虽然这不是市场经济理念。市场经济只讲双赢、多赢，而无需忠于某一君。牛儿失去了快速做大做强的机会。

104. 作为上海移民，算是定居下来

牛儿走进药品销售领域，没有落入万丈深渊，而是走出了一条出路。牛儿不到一年时间，分两次还清了高利贷款。后来，牛儿还得了公司销售第一名，领到了 5 万元奖金。

牛儿以其销售收入，首先在成都买了一套新房，作为在成都的安居之屋。

牛儿后来又接受了成都另一家药厂的销售工作。5 个月时间就打开了上海市场，开辟了 100 多家医院，第二年又成为该厂销售第一名，并获得了一部汽车奖品。牛儿未要汽车，领到了 10 万元奖金，留着当牛儿妻子的养老金。

牛儿有退休金，有饭吃，剩下的问题只是小孩了。女儿要吃饭，女儿要立业；儿子也要吃饭，还要成家，也要立业。只有这些问题被解决了，牛儿作为上海移民，才能算定居下来。小孩立业的关键是将他们推上第一线，当销售员，当销售员的"拿摩温"。先是叫大女儿当"拿摩温"，后又叫儿子当"拿摩温"。

这些人，在毛泽东时代，没有受到高等教育，在改革开放时期，又很难找到较好的稳定工作。他们的出路只有自己去创造工作机会，自己去当个像卖茶叶蛋那样的小老板，自己去寻找饭吃，自己去掌握自己的命运。自己可以掌握自己命运，这就是邓小平改革开放给中国人民带来的自由空间。

牛儿在上述想法下，又想在上海购买房子让子女们都能"居有所屋"。牛儿也想到，对这些没有稳定工作单位、没有退休保障的人，一套房子是不够的。他们至少应有两套房子。一套自己居住，一套租出去，其租金可以当作社保退休工资，作为"老有所养"。

在这个目标路上，牛儿和他的子女们，一步一步往前走，大约经过八年抗战，

终于到达了目的地。

到达了目的地，牛儿思考过一个问题。牛儿为工厂打工，打工 33 年，到离厂退休时，为什么牛儿却是一无所有呢？到改革开放时，牛儿为小老板打工，只有大约 8 年时间，为什么牛儿作为上海移民却可以定居下来实现"居有所屋"、"食有所依"呢？

牛儿所能找到的答案只有一个，那就是过去没有给人"工作自由"。

现在，在邓小平改革开放时代，已给予人工作自由，因而中国社会繁荣已取得了巨大进步。

工作自由，邓小平是用市场经济实现的。思想自由用什么办法实现呢？邓小平已经知道了，那就是用"民主政治"实现思想自由。也就是说，要将"集权政治"改革为"民主政治"才能思想自由。

只有人民"真的"当了家，做了主，才会有民主政治；有了民主政治，才会有思想自由；有了思想自由，才会有社会公平。正如市场经济必须要以工作自由为基础一样，民主政治则必须要以思想自由为基础。没有思想自由，民主政治只会是空话一句。

第 10 章

晚年生活

105. 在成都一家医药公司当老总

　　成都一家药厂的老板，想在成都开办一家医药公司，他的目的似乎是扩大药厂的活动空间，同时又巩固全国市场。老板希望牛儿回成都组建医药公司并当总经理。

　　那时，牛儿已经过70岁了。牛儿提出条件，工作时期不能太长，要先选好接班人，而且牛儿不能对外应酬，尤其政府部门。老板全答应了。当然，牛儿也有他自己的考虑。来成都打工，有利于他儿子工作，也有利于照应在成都读书的大外孙女。牛儿大女儿也一同来成都，一则照应牛儿，也照应她的女儿。更进一步的考虑是，看看成都是否更适合她们母女二人居住和工作。老板最初的设想是，买土地、修房子、开办医药公司。后被一官员建议老板购买一家现成医药公司。这家现成医药公司有政府官员背景。老板只能去当大股东。

　　交易成交以后，牛儿被老板派去接任总经理。牛儿上任以后发现，这家公司职工工资太低了。主管会计工资只有800、900元，清洁工才400元，还要自己出钱买清洁工具拖布。——在这种工资水平下，牛儿这个总经理是很难当的。牛儿向老板提出，要给职工增加工资。老板同意，但标准要在同行中等水平，不能太高。牛儿叫会计去调查同行业工资水平。按中等水平给职工加了工资，工资总开支增加了一倍。干部人少，他们工资增加要高一些。老板没有因增加职工工资而减少收入，收入反而在增加。牛儿则不算失误。

　　牛儿当过销售员，知道销售员的心态。他们希望的是，货款到了公司账户，资金要安全快捷回到销售员账户上。为此，牛儿要求会计一天跑两次银行，第二天一早要将银行账单送给牛儿看。如果客户回款第三天仍在公司账户，会计的工资和奖金会被扣。没有车，买车，没有驾驶员，聘请驾驶员。这一措施，增加了客户，增加了营业额，增加了老板收入。有一个大客户，就为老板提供了几十、上百万利润。

这家公司的客户比较复杂，经营理念和运作方式相差很大。一位广东客户，很会营销，一个产品，在四川销售上亿。他儿子因服务事与公司一位副总争吵，出手打副总，并耀武扬威讲，他可以用钞票将公司副总砸死。牛儿听了非常气愤，并对他采取了非常措施。牛儿叫了一位关系熟悉的公安警察，将其抓押，送入拘留所，至少关15天，再说。他父亲被吓坏了，因为到拘留所是要挨打的。他们广东拘留所，曾关过一位四川女子，在拘留所里被活活打死。后来此事还被报纸公开发表出来，还引起了一场很大的风波。这种粗野的富二代，社会应当给他们一定的教训。

牛儿在成都打工的这几年，感到成都这个地方非常休闲，消费体系和物价体系中，高、中、低档次齐全，低收入者，仍有机会过休闲生活。比如，喝茶，打麻将，到农家乐。茶，有3元一杯，也有几百元一杯。麻将，有5角一炮的，输赢几元钱，也有3、5万元一炮的，输赢几十万、几百万元。

成都另一特点是，成都是个好地方，这个城市非常讲究人际关系，很重视朋友交往。在成都，钱，真是"万能的"。有了钱，没有办不成的事。在成都，历史学家吴忠的"潜规则"理论，已变成"钱规则"现实了。

成都这个地方很适合老年人居住，也适合那些没有高学历、没有专长、没有竞争力的人，在这儿工作，在这儿居住。牛儿和他大女儿、大女婿大外孙女，二女儿、二女婿、小外孙女，他们会在成都长期住下去。他们都有住处，只是随便找个事干，能维持生活就行了。他们是知足者，他们会常乐也。他们不谋权，不谋富，只求生存，只求轻松，只求快乐。

106. 创办一家医药公司

牛儿一生都在工业领域，在工厂里搞技术服务工作。在工厂里工作的人，如果没有掌握技术主动权，老板留你，你才能留下，老板叫你滚，你就要滚。所以在工厂里没有技术主动权的工人或技术人员，总是处于被动地位。在工厂里，工人总是想少干活，多领工资，能够实现这个目标的人，只有工头或小组长。

牛儿虽然在工厂里，属于工人阶级队伍中的成员，但牛儿的思想却与农民非常相似。农民不怕苦，不怕累，也不想少干活，但农民却总想有一块自留地，最好土地也是他自己的。这样，他就有主动权，想种什么，就种什么，什么东西好卖，什么东西卖得起价，他就种什么东西。

牛儿进入商业领域后，也想像农民那样，有一块自己的土地。在药品销售领域里，这块土地，就是自己有一个属于自己的医药公司。

医药公司怎么办起来？

开办一家医药公司，需要人员、场地和资金，需要营业证、税务证和许可证。

人员、场地和资金是市场行为，但需政府部门认可。营业证、税务证和许可证则属政府行为，由政府部门审批和管理。

政府管理方法非常有学问，因为，政府可以严、可以紧、可以睁只眼；政府也可以宽、可以松，可以闭只眼。政府主管部门和操作者油水就在于如何在严与宽、紧与松、睁眼与闭眼之间作出取舍，在严与宽、紧与松、睁眼与闭眼之间如何取得平衡。

政府主管部门和管理者有取舍与平衡，从而，创业者也就出现了攻关问题。攻关需要攻关技术和攻关费用。掌握攻关技术需要锻炼，使用攻关费用则需要资金。

由于攻关者和管理者存在差别，因而同样开办一个医药公司，会出现有的创业者，用时短，花钱少，有的创业者用时长，花钱多。差别之大是几倍或几十倍。比如，有创业者花几千元，有的创业者却要花几十万元。如有较高官方背景，甚至可以不花"攻关"钱。

开办这家公司，牛儿曾提"一、二、三、四"分配原则和"三步走"理念。

一、二、三、四，即利润的十分之一用于维持客户和政府关系，十分之二用于职工的奖励，十分之三用于企业发展，十分之四用于股东利润分配。目的是平衡各方利益。

在三步走中，第一步，花一两年时间收回投资；第二步，花两年时间稳定职工队伍；第三步，则让职工入股。职工入了股，职工才有所有权、发言权和表决权，职工才是企业的真正主人。

107. 想活 1 万零 1 岁

一个人，当他享有快乐、当他满怀希望时，他才想活下去。一个人的快乐存在于他的健康、心态与生存中。也就是说，当一个人的健康、心态与生存受到威胁时，这个人则难于产生快乐与希望。

牛儿经历了蒋介石、毛泽东和邓小平三个时代。三个时代中，牛儿的健康、心态与生存处于不同状态。

在蒋介石时代，牛儿尚小，不懂什么，只是感觉社会乱，只是感觉社会没有方向，只是感觉在这个社会中很容易学坏。而且这个社会的男人多数命短。牛儿的这种认识，是因为牛儿祖父、牛儿父亲都是因疾病救治无效，造成短命，造成死亡的。他们死亡时，都没有活过 40 岁。

在毛泽东时代，中国社会处于"运动"与"斗争"中。牛儿心态处于恐惧中，牛儿生存处于危机中，大跃进后，牛儿健康也处于病态中。牛儿甚至认为，中国是处于无望中。

在邓小平时代，运动被结束，斗争被终止，对内搞改革，对外搞开放。牛儿从市场经济的工作自由中，改善了生存，改善了心态，也改善了健康。

在这种状态下，牛儿想多活几年。一是牛儿的寿命想超过他的祖父和父亲。二是，牛儿想看到他的孙辈出现。实现这两个目标，牛儿只需活到 80 岁就行了。那么，牛儿为何又想活到一万零一岁呢？

这个目标是受一位大学教授的启发而提出的。有一次，牛儿与一位大学教授聊天，聊到老年人岁数问题。牛儿讲，他的家族男人都是短命鬼，牛儿能活80 岁已不错了。他说，毛主席活了 83 岁，他要争取活到 90 岁。牛儿马上产生了一个想法，牛儿目标被定为 84 岁。毛主席 83 岁已是万岁，假如牛儿能活到84 岁，就是一万零一岁了。

其实，牛儿想活到 84 岁，还有其他原因。牛儿一生都在为生存而挣扎，为前途而拼搏。现在老了，比较平静，不考虑生存，也想多活几年。希望能看到孙儿上小学。更大的希望是想看到中国进步，看到中国与美国平起平坐，看到中国社会繁荣与公平，看到中国人民真正是国家主人，看到人民确实享有民主与自由。看到中国会说：再见吧，蒋介石，毛泽东，中国要到和谐知识社会去。

108. 老太婆去世，留下孤雁一只

牛儿妻子新婚洞房夜，她是孤雁一只，2011年4月她去逝，却留下牛儿孤雁一只。牛儿一生承受着巨大经济压力，政治压力和社会压力。全部精力、全部心思都用于为生存而拼搏，牛儿妻子很少获得牛儿的关爱。她一生中，难得几次享受过夫妻的幸福和快乐。屈指可数的有，1963年，丈夫刚参加工作，她与丈夫一同到杭州去度过"新婚"假，1998年举行过50周年结婚纪念日，2008年举行过60周年结婚纪念日。她与牛儿一样，虽然对他们的婚姻并不满意，但他们的婚姻仍然保持到终身。

他们的共同点是，他们都在为家庭、为子女而操劳、而辛苦、而拼搏。

牛儿老太婆获得了最好的回报。她走的那天，所有子女都在成都。她去逝的那一刻，还与她丈夫对话，她说，她不想吃了。她丈夫回答她说，不想吃就不吃算了。她走的那一刻，还被女儿抱着，她没有任何痛苦，非常安详地离开人世，去到西天。她这种理想地、幸福地、安详地离开人世，去到天堂。

她唯一欠缺的是她没有在2012年7月看见她孙儿出世。

她给子女留下了什么呢？她给子女留下了许许多多的爱，她给她丈夫留下了什么呢？她给她丈夫留下了一些难忘的记忆。

记忆之一。她有强烈的自尊和自立精神，即使她自己饿肚子、家里没有饭吃时也是如此。有一年，牛儿家大年除夕夜没有米、面下锅，她回娘家去帮她哥哥嫂嫂干活，她以为哥嫂知道她的处境，会给她一点米面，然而哥嫂没有开口，她饿着肚子回到牛儿家。后来是另一户人家送了3大把6斤挂面来，度过了大年夜和初一、初二，便到农民地里去捡他们泥土里丢失的红苕，去当中国乞丐。后来，开始帮老师洗衣服，自己纺线维持家里生活。

记忆之二。她视精神重于物质。她认为，人活一张脸，树活一张皮。她非

常要面子，非常看重荣誉。

记忆之三。她富有同情心和爱心。当她日后生活稍好一点时，她对贫苦农民和老人，总是对他们施以帮助和关爱。最后出现一种局面：她全家所吃蔬菜，全由农民送来，还吃不完。

记忆之四。她认定的事则坚持做。她认为，只要功夫深，铁棒能磨成针。

记忆之五。她为了实现一个目标，可以牺牲自己。比如，她为了得到一个儿子，她虽然身患肾病，仍然冒着生命危险去保住她腹中的胎儿，因为她妹妹为她算过命，说她腹中是一个男孩。结果真的生下一个男婴，实现了膝下有子的目标。

她给牛儿留下的这些记忆，实际上，她留下的是精神财富，留下的是无形资产。

牛儿常常对子女讲，虽然她妈没有文化，也没有物质财富，只要他们学到了他们母亲干事的那种坚持精神，就足够了。

牛儿妻子去逝后，牛儿常常在想，他自己去逝前的那段时间,那一天,那一刻,也许就没有他妻子去逝时那么平静、那么安详、那么没有痛苦。

很巧，牛儿妻子 2011 年 4 月去逝后，牛儿 8 月份去检查一次身体，发现，牛儿已新患有冠心病，脑梗塞和肺气肿。这些都是快速死亡病。牛儿妻子死于"心衰竭"，而牛儿却有可能死于"脑梗塞"。在"龙配龙，凤配凤，秧鸡母配董鸡公"的社会潜规则下，牛儿与妻子在结婚时是"秧鸡母配董鸡公"，在去世时也是"秧鸡母配董鸡公"，心衰竭配脑梗塞，那就太好了。

109. 1 岁与 80

牛儿在几十年前，看过鲁迅的一张照片，照片上拍的是鲁迅先生和他儿子海婴，标题是"1 岁与 50，海婴与鲁迅"。牛儿这里也山寨一下，标题是"1岁与 80，孙儿与牛儿"。

孙儿还未出世，大概是 2012 年 7 月中旬出生。牛儿的儿子，孙儿的父亲，已经给孙儿取了一个非常漂亮的名字，叫"彧"（yù）。意即有文采。

牛儿没有文采，孙儿的父亲虽有文采，但那只是一种文采"潜力"。牛儿希望他的孙儿有文采。而且，假如他孙儿有文采，不要将文采用于谋生，不要将文采用于谋权、用于牟利，而是将其与社会进步捆绑在一起，推动社会进步，他的文采就有价值了。

一个人，哪怕一个普通人，他都有今天与明天。他的今天，往往是他明天的基础，而他的明天，又往往是他今天的动力。